La maîtresse d'Everly

KATHLEEN O'BRIEN

La maîtresse d'Everly

éditions Harlequin

Titre original : TEXAS WEDDING

Traduction française de CHRISTINE MAZAUD

Photos de couverture

Femme : © MORE/CAMERAPRESS/OREDIA
Pêcher : © ROYALTY FREE DIVISION/MASTERFILE
Route de campagne : © ROYALTY FREE/HARLEQUIN

83-85, boulevard Vincent-Auriol 75646 PARIS CEDEX 13.

Service Lectrices — Tél. : 01 45 82 47 47
www.harlequin.fr

ISBN 978-2-2808-1866-7 — ISSN 1950-277X

Chapitre 1

Cela faisait une demi-heure que Susannah Everly Maxwell s'était enfermée dans la salle de bains. Pour une mariée le soir de sa nuit de noces, cela faisait vingt-neuf minutes de trop.

Elle avait laissé couler l'eau de la douche pour faire croire à Trent qu'elle était toujours dessous, et la cascade d'eau chaude avait transformé la pièce en véritable sauna. Le drap de bain qu'elle avait noué en sarong pendait lamentablement sous le poids de l'humidité, le miroir était couvert de buée, et l'on n'y voyait plus rien.

Susannah savait qu'elle allait devoir revenir dans la chambre où son mari l'attendait, mais elle n'arrivait pas à se décider.

Son mari…

Cela semblait irréel.

Du bout du doigt, elle écrivit sur le miroir : Mme… Trent… Maxwell…

Elle avait écrit ce nom des milliers de fois au lycée, à l'encre bleu turquoise, la couleur qu'elle utilisait à l'époque car elle l'adorait.

Au lycée…

Avant qu'elle ait terminé de tracer la dernière syllabe,

l'eau qui s'était condensée en bas des premières lettres coulait déjà en filets.

Autant vouloir écrire avec des larmes.

Son image finit par apparaître dans les mots, par petits bouts. Un kaléidoscope de Susannah, pensa-t-elle amèrement. Et, comble de l'ironie, cet étrange personnage drapé dans une serviette de bain blanche et enveloppé d'un nuage de vapeur ressemblait davantage à une mariée que la jeune femme qui s'était tenue, l'après-midi même, devant le juge qui les avait mariés.

Dire qu'elle ressemblait à une mariée heureuse était toutefois un peu risqué. Elle avait plutôt la tête d'une mariée en miettes, fracturée, désarticulée, comme sous le pinceau de Picasso. Ou une mariée fantôme comme il en existe dans certaines légendes terrifiantes, une de ces apparitions évanescentes qui flottent, à quelques centimètres du sol, dans les brumes des sous-bois.

Elle toucha sa joue, comme pour vérifier que c'était bien elle, en chair et en os, qui se trouvait là, devant ce miroir qui lui renvoyait une bien triste image d'elle-même. Le diamant qu'elle portait au doigt étincela dans la glace, et ce détail la ramena à la réalité.

Cette fois, c'était fait, elle était bel et bien devenue la femme de Trent Maxwell. Mais pour une année seulement ; elle était loin du « pour toujours » dont elle rêvait depuis son enfance.

Un frottement contre la porte la fit sursauter.

— Susannah ?

Plaquant la main sur son cœur, comme si cela pouvait

l'empêcher de battre aussi fort, elle fixa la porte avec angoisse.

— Ne bats pas si fort, chuchota-t-elle.

Mais son cœur se mit à cogner de plus belle.

— Susannah, ça va?

Trent n'essaya pas d'entrer; il devait se douter qu'elle s'était enfermée. Mais si elle tardait trop, il allait la forcer, cette serrure, et faire irruption dans la salle de bains. Les bonnes fées qui s'étaient penchées sur son berceau à sa naissance l'avaient doté de tout un tas de dons, mais la patience n'en faisait pas partie.

Elle était tombée amoureuse de Trent alors qu'elle n'était encore qu'une gamine, et, à l'adolescence, ses sentiments s'étaient confirmés, avec toute la fougue et le sérieux qu'elle mettait à se comporter comme une adulte en âge d'aimer et d'être aimée. Maintenant, à voir sa jeune sœur de seize ans, Nikki, se débattre dans les problèmes que lui posaient ses hormones, elle était bien contente d'avoir grandi, la vie s'étant par ailleurs chargée de la rendre plus raisonnable.

A l'époque, elle rêvait sa vie. Plus d'une fois elle s'était imaginée devant l'autel au côté de Trent, émue et tremblante. Elle se voyait lui préparant de bons petits plats, reprisant ses chaussettes, sans toutefois avoir la moindre idée de ce que représentait réellement une vie de couple.

Et puis ces rêves s'étaient envolés, il y a onze ans, détruits à jamais. Depuis, Trent et elle avaient dû échanger quelque chose comme cinquante mots, tout au plus. Et rien que des civilités.

Et aujourd'hui, à trente ans, elle venait de s'embarquer avec lui dans un mariage de convenance de un an, un mariage d'un romantisme désopilant. Au lieu de profiter de chaque seconde de leur premier tête-à-tête de jeunes mariés, elle s'était barricadée à double tour dans la salle de bains, enroulée dans un drap de bain informe, les cheveux raides et dégoulinants d'eau, et Trent, à moins de dix mètres d'elle, attendait qu'elle vienne le rejoindre pour leur nuit de noces.

— Ce sera un vrai mariage, avait-il exigé quand elle lui avait parlé de son projet.

Et comme elle avait absolument besoin d'un mari, elle avait accepté.

Elle commençait seulement à voir l'ampleur de sa folie…

Mais elle n'était peut-être pas complètement prise au piège. Il lui restait un dernier espoir : un document, caché dans le tiroir de sa table de chevet, que Trent devait absolument signer, ce qui était loin d'être gagné d'avance.

Elle se voyait le lui tendre, essayait de visualiser sa tête quand il le lirait. Que dirait-il ? Ils avaient été si proches l'un de l'autre à une certaine époque qu'ils étaient capables de finir la phrase que l'un des deux commençait. Mais des années d'amertume les séparaient maintenant. Trent était devenu un étranger pour elle, et elle n'avait aucune idée de la façon dont il réagirait.

— Susannah ?

La voix de Trent était calme. Il n'était pas en colère. Pas encore. Mais ça viendrait. Plus tard. Oui, plus tard, quand il lirait le papier. Quand il découvrirait le supplément qu'elle avait prévu d'ajouter à leur étrange contrat de mariage.

Elle regarda le visage qui se reflétait dans le miroir, dans les lettres à moitié effacées par la vapeur. Mme… Ses yeux brillaient. Trent… Ses lèvres étaient entrouvertes, vulnérables.

Qui était cette femme dans la glace ?

Brusquement horrifiée, elle fronça les sourcils. Cette femme avait la tête d'une victime.

Et tout cela était ridicule. Personne ne l'avait enlevée, trompée, vendue. Ce marché avec Trent, aussi incongru soit-il, était *son* idée, la seule solution qu'elle avait trouvée pour se sortir d'une situation inextricable. Le problème, c'est que cette idée de mariage avec Trent lui avait semblé facile en pensée, quand elle était à des semaines, des jours et même des heures d'être concrétisée. Mais maintenant, c'était fait. Et bien fait. Il n'était plus question de reculer. De dire non.

Trent, son mari, était là, de l'autre côté de la porte, et attendait de pied ferme qu'elle vienne se coucher…

Avec lui…

Mais elle allait gérer ça. Elle n'était pas une mauviette. Il n'y avait qu'à demander aux uns et aux autres, depuis le plus humble des cueilleurs de fruits qu'elle employait jusqu'à son plus gros client, et même au fantôme de son grand-père qui errait sans doute dans les couloirs du purgatoire.

Ils seraient tous d'accord pour le dire : Susannah

Everly affrontait toujours tous les problèmes la tête haute. Digne. Toujours digne.

— J'arrive !

Elle tendit le bras sous la douche et ferma le robinet d'un geste décidé. Elle allait affronter « le problème Trent » la tête haute.

Elle défit le drap de bain noué, prit la chemise de nuit grisâtre et informe qu'elle avait posée sur la coiffeuse et l'enfila.

Cette chemise de nuit était hideuse.

Parfaite.

Elle se sécha sommairement les cheveux et, prenant une grande inspiration, empoigna le bouton de la porte.

Le show allait commencer. Le rideau allait se lever.

— Je suis désolée, Trent. Je…

Sa voix se brisa.

La chambre était obscure et silencieuse. Trent était-il parti ? Seul un vent doux venant de l'extérieur et porteur d'un parfum sucré de roses l'accueillit.

Trent avait dû ouvrir la fenêtre qui donnait à l'est. Ce printemps, les rosiers grimpants s'étaient hissés jusqu'au deuxième étage et donnaient l'impression de vouloir maintenir les vitres ouvertes en plaquant contre elles leurs branches lourdes de boutons jaunes et roses.

Elle adorait ces roses. Elles lui étaient aussi précieuses que chaque arpent d'Everly. Il fallait qu'elle y pense tout le temps. Qu'elle ne l'oublie jamais. Elle avait peut-être fini par détester Trent mais elle n'avait jamais cessé d'aimer ce ranch qui était, à ses yeux, le plus magnifique des joyaux, un trésor niché au cœur de cinq cents hectares de pêchers. Everly, c'était des vergers, des vergers, des vergers. A perte de vue. Un paradis sur terre. Son paradis.

Et si elle avait accepté ce plan ridicule et insensé de mariage de un an avec Trent, c'était justement pour sauver Everly. Ce domaine familial qu'elle aimait tant méritait bien ce petit sacrifice.

Elle cligna des yeux plusieurs fois de suite pour s'habituer à l'obscurité et vit enfin Trent. Appuyé au montant de la fenêtre, il regardait le jardin en bas, ou plutôt faisait semblant de regarder, car que pouvait-il voir à cette heure de la nuit ?

Il était torse nu. Dans la lumière blanche de la lune, son épaule et son bras dont elle voyait nettement le doux renflement des muscles semblaient être faits de marbre. Plus bas, la boucle en argent de son ceinturon brillait. Le reste était dans l'ombre, son pantalon noir, ses chaussures.

Elle le fixa un instant, ne pouvant détacher son regard de sa silhouette immobile et vaguement angoissante. Son cœur recommença à battre très fort. Une envie de fuir l'étreignit.

Non. Elle avait toujours tout affronté.

Elle respira longuement et se força à se calmer. Elle avait prêté serment devant le juge. Peut-être Trent lui ferait-il grâce de ses promesses ?

— Trent ?

Il tourna la tête vers elle.

— Ah ! Te voilà, dit-il, un petit sourire au coin des

lèvres. Je commençais à me demander si tu ne t'étais pas sauvée par la fenêtre de la salle de bains.

Le ton sarcastique ne lui échappa pas. Elle essaya de prendre un air dégagé mais sentit qu'elle rougissait.

— Me sauver ? Bien sûr que non. Ne dis pas de bêtises.

— Parce que tu penses que je dis des bêtises ?

Il avança vers elle, sans se presser, avec une assurance qui la déstabilisa. On aurait dit qu'il était chez lui, que la vie lui appartenait. Qu'elle lui appartenait, ce qui, à y bien réfléchir, n'était peut-être pas complètement faux.

— Et quelles bêtises ? insista-t-il sans cesser de sourire. Penses-tu vraiment que tu vas réussir à me faire croire que tu as passé tout ce temps sous la douche ?

Elle n'avait jamais su mentir. La seule personne à laquelle elle avait dû raconter des histoires était son grand-père, mais cela n'avait pas toujours été facile, et elle avait dû se forcer.

Elle hésita une seconde de trop.

Au moment où elle ouvrait la bouche pour dire « Oui, bien sûr que oui que j'étais sous la douche », Trent la saisit par le bras, l'air moqueur, et haussa les sourcils. Il n'était pas dupe et il voulait qu'elle le sache.

— Non, dit-il. Inutile de me mentir. Si tu étais restée sous l'eau tout ce temps, tu serais fripée comme un vieux raisin sec.

Instinctivement, elle serra les poings.

— On vérifie ? ajouta-t-il sans la quitter des yeux.

Son air suffisant et hautain l'irrita. Croyait-il vraiment avoir des droits sur elle ?

Comme il attrapait sa main, elle faillit le gifler. Il n'avait pas acheté le droit de se moquer d'elle !

Mais il avait acheté le droit de la toucher… Il avait été très clair là-dessus. Un mariage de un an, peut-être, mais pas un an de chasteté.

— Je ne suis pas un saint, avait-il dit avec ce sourire énigmatique qui ne laissait rien percer de ce qu'il pensait ou ressentait vraiment. Alors je te conseille de réfléchir. Te sens-tu capable de partager mon lit une année entière ?

Lorsqu'il lui avait posé cette question, elle s'était sentie capable de bien plus que cela pour sauver la propriété familiale. Mais aujourd'hui, au moment d'honorer sa promesse, elle revoyait son sens du sacrifice à la baisse.

Trent lui prit doucement la main.

Il déplia lentement chacun de ses doigts et les examina avec le plus grand sérieux. Ils étaient humides et tièdes mais tout lisses, et ils n'avaient pas une ride, pas un pli. Elle avait dû rester sous la douche cinq minutes, tout au plus.

— Maintenant, Susannah, tu vas me dire ce que tu faisais là-dedans pendant tout ce temps.

Il la dévisagea sans pitié, allant de ses cheveux mouillés à son visage, avant de s'arrêter sur son affreuse chemise de nuit grise et délavée.

— Tu ne te pomponnais pas… apparemment. Encore que… il a dû te falloir du temps pour dénicher quelque chose d'aussi peu flatteur que ce vieux bout de chiffon. Félicitations ! C'est du grand art !

— Si j'avais eu assez d'argent pour m'offrir un trousseau digne de ce nom, sache, mon cher Trent, que je n'aurais jamais accepté cette comédie de mariage !

Il éclata de rire.

Elle haussa les épaules. Elle ne voyait vraiment pas ce que cela avait de drôle.

D'autant plus que lui aussi devait se rappeler combien ils en avaient rêvé de leur nuit de noces… Un vrai conte de fées, tissé de magie, de dentelles et de musique. De l'amour à revendre et des tapis de pétales de roses. Combien de fois avaient-ils imaginé ce moment, changeant de décor au gré de leurs envies… Mon Dieu ! Comme la réalité était différente… Où donc était passée toute la poussière d'étoiles qui illuminait alors leurs yeux ?

Mais peut-être avait-elle été la seule à rêver, se dit-elle soudain. La magie ne l'avait peut-être jamais effleuré, lui. Ils avaient beau très bien se connaître, elle ne comprenait pas toujours ses réactions, sa façon de voir les choses. Ses sourires mystérieux, son élégante indifférence. Peut-être que ce qu'ils avaient vécu n'avait été pour lui qu'une simple histoire de sexe. Rien de plus. Ce qui expliquait la facilité avec laquelle il avait accepté cet étrange contrat de mariage ; il avait vu là une année de plaisir assuré, en toute légitimité. Cette pensée la fit frémir.

— Quel but poursuis-tu exactement, Susannah ? Où veux-tu en venir avec tout ça ?

— Tout ça quoi ?

En grimaçant il tira sur la manche de sa chemise de nuit. Le décolleté bâilla lamentablement et l'épaulette glissa sur le bras.

Se sentant soudain à moitié nue, Susannah resserra sa chemise sur sa poitrine.

Trent la détailla avec mépris.

— Ce… cet accoutrement d'épouvantail, laissa-t-il tomber, à quoi ça rime ? Tu sais à quoi tu ressembles ? A une clocharde. Tu cherchais quoi ? A me faire fuir ? A me dégoûter de toi ? Je sais ! Tu t'es dit qu'en te voyant attifée de la sorte je partirais en courant de la couche nuptiale.

— Non.

— Tant mieux ! Parce que cela aurait été ridicule.

Il lâcha sa main et lui prit le menton.

— Ce qui existe entre nous, ma belle, est une alchimie que nous ne contrôlons pas et n'a rien à voir avec… *l'emballage*, si tu me passes l'expression. Et tu le sais très bien. Cela a toujours été comme ça. Pourquoi veux-tu que cela change ?

Elle ne répondit pas. Il avait raison. Quand ils étaient jeunes, ils avaient tout de suite été attirés l'un par l'autre avant même de comprendre ce qui se jouait réellement. C'était même étrange, ce feu qui avait brûlé en eux, entre eux, instantanément, alors qu'ils n'étaient encore que des gosses. A l'époque, elle comparait le feu qui les avait embrasés aux puits de pétrole de son grand-père, quand l'or noir jaillissait et que l'on ne pouvait plus l'arrêter.

Rien n'avait pu éteindre la flamme qui les animait,

Trent et elle. Rien n'avait pu endiguer le flot de leur amour. La force de leurs sentiments avait tout soufflé, plus puissante que les tornades les plus dévastatrices du Middle West. Balayés l'acné et la puberté, les grippes, les gueules de bois, la mauvaise humeur et les cheveux gras. Balayé, même, le jour où le sconse, horrible bête puante, lui avait craché au visage !

Encore aujourd'hui, elle le sentait brûler en elle, ce feu mystérieux. Aveugle, violent et incontrôlable. Plus fort que sa volonté même.

Ce feu dangereux. Pour elle, tout au moins.

— Susannah…, murmura Trent.

Il repoussa les cheveux mouillés de ses épaules et approcha son visage du sien. Comprenant qu'il allait l'embrasser, elle laissa échapper une plainte ténue.

Elle ne voulait pas. Il ne fallait pas. Rien qu'à entendre le son de sa voix, son cœur s'emballait. Alors s'il l'embrassait…

Marmonnant quelques mots incompréhensibles, elle se dégagea et s'approcha de la table de nuit. Le moment était venu de donner à Trent ce papier qu'elle voulait lui faire signer.

Elle alluma la lampe posée sur son chevet et, les mains tremblantes, mais moins qu'elle ne l'avait craint, elle ouvrit le tiroir du haut et farfouilla dans les papiers qu'il contenait.

— Trent, j'ai quelque chose pour toi…

Elle lui jeta un coup d'œil en coin. Il souriait, ce qui la surprit. Il n'avait pas dû remarquer à quel point elle était nerveuse. Mais quand il découvrirait ce qu'elle voulait lui faire signer, nul doute qu'il perdrait aussitôt son beau sourire…

— Ah bon ? lança-t-il d'une voix moqueuse. Je vois que notre reine de la débrouille n'a pas perdu son sens pratique malgré les événements.

— Pardon ?

Chase, Paul et lui l'avaient baptisée « la reine de la débrouille » au temps de leur adolescence. Elle était alors à peine moins turbulente que les trois garçons, n'avait peur de rien et trouvait toujours un moyen de sortir indemne des pires embrouilles. Mais pourquoi disait-il cela maintenant ?

Elle se tourna vers lui.

— Je crois que j'en ai apporté assez, merci, dit-il en souriant de plus belle. Cela devrait suffire. Encore que… ce n'est pas mal de savoir que tu en as en plus. On ne sait jamais…

— En plus de quoi ?

Réalisant brusquement ce qu'il voulait dire, elle rougit violemment. Des préservatifs ! Comme si elle avait la tête à… Mais soudain, des images défilèrent devant ses yeux… Le lit défait, les cabrioles entre les draps et les couvertures froissés, les vêtements éparpillés par terre, leurs corps en nage, enlacés, soudés, luisant dans les rayons de la lune…

— Mais non ! s'écria-t-elle d'une voix un peu trop forte. Il ne s'agit pas de ça. J'ai quelque chose à te montrer.

Elle finit par trouver la grande enveloppe blanche qu'elle cherchait et la lui tendit.

— Je te demande de lire. Et de signer.

Il ne jeta pas un regard à l'enveloppe. Il continuait de sourire mais il n'y avait plus ni gentillesse ni ironie dans son sourire. Il la fixait sans ciller, d'un regard froid, implacable, dur comme le bleu de ses yeux. Mais la colère lui allait bien. Même fâché, Trent Maxwell restait attirant, peut-être même plus sexy encore…

— De signer ? répéta-t-il d'un ton glacial.

— Oui, répondit-elle un peu trop vite. J'ai été amenée à penser à… à certaines choses aujourd'hui, après le mariage, et j'ai réalisé que nous n'avions pas tout envisagé.

— Ah bon ? Il m'avait semblé que le contrat que ton notaire avait établi avait ratissé large, pourtant, que c'était blindé. Ton notaire a été très clair, d'ailleurs. Je dirais même qu'il n'a pas mâché ses mots. Si je suis surpris, passant le seuil de la propriété, en emportant ne serait-ce qu'un coussin brodé de la collection de ta mère, je serai fusillé sur-le-champ et sans sommations !

Il haussa les sourcils et poursuivit :

— Ce qui m'a paru aussi saugrenu qu'improbable mais… Qu'est-ce que tu en dis ?

— Que c'est saugrenu, effectivement. Mais Richard est un homme méfiant. Il a voulu me protéger, et pour ce…

— Le certificat médical, c'était aussi une idée de lui ?

Elle sentit une bouffée de chaleur lui monter aux joues. Elle devait avoir aussi des plaques rouges sur le cou comme chaque fois qu'elle était gênée. Le certificat médical avait failli faire capoter le projet, mais Trent refusant de transiger sur les relations physiques qu'il entendait avoir avec elle, elle avait exigé une garantie de sa bonne santé. Avec son passé de don Juan, cela aurait été de la folie de ne pas s'en assurer.

— Non. Le certificat médical, c'est une idée à moi, rectifia-t-elle. Richard ignorait que… que nous étions d'accord pour…

— Consommer le mariage ?

— Exactement. Quand il a rédigé le contrat de mariage il n'a pas pensé à ce genre de… de détails. C'est justement à cela que j'ai pensé aujourd'hui. Que nous n'avons pas prévu toutes les éventualités…

Plongeant son regard dans le sien, elle lui tendit de nouveau l'enveloppe.

Il ne lui jeta qu'un vague coup d'œil.

— Tu ne crois pas que c'est un peu tard pour rajouter des conditions à notre accord ? demanda-t-il.

Evidemment que c'était trop tard. Elle le savait bien. Il était tout à fait en droit de déchirer ce papier en mille morceaux et de les lui lancer à la figure. D'aucuns auraient aussi pensé qu'il avait aussi le droit de la basculer sur le lit, et de la forcer à respecter les termes du contrat quant à son devoir conjugal.

Mais il n'était pas comme ça. Même la colère froide qui les opposait depuis plus de dix ans ne pouvait pas lui inspirer un tel comportement. Elle ne voulait pas croire que le garçon insouciant et jovial qui dansait avec elle autrefois ait pu se métamorphoser en monstre.

— Tu peux ranger ton papier, Susannah. Je ne signerai rien.

Elle s'en doutait bien un peu.

— Lis-le au moins, insista-t-elle, en s'efforçant de donner d'elle l'image d'une femme qui contrôlait parfaitement la situation, ce qui était loin d'être le cas.

Elle remercia mentalement son grand-père, le gentil tyran qui lui avait appris à affronter et surmonter ses peurs.

Trent pencha la tête de côté.

— Ne fais pas ça, Susannah…

Sa voix était très douce. Trop douce. Il y avait quelque chose de menaçant dans cet excès de calme.

— Alors, lis ce papier. S'il te plaît.

Elle remarqua qu'il se forçait à respirer calmement. Mais il ne lui faisait pas peur.

Il finit par tendre la main et saisit le document.

Il déplia la feuille et commença à lire.

Le cœur battant à tout rompre, elle le regarda, s'attendant à une explosion de colère. Elle entendait le sang battre à ses oreilles, pas assez fort cependant pour couvrir la petite voix intérieure qui récitait les phrases en même temps que Trent lisait.

« Dans l'hypothèse où un enfant serait conçu entre moi et Susannah Kate Everly pendant notre union, je, soussigné Trent Anderson Maxwell, abandonne tous mes droits sur ledit enfant. Je ne chercherai par aucun moyen à obtenir la garde, en partie ou en totalité, du ou des enfants qui pourraient naître de ce mariage. Je n'aurai aucune obligation financière envers ledit enfant et jure de ne pas chercher à intervenir dans quelque décision que ce soit concernant le ou les enfants. »

Mais il n'y eut pas d'explosion de colère. Trent lut le texte une première fois. Puis une deuxième. Et une troisième. Sans jamais se départir de son calme. Son visage resta impassible, le front barré par une mèche épaisse de cheveux noirs. Que pensait-il ? Qu'éprouvait-il ?

Devant tant de passivité, Susannah commença à se trouver ridicule. Avec tous les termes pseudo-juridiques qu'elle avait employés — elle les connaissait pour les avoir lus ici et là dans des contrats —, son texte devait être à la fois boiteux et prétentieux et… totalement risible.

Imperturbable, Trent fixait toujours le document, mais les articulations de ses doigts étaient toutes blanches tant il serrait le papier. Le calme n'était donc qu'apparent, comprit-elle. Il est vrai que le texte était une infamie. Tout ce qu'elle avait écrit était injuste, vexant, odieux. Une véritable escroquerie.

Elle baissa les yeux sur ses mains et vit qu'elles tremblaient imperceptiblement.

Sa tête se mit à tourner, ses oreilles à bourdonner. Ah non ! Elle n'allait pas, en plus, s'évanouir devant lui !

Elle respira profondément.

Grâce au ciel, elle avait eu la bonne idée d'éloigner Nikki du domaine pour une partie de l'été. Nikki n'aimait pas Trent et, péremptoire comme sait l'être la jeunesse, elle avait décrété que cette idée de mariage de convenance était répugnante. Jugement définitif et sans appel. Sachant qu'il lui serait impossible de se battre sur deux fronts à la fois, Susannah avait raclé les fonds de tiroirs et envoyé sa sœur faire un stage d'arts plastiques, se débrouillant pour obtenir l'autorisation de lui faire sauter les derniers jours de classe. La veille, elle l'avait accompagnée dans son école, soulagée d'un poids. Nikki n'était pas une mauvaise fille, mais elle avait son petit caractère, et traversait l'adolescence avec une énergie redoutable. Or Susannah avait grand besoin de calme.

Trent ne réagissait toujours pas.

Elle ne le quittait pas des yeux.

Quelques minutes s'écoulèrent avant qu'il ne se décide enfin à relever la tête.

Quand finalement il la regarda, ce qu'elle lut dans ses yeux la glaça.

— Dis-moi que c'est une blague, laissa-t-il tomber d'une voix blanche.

— Pas du tout, protesta-t-elle.

Bien que convaincue, à cet instant, de la supériorité du silence sur la parole, elle ne put s'empêcher de poursuivre :

— Ce n'est que du bon sens. Même si nous prenons un maximum de précautions, nous savons qu'aucune méthode contraceptive n'est sûre à cent pour cent. Or il n'est pas question que nous soyons à vie ennuyés par des histoires de garde d'enfant, de pensions alimentaires et de que sais-je encore. Personnellement, je ne suis pas procédurière. Je répugnerais à te traîner en justice pour régler des situations que nous serions incapables de résoudre seuls à cause d'un préservatif défectueux que toi ou moi aurions acheté, ou parce que nous aurions…

— Arrête de jouer les imbéciles !

Tenant la feuille de papier entre l'index et le majeur, l'air dégoûté comme s'il tenait un mouchoir sale, il fixa un instant un point par terre avant d'ajouter :

— Tu sais que ce… ce jargon de gamine de douze ans ne tiendrait pas devant une cour. C'est du charabia, de la bouillie pour chats !

Elle le toisa, vexée.

— Je ne suis pas d'accord.

— Si, tu es d'accord. Tu sais très bien que cela ne rime à rien.

— Merci, dit-elle d'un ton sec.

— Tout ce qui est écrit là…

Il brandit la feuille sous son nez.

— … est absurde ! Et ridicule. Si tu soumettais ce torchon à un tribunal, ils te riraient au nez. Je ne pense pas que ce soit ce que tu recherches, si ?

Elle secoua la tête de droite à gauche, à la fois piteuse et offensée.

— Je ne pense pas que tu tiennes à ce que l'on en arrive là ? insista-t-il. De toute manière, dis-toi bien une chose, c'est que je ne signerai jamais un document aussi ridicule. Jamais, tu m'entends ? Jamais !

— Il faudra bien que tu signes, pourtant.

— Tu te mets le doigt dans l'œil, ma chérie.

Il la regarda en riant.

— Tu as signé un pacte avec le diable, Susannah. Il n'y a plus rien à renégocier maintenant.

— Si !

Elle se redressa et planta son regard dans le sien. Jamais le regard de Trent n'avait été aussi bleu, aussi glacial. Saisie, elle frissonna comme si elle venait d'avaler un seau de glace pilée.

— Je veux que l'on renégocie, Trent. Je n'y peux rien si j'ai l'esprit de l'escalier. De toute façon, si tu refuses de signer il n'y aura pas de…

Elle se racla la gorge.

— Il n'y aura pas… consommation !

Interloqué, il la dévisagea. Sans dire un mot. Puis, écœuré, il jura et jeta le papier par terre. Il s'avança alors vers elle, immense, menaçant, un mètre quatre-vingt-dix et quatre-vingts kilos de muscles. Un rouleau compresseur en mouvement !

Terrifiée, elle voulut fuir mais il lui barra la route. Tremblante sur ses jambes elle recula, se cogna dans la commode. Sous le choc, les boucles d'oreilles et sa montre qu'elle avait posées sur le plateau ciré tombèrent sur le parquet.

Dans sa rage, Trent n'entendit rien ou fit semblant de ne rien entendre et continua d'avancer. Affolée, elle recula encore, mais rencontra bientôt le mur. Cette fois, elle était piégée. Il plaqua les mains de chaque côté de son visage. Sa bouche était si proche de la sienne qu'elle sentait son souffle sur ses lèvres.

— Dis-le que c'est ça, que tu avais manigancé depuis le début ! Dis-le. Comment ai-je pu être assez bête pour ne pas y penser ?

Il avait les mâchoires crispées, le regard en feu.

Devant cette violence qu'il contenait à peine, la peur de Susannah redoubla.

— Je comprends tout maintenant, poursuivit-il. Depuis le départ tu joues au jeu infect du chat et de la souris. Bon sang, tu me prends pour qui ?

— Ce… ce n'est pas vrai. C'est seulement cet après-midi que… que j'ai réalisé que…

— Bien sûr ! Cet après-midi ! Arrête avec tes bobards, Susannah ! Tu n'es pas idiote et moi non plus. Tu n'as jamais eu l'intention de tenir ta parole et de respecter les termes de notre contrat. Jamais, j'en suis certain maintenant !

Elle n'essaya pas de le contredire. Consciemment, elle pensait sincèrement ce qu'elle disait mais, inconsciemment, quelque part au fond d'elle-même, elle avait toujours espéré qu'elle n'aurait pas à respecter les termes de ce fichu contrat.

— Parfait, dit-il.

Il la toisa un instant d'un regard indéchiffrable.

— As-tu seulement envisagé que ton petit jeu risquait de se retourner contre toi ? demanda-t-il.

— Non… Mais puisque je te dis que ce n'est pas un jeu ! Comment…

Il s'approcha d'elle plus encore, ses lèvres effleurèrent son cou, et il lui chuchota dans le creux de l'oreille :

— Tu aurais dû réfléchir à une chose, ma jolie. Que je peux très bien décider de réclamer ce qui m'est dû… Si tu vois ce que je veux dire.

— Je n'y avais jamais pensé, mentit-elle. Je t'ai toujours cru raisonnable et honnête et…

— Tu m'as *cru* raisonnable et honnête ? Parce que tu *crois* en moi ! Ça, c'est la meilleure !

Il éclata d'un rire cynique et rejeta la tête en arrière.

— Voyez-vous ça ! Mademoiselle me fait confiance ! *Confiance*. Oui, elle est bien bonne, celle-là ! Si j'en juge par le contrat de mariage, tu as tellement confiance en moi que tu as eu peur que je me sauve avec les petites cuillers en argent de ta mère ! Et, cerise sur le gâteau, tu avais tellement confiance, que tu as eu peur que je te refile une maladie sexuellement transmissible et tu as exigé un certificat médical !

— Arrête, Trent ! Tu es vulgaire !

— C'est bien ça, pourtant, non ? Tu avais peur que je déverse une benne de virus dans le lit conjugal.

— J'ai bien le droit d'avoir peur des MST, marmonna-t-elle.

— C'est ton droit, en effet.

Il plia légèrement les coudes et, se cambrant, rapprocha ses hanches des siennes. Aussitôt elle sentit la chaleur de son corps se communiquer au sien. Son corps... Elle n'avait jamais oublié combien il était fort et puissant. Adolescent, déjà, Trent dépassait ses camarades d'une tête et promettait d'être athlétique. Devenu adulte, les promesses avaient été tenues. Trent était ce que l'on appelle communément « un bel homme ».

Elle essaya de ne pas se souvenir, de ne rien ressentir. Elle imagina son corps engourdi par le froid Elle ne voulait pas que Trent la touche, elle ne voulait pas sentir les muscles de ses cuisses contre son ventre et ses jambes.

Elle ne voulait pas se rappeler que ce corps l'avait, un certain jour, couverte de toute sa tendresse, empli de tout son désir…

— Je sais. Tu penses que je suis un ignoble salaud, reprit-il. Il y a onze ans tu m'as dit, aussi, que j'étais un assassin.

Sa voix râpeuse la fit grincer des dents comme la craie quand elle crissait sur le tableau noir de son école primaire. Elle ferma les yeux ; elle ne voulait pas se souvenir…

— Qu'est-ce qui interdit à un homme de faire valoir ses droits conjugaux quitte à employer la force ? enchaîna-t-il.

— Rien. Tu es plus fort que moi, Trent, c'est évident. Rien ne peut t'arrêter, hormis ta conscience.

Mais en avait-il seulement une ? Et elle ? Avait-elle oublié qu'elle avait promis d'accepter d'avoir des relations sexuelles avec lui en échange de ce mariage de un an ?

Il se rapprocha encore d'elle. Elle sentit les muscles de son torse écraser ses seins. La chaleur de son corps se fit de plus en plus intense. Trop vite pour qu'elle puisse réagir, il écarta ses jambes avec son genou et remonta le long de ses cuisses… Et là, il appuya de toutes ses forces.

Elle se tordit contre le mur pour essayer de lui échapper, pour échapper au désir qui venait de la saisir. Elle n'avait peut-être pas été assez forte pour empêcher ce geste audacieux, mais elle pouvait, au moins, essayer de lutter. Il ne fallait pas le laisser faire. Elle ne voulait pas qu'il croie qu'il avait gagné.

Les deux mains plaquées sur son torse, elle tenta de le repousser. De toutes ses forces. En vain. Autant essayer de déplacer un menhir!

Il la laissa s'agiter un moment, un petit sourire au coin des lèvres.

Et tout d'un coup, alors qu'elle essayait encore, il recula et la libéra.

Surprise par ce brusque mouvement, elle faillit être déséquilibrée mais se rétablit de justesse. Il n'aurait plus manqué qu'elle rajoute une chute à une situation déjà tout à fait ridicule!

Elle reprit son souffle et dévisagea Trent, furieuse.

Il affichait un air de triomphe mâtiné d'un mépris odieux. Elle ne l'avait jamais vu sous ce jour. Elle ne lui connaissait pas ce côté détestable. Elle l'aurait bien giflé mais quelque chose l'arrêta.

Il s'éloigna d'elle, prit sa chemise et se dirigea vers la porte.

Il posa la main sur la poignée et se retourna.

— Ce n'est pas ma conscience qui m'arrête, dit-il en lui lançant un regard dédaigneux. Ce sont mes critères.

Il la détailla des pieds à la tête.

— Je n'ai aucune attirance pour les menteuses, ni pour les putains frigides ou manipulatrices. La vérité, c'est que tu ne vaux pas la peine que je m'intéresse à toi.

Chapitre 2

Trent avait appris, cela faisait des années, qu'il n'y avait pas de frustration, de douleur ou de rage, pas de monstre mental de quelque nature qu'il soit, qui ne puisse être vaincu par un tapis de marche, à condition que l'on marche vite et que l'on tienne la distance.

Ce matin, moins de douze heures après le petit combat livré contre Susannah, il en était à son vingtième kilomètre et commençait à peine à retrouver son état normal. La machine de son club de remise en forme, elle, commençait à s'essouffler! Il avait parcouru les deux premiers kilomètres, téléphone portable à la main, démangé par l'envie d'appeler un avocat, n'importe lequel, pour lui demander de lancer, toutes affaires cessantes, une procédure de divorce.

Il avait parcouru un troisième kilomètre et, au lieu de téléphoner, avait augmenté la vitesse de son tapis de marche et couru comme un forcené. Au kilomètre 5 de son autoroute de Bulgomme il avait retrouvé un semblant de raison. Assez pour se rappeler les motifs qui l'avaient poussé à accepter ce mariage qu'il était tout près de jeter aux oubliettes.

Ce n'était pas uniquement pour venir en aide à Susannah qu'il s'était lancé dans une telle aventure.

Ce n'était pas non plus parce qu'il espérait leur donner à tous les deux une deuxième chance. Non, il était peut-être un doux rêveur étant jeune, mais la vie lui avait appris qu'il valait mieux garder les pieds sur terre et réfléchir avant d'agir.

S'il se retrouvait dans cette étrange situation c'était aussi pour Chase. Surtout pour Chase.

Au départ, ce dernier avait été choisi par Susannah pour être son mari temporaire. C'était logique. Chase Clayton était son meilleur ami. Il était célibataire, libre comme l'air et, plus important encore, c'était un saint. Une bonne âme faite homme. La charité incarnée. Un bienfaiteur de l'humanité. De plus, il était heureux de lui rendre ce service, n'exigeant rien d'elle en contrepartie, et prêt à lui rendre sa liberté quand elle le souhaiterait.

Mais Josie Whitford avait fait irruption dans le paysage et frappé Chase comme un éclair. Partagé entre la parole qu'il avait donnée à Susannah et son coup de foudre pour la troublante Josie, le pauvre garçon lui avait fait pitié à voir. Amour ou amitié ? Passion ou respect des promesses ?

Trent avait vu son ami se battre avec sa conscience, et finalement, c'est Josie qui avait remporté la bataille. Susannah, en désespoir de cause, s'était alors tournée vers lui et lui avait mis le marché en main. Elle n'y était d'ailleurs pas allée par quatre chemins : il ne pouvait que l'épouser, il se *devait* de l'épouser. S'il n'avait pas détruit leur relation, onze ans plus tôt, lui avait-elle dit, elle ne serait plus sur le marché des femmes à marier. Il lui était donc redevable. S'il l'aidait à remplir la clause, ce mariage imposé par son grand-père dans son testament, elle considérerait la dette comme payée.

Trent savait qu'elle devait détester l'idée de lui demander quelque chose et qu'elle avait dû, avant de le mettre à contribution, frapper à toutes les portes et épuiser toutes les autres solutions, même les plus folles.

Tout le monde savait qu'elle avait, évidemment, essayé de casser le testament par les moyens légaux. Le vieil Arlington Everly avait beau être le plus teigneux et le plus chauvin des mâles de tout le Texas, il avait oublié d'être idiot. Autoritaire, voulant toujours tout contrôler, il avait apparemment trouvé un juriste à sa mesure. Les deux hommes, semble-t-il, parlaient la même langue.

Le résultat de cette rencontre avait été un testament verrouillé de tous côtés. Inattaquable. Arlington, la vieille fripouille, avait si bien ficelé l'affaire que Susannah se retrouvait dans l'impossibilité de vendre le moindre pêcher, le moindre caillou de la propriété. Et peu importait qu'elle ait un jour besoin d'argent. Il fallait d'abord qu'elle se marie, reste mariée et dorme sous le même toit que son époux pendant une année au moins.

Trent avait été étonné que le vieil homme n'exige pas l'installation d'une caméra dans la chambre !

Ce qui l'avait vraiment décidé à accepter le marché de Susannah, c'était son amitié pour Chase, son copain d'enfance, et c'est tout naturellement qu'il avait pris sa place. Mais il n'était pas Chase. Il n'était pas un saint et n'avait pas fait vœu de célibat. Il était prêt à aider

Susannah en se présentant devant l'autel, mais pas en se sacrifiant *sur* l'autel.

Et voilà où tout cela l'avait mené !

Voilà où il en était ! Allongé sur un banc de musculation pour tenter de se calmer, en sueur, les yeux au plafond, en pleine réflexion sur sa vie et l'année la plus horrible qui s'annonçait, en compagnie d'une femme au cœur de pierre qui, un jour, on se demande bien comment, avait été l'amour de sa vie.

Enfin, ce qui comptait c'est que Chase était heureux, et son bonheur, qui faisait plaisir à voir, valait largement les moments difficiles qu'il n'allait pas manquer de vivre.

Maintenant calme, il se doucha et reprit la route pour Everly.

La maison avait connu des jours meilleurs, et elle avait besoin d'une bonne couche de peinture pour retrouver un peu de son lustre. Ce détail mis à part, son style victorien raffiné et très joliment ouvragé donnait le meilleur de lui-même sous le ciel sans nuages de cette matinée de printemps. Les rosiers grimpants couraient sur les murs, et les arbres, enfin, commençaient à reverdir.

Dès qu'il ouvrit la porte, il entendit des voix. Susannah n'était pas seule. L'oreille tendue, il écouta et reconnut bientôt la voix de Chase.

Il attendit un peu pour savoir si Josie était là aussi, mais apparemment, Chase était venu seul.

Susannah lui avait-elle envoyé un SOS ?

« Cherche épaule pour pleurer car mon mari est une bête. »

— Salut !

Dès qu'il le vit entrer dans la cuisine, Chase se leva et lui sourit.

— Tu peux me remercier, mon vieux ! Je t'ai évité de justesse la visite de Pastor Wilcox. Il voulait t'apporter son cadeau de mariage en personne, mais je lui ai dit de me le donner, que je te le remettrais puisque, de toute façon, il fallait que je vienne.

Trent se fendit d'un sourire forcé. La présence de son ami le contrariait. Chase souriait trop, c'était agaçant.

— Merci, répondit-il plus sèchement qu'il ne l'aurait voulu.

Bon sang, que venait donc faire Chase de si bon matin ? Vérifier qu'ils étaient toujours ensemble ? Que la nuit de noces s'était bien passée ?

Ne pouvait-il les laisser tranquilles, au moins aujourd'hui ? Leur laisser le temps de…

De quoi, au juste ? De renier leur serment et de se jeter des injures à la tête ? De se traiter de tous les noms d'oiseaux du répertoire et de rouvrir les vieilles blessures ? Peut-être que finalement, Susannah et lui avaient déjà passé assez de temps ensemble. Trop, même.

Trent se tourna vers Susannah. Elle était debout devant la cuisinière, et le regardait. Vêtue comme à son habitude d'un pantalon kaki et d'une chemise Oxford blanche, une natte dans le dos, bien serrée pour qu'aucun cheveu ne dépasse, elle avait l'air tout à fait calme. Sereine, même.

Il l'aurait giflée.

Elle lui sourit et lui tendit une tasse.

— Un café, Trent? Il est tout frais, je viens juste de le faire.

Sa voix était angélique, lisse comme si elle venait de lâcher sa harpe dorée et de descendre de son nuage.

Il hésita une seconde avant d'accepter, essayant de comprendre ce qui se passait.

Une chose était sûre, elle n'avait pas invité Chase à venir. Elle improvisait, faisant comme si tout allait pour le mieux dans le meilleur des mondes de leur tout nouveau couple. De toute façon, il n'était pas question qu'ils racontent à Chase le plongeon de la nuit dernière dans les eaux glauques du marigot des sentiments.

— Je veux bien, merci, répondit-il d'une voix tout aussi dénuée d'expression.

Puis il se tourna vers Chase.

— On te doit beaucoup.

Pourquoi avait-il dit ça? Ne sachant qu'ajouter, il se tut. Mentir à Chase ne servait à rien. Ce dernier les connaissait trop bien tous les deux; il ne serait pas dupe.

Trent but une gorgée de café et se concentra sur sa tasse.

Puis son regard tomba sur un cadeau emballé dans un beau papier argenté et fermé par un large bolduc lamé or.

— C'est le cadeau de Wilcox? demanda-t-il, sachant pertinemment qu'il posait une question stupide. Voyons un peu ce qu'il nous offre. J'espère que ce n'est pas un de ces canevas que brode sa femme. Ils en ont un dans leur salon qui n'est pas piqué des hannetons! « Ne cherche jamais à savoir ce qui bout dans la marmite du voisin. » Ce truc m'a fait faire des cauchemars plus d'une fois.

Chase et Susannah rirent poliment à sa plaisanterie qu'ils connaissaient par cœur. Ils en avaient déjà ri autrefois, et plus d'une fois. Ils s'étaient même amusés à en faire des contrepèteries. Leurs imaginations débridées s'en étaient donné à cœur joie, les faisant parfois sombrer dans la vulgarité.

Trent défit délicatement le nœud mais déchira le papier comme si ce que contenait le paquet l'intéressait vraiment.

L'air au moins aussi intéressés que lui, Chase et Susannah le regardaient faire.

C'était un cadre mais il était à l'envers. Un canevas... Cherchant le bon mot qu'il allait faire à propos de l'indéfectible mauvais goût de Jenny Wilcox, il le retourna.

Le bon mot resta figé dans sa gorge.

Ce n'était pas un canevas. C'était une photo. Une photo de Susannah et lui, serrés l'un contre l'autre, qui avait été prise dans un des vergers d'Everly. Mais quand? Il y avait onze ans, au moins, puisque Susannah riait, ce qui ne lui était plus jamais arrivé en sa présence depuis la nuit de l'incendie.

Elle portait une longue robe à fleurs avec des volants, très colorée, style gitane, relevée au-dessus des genoux car elle était pleine de pêches.

Lui la regardait, visiblement en adoration. Il avait des pêches tout autour de lui. Il avait dû s'amuser à jongler avec les fruits en faisant l'imbécile, comme cela lui arrivait souvent quand le grand-père de Susannah n'était pas dans les parages, bien évidemment.

Un pincement au cœur le fit grimacer. Ce n'était pas facile de regarder cette photo. Cela le ramenait près de douze ans en arrière, à cette époque bénie, heureuse et insouciante…

Le jour où la photo avait été prise, il s'en souvenait à présent, ils pique-niquaient avec les autres paroissiens. C'était Pastor Wilcox qui les avait photographiés.

Il ferma les yeux. C'était l'été et le soleil glissait sur ses joues. Croyant sentir la chaleur, il passa la main sur son visage. Il avait encore sur les lèvres le goût sucré de la pêche mûre, dégoulinante de jus. Il avait fait l'amour à Susannah ce soir-là, à la belle étoile, allongés tous les deux sur l'herbe douce, sous la lumière blanche de la lune. Susannah s'était laissé faire, elle avait aimé, en avait même redemandé… Sa bouche aussi avait le goût suave des pêches. Mon Dieu, comme elle était passionnée, ce soir-là…

Il rouvrit les yeux et lui jeta un coup d'œil pour voir si elle réagissait comme lui à ce petit morceau de passé heureux qui venait de surgir devant eux. Pour lui, le choc était tel que la différence entre la Susannah d'hier et celle qu'il avait devant lui le fit frémir. Vieillie, Susannah ? Curieusement, non. Et pas moins jolie non plus, mais éteinte. Vide, comme si la source où s'abreuvaient son rire et sa joie de vivre s'était tarie.

Bien qu'elle ait, elle aussi, regardé la photo, elle n'avait pas manifesté la moindre réaction. Elle continuait de sourire poliment, d'un sourire figé de robot. Quant à ses yeux, ils étaient aussi inexpressifs que ceux d'une poupée.

Il lui tendit le cadre. C'était cruel, peut-être, mais il voulait au moins qu'elle le prenne, le regarde de plus près. Il voulait qu'elle dise quelque chose, n'importe quoi, un mot. Qu'elle prouve qu'elle était toujours un être humain de chair et de sang. Qu'elle était en vie.

Elle prit la photo d'un geste machinal.

— Quelle pensée délicate, dit-elle d'une voix creuse en regardant le cliché sans le voir. C'est gentil à eux.

Et elle le reposa tranquillement sur la table.

— Désolée, les garçons, mais il faut que j'aille voir le chef d'exploitation. Je l'ai chargé d'engager du personnel. Quatre de mes ouvriers, les meilleurs comme par hasard, ont eu un terrible accident de la route le week-end dernier et je vais me trouver à court de main-d'œuvre.

Chase se leva aussitôt, lui souhaita bon courage et l'embrassa.

Trent les regardait, comme s'il était extérieur à la scène.

Susannah se tourna vers lui et lui sourit ; visiblement, elle attendait qu'il l'embrasse aussi.

« Comédie, comédie, pensa-t-il. Cinéma à l'usage de Chase. »

Il l'embrassa tout de même et la suivit des yeux jusqu'à ce qu'elle ait disparu.

Un silence pesant s'installa dans la cuisine. Un silence porteur de millions de questions… et d'un million de non-réponses.

Ni Chase ni lui ne se hâtèrent de meubler le silence. A quoi bon?

Chase ouvrit le placard où Susannah rangeait la poubelle, roula en boule le papier cadeau et le lança. Il rata son but.

Trent le ramassa et essaya à son tour. Sans plus de succès.

— Pathétique, laissa tomber Chase.

Immobiles tous les deux, ils fixaient la boule de papier froissé qui gisait par terre, près de la poubelle, et aucun des deux ne fit un geste pour la ramasser.

— Ecoute, Trent, je me mêle peut-être de ce qui ne me regarde pas mais... sois patient, d'accord? Tu connais Susannah. Les choses vont s'arranger, j'en suis sûr. Il faut laisser le temps au temps.

Trent grommela entre ses dents et alla ramasser la boule de papier cadeau, la jeta dans la poubelle et referma le placard d'un coup de pied.

— C'est ça! Tu vas peut-être me raconter aussi que je vais être recruté par la meilleure équipe de foot du pays. Non, Chase, il ne faut pas rêver! Le temps n'arrangera rien du tout.

Chase hocha la tête et réfléchit quelques instants.

— Qu'est-ce qui s'est passé, Trent? Je croyais vous trouver encore au lit, et quand j'arrive, tu n'es pas là et Susannah fait ses comptes comme si c'était un jour ordinaire. Franchement, j'étais convaincu qu'une fois mariés, vous...

Il hésita.

— Enfin... je pensais qu'elle...

— Eh bien non! Et il n'en est pas question. Faut-il que je sois le dernier des crétins pour avoir cru que... que tout serait oublié depuis le temps, et qu'elle... qu'elle...

Agacé de bafouiller il s'arrêta et respira longuement.

— Elle a toujours été assez dure, tu le sais, reprit-il. Mais maintenant ce n'est plus de la dureté, c'est... c'est... Disons qu'elle a changé. C'est peut-être à cause de son grand-père et de ce testament idiot. A moins que ce ne soit à cause de moi. Le résultat, c'est qu'elle est devenue inflexible.

— Non, Trent, tu te trompes. Ou alors, si elle est aussi dure que tu le dis, c'est peut-être une carapace. Penses-y. Elle cache peut-être une blessure secrète, qui sait? Es-tu sûr de ne pas avoir dit ou fait quelque chose qui lui aura fait penser que...

— Non, je n'ai rien dit, rien fait de mal!

Trent prit sa tasse de café et se dirigea vers l'évier. Après l'avoir rincée, il la posa sur l'égouttoir d'un geste brusque.

— Vraiment rien, insista-t-il.

Il se retourna, furieux.

— Maintenant, je vais te dire franchement ce que je pense, Chase. Je n'ai pas à recevoir de leçon de morale de toi, d'accord? Alors, fais-moi plaisir, rentre chez toi. Ta femme doit t'attendre. Et fiche-moi la paix.

Chase sourit. L'une de ses qualités majeures était son caractère en or. Rien ne le heurtait jamais. En tout cas, il ne le laissait pas paraître.

— Ne t'inquiète pas, mon vieux, dit-il. Je m'en vais tout de suite. Laisse-moi juste te dire encore une chose avant de partir. Tu as tort de ne pas m'écouter. Laisse du temps à Susannah.

Trent haussa les épaules.

— Merci pour tes conseils, mais je n'en ai pas besoin. Ce qui s'est passé la nuit dernière est clair. Si tu veux tout savoir, Susannah et moi nous ne sommes pas mariés. Bibliquement parlant.

Il sentit ses épaules se contracter.

— Et entre nous, c'est la guerre, conclut-il.

Assise dans le petit bureau aménagé juste à côté de la grange, Susannah écoutait les commentaires de son chef d'exploitation sur le jeune ouvrier agricole qu'ils venaient de recevoir pour un entretien d'embauche. Elle avait beaucoup de mal à se concentrer ; son esprit avait tendance à s'évader et elle avait, ensuite, des difficultés à renouer le fil.

Tout compte fait, elle avait été plutôt soulagée de voir Trent, ce matin. Plus soulagée qu'elle ne voulait bien l'admettre. Après leur petite scène de la veille, elle s'était dit qu'elle ne le reverrait sans doute plus jamais.

Mais il était revenu et c'était tout ce qui comptait. Tant que son plan pour satisfaire les dernières volontés de son grand-père n'était pas compromis, Chase et Trent pouvaient se raconter ce qu'ils voulaient. Trent avait dû déjà déverser toute sa fureur, et Chase et lui devaient être en train de la mettre plus bas que terre.

D'où elle se trouvait, elle ne pouvait pas les entendre, mais elle imaginait sans problème leur conversation. Ils ne devaient pas l'épargner. Les critiques macho habituelles sur les femmes qui promettent et se refusent ensuite devaient fuser.

Qu'importe ! Ce n'était pas le sujet. Ce qui était important c'était le domaine. La récolte de pêches allait être excellente cette année, et même si elle n'était pas sûre de trouver assez d'acheteurs pour lui prendre tous ses fruits, il fallait qu'elle trouve des bras pour assurer la cueillette. Et pas n'importe quels bras.

— Je n'en reviens pas, dit-elle. Vous avez entendu ce gosse qui veut qu'on l'embauche ! Quel aplomb !

— Je m'étonne même qu'il ait eu le culot de se présenter, renchérit Alexander. Surtout comme ça ! Qu'est-ce qu'il croit ? Que vous l'engagez pour vous cirer les godasses ?

Elle sourit.

— Je n'ai besoin de personne pour me cirer mes chaussures, Alexander, mais il me faut des gens pour cueillir mes pêches et, pour l'instant, on n'a pas vu grand monde.

— Non, c'est vrai, ça ne se bouscule pas au portillon.

Alexander rassembla machinalement les papiers qui traînaient sur la table.

— Il n'y a jamais beaucoup d'amateurs pour ramasser les fruits, poursuivit-il. On a reçu quand même quelques appels. Mais on les compte sur les doigts d'une main.

— Oui. De plus, ce n'étaient pas de bonnes recrues.

L'un des candidats avait travaillé pour les Richie, or il était de notoriété publique que cette entreprise était très mal gérée. Le deuxième candidat n'avait pas d'expérience ; six mois seulement dans le monde du travail, ce n'était pas assez aux yeux d'Alexander. Et le salaire demandé dépassait, et de loin, ce que Susannah proposait. Restait le jeune Stephen Breslin, celui qu'ils venaient de voir. Ils ne l'auraient sûrement pas reçu s'il n'avait pas eu l'aplomb de venir directement, sans même un coup de téléphone au préalable. Stephen Breslin s'était présenté comme ça, sans rendez-vous. Il avait frappé à la porte du bureau, et Susannah, qui désespérait de trouver du personnel, avait décidé de le recevoir.

Alexander se cala dans le fond de son vieux fauteuil de cuir et tapota la table avec le bout de son crayon.

— Il n'a aucune expérience ce gamin, marmonna-t-il. Les pêches, il n'y connaît rien. Et les pêches, c'est fragile. Ça demande un minimum d'expérience.

— Il apprendra, répliqua Susannah.

Elle posa la main sur la table et faillit faire tomber la pile chancelante de papiers entassés. Elle soupira. Tous ces papiers… A renvoyer, à trier, à classer… Et les mille et une choses plus importantes à faire.

— On n'a plus le choix, Alexander. Les fruits n'attendront pas. Il va falloir revoir nos critères de sélection à la baisse.

C'était, elle le savait parfaitement, la dernière des choses à dire…

Son chef d'exploitation se raidit sur son siège et gonfla les pectoraux comme un dindon vaniteux.

— Heureusement que votre grand-père n'est plus là pour vous entendre ! lança-t-il. Pour rien au monde, il n'aurait sacrifié le niveau de qualité, lui. La performance, être les meilleurs, dans tous les domaines, il n'y avait que ça qui comptait pour lui.

— On ne peut pas toujours être au top partout, Alexander.

— Votre grand-père, même quand la maladie d'Alzheimer l'a touché, n'a jamais rien cédé sur ce terrain-là.

Susannah, agacée, se leva et s'approcha de la fenêtre. De là elle pouvait voir le petit bois, à l'est, qui était particulièrement joli au mois de mai quand les arbres retrouvaient leur feuillage et s'auréolaient d'une frondaison vert tendre. Ce point de vue la calma un peu.

Alexander et elle avaient eu cette conversation des dizaines de fois depuis le décès, deux ans plus tôt, de son grand-père, Arlington H. Everly, et elle ne se sentait pas d'humeur à évoquer de nouveau le sujet.

Le niveau de qualité qu'exigeait son grand-père était, à ses yeux, l'exigence d'un personnage têtu comme une mule et orgueilleux comme un paon. C'était de la fierté mal placée, un entêtement criminel. L'économie nationale et mondiale avait évolué, il fallait en tenir compte sous peine de disparaître. Campant sur des positions dépassées, son grand-père avait refusé de prendre le tournant nécessaire quand il l'aurait fallu, refusé dédaigneusement de s'adapter. Le résultat ne s'était pas fait attendre très longtemps : Arlington Everly avait conduit son exploitation au désastre, un désastre dans lequel sa petite-fille se débattait maintenant avec désespoir.

Quand Susannah était petite, avant la mort de ses parents, Everly Industries possédait cinq mille hectares de terre fertile, ici, près d'Austin. Et presque autant dans l'ouest du Texas où le sous-sol était si riche que le pétrole en jaillissait sans même que l'on ait à forer. Aujourd'hui, il leur restait environ un dixième de cette fortune, seulement cinq cents hectares, dont seulement cent cinquante de productifs. Ainsi qu'un lot de un hectare, à l'ouest du Texas, qui avait fini par ressembler à un gruyère à force d'avoir son sol foré à la recherche d'un or noir qu'il ne contenait plus. Mais malgré cette dégringolade spectaculaire, il avait quand même fallu en passer par les quatre volontés du patriarche têtu qu'était Arlington Everly car, même malade, il ne tolérait pas que l'on s'oppose à ses décisions ou qu'on lui donne le moindre conseil.

— J'ai besoin de bras, dit Susannah, essayant de revenir à son sujet. De beaucoup de bras. Il faut tailler, élaguer, retirer les fruits en trop, et dans quelques semaines il faudra les récolter avant qu'ils ne pourrissent sur l'arbre. Stephen Breslin est vigoureux, il cherche à travailler. Il a deux mains. Engagez-le.

Alexander ne répondit pas, mais Susannah l'entendit penser.

— Engagez-le, répéta-t-elle fermement.

Alexander ne daigna pas répondre pour autant, et

Susannah imagina très bien le regard qu'il posait sur elle à cet instant.

Elle entendit le cuir de son fauteuil craquer.

Brisant le silence, la voix rugueuse du vieux contremaître s'éleva, contrariée, accusatrice.

— Et si on demandait à Mlle Nikki ?

Elle se mordit la lèvre. Ça, c'était la question vicieuse.

Quand Stephen Breslin avait travaillé dans l'élevage de chevaux de Chase, Nikki était tombée amoureuse de lui au premier regard, et il s'en était fallu de peu qu'elle ne lui tombe dans les bras comme une pêche trop mûre qui se détache de l'arbre.

Mais Nikki n'était pas là. Et Stephen, au cours de l'entretien, s'était excusé avec beaucoup de délicatesse, de doigté et de maturité. Nikki absente, Stephen se révélerait peut-être un travailleur hors pair.

A moins qu'Alexander n'ait raison et que Stephen ne soit pas fiable. Comment pouvait-elle le savoir ?

Elle ferma les yeux un instant. Une migraine s'annonçait. Elle en connaissait trop bien, hélas, les symptômes annonciateurs. Les yeux qui brûlent, la nuque pincée, le sang qui cogne au niveau des tempes…

La porte qui s'ouvrait l'arracha à ses préoccupations.

Elle entendit le siège d'Alexander grincer.

— Trent ! s'exclama le chef d'exploitation, visiblement ravi de cette visite. C'est le bon Dieu qui vous envoie ! Vous pouvez peut-être m'aider à faire entendre raison à Mlle Susannah.

Susannah soupira. Comme si elle avait besoin de ça en plus !

Elle se retourna lentement et jeta à Trent un regard qu'elle espéra neutre.

Trent lui rendit à peine son regard et serra la main qu'Alexander lui tendait tout en lui donnant une tape amicale dans le dos. Ils avaient l'air de vieux copains, tous les deux, et Susannah se sentit soudain en trop, ce qui n'arrangea pas son humeur.

— Je n'ai besoin de personne pour me faire entendre raison, et je ne laisse jamais personne décider pour moi, déclara-t-elle en articulant chaque mot. Je sais ce que j'ai à faire.

Trent haussa les sourcils et la regarda comme si elle venait de dire une énormité, puis fit un clin d'œil à Alexander.

— Ne vous inquiétez pas, Alexander. Vous la connaissez. Quand elle décide quelque chose, personne, ni vous, ni moi, ni qui que ce soit ne la fera changer d'avis. Alors inutile de gaspiller votre temps et votre énergie. C'est peine perdue avec elle.

— En temps ordinaire j'aurais laissé filer mais là, c'est différent, répliqua le chef d'exploitation. Elle veut embaucher Stephen Breslin.

Trent redevint sérieux.

— Vraiment ? demanda-t-il en se tournant vers Susannah. Pourquoi ?

— Parce que j'ai besoin d'ouvriers, voilà pourquoi ! répondit-elle, agacée. Parce que Stephen a postulé et qu'il m'a semblé chercher réellement du travail. Il a même profité de notre entretien pour me présenter ses excuses au sujet de Nikki et de tout ce qui était arrivé. Il m'a expliqué qu'il se sentait seul. Et qu'il avait le mal du pays. C'est d'ailleurs pour ça qu'il cherche un deuxième emploi maintenant. Il veut mettre de l'argent de côté pour s'acheter un billet d'avion pour retourner chez lui à El Cajon.

Trent éclata de rire.

— Il a dit ça ?

— Et comment ! intervint Alexander. Si seulement vous aviez pu être là ! Vous l'auriez vu avec sa petite tête de fouine ! Quelle crapule !

Alexander prit un air dégoûté et ajouta :

— On lui aurait donné le bon Dieu sans confession. Je vous jure ! Un comédien, voilà ce qu'il est. Il lui passe de la pommade et elle marche. Non, elle ne marche pas, elle court ! Foutaises que tout ce qu'il raconte ! Mensonges à quatre-vingt-dix-neuf pour cent, si vous me posez la question.

— Justement, je ne vous demande rien, Alexander, intervint Susannah d'un ton sec. Je ne vous demande votre opinion ni à l'un ni à l'autre, c'est ma décision.

Et pour bien enfoncer le clou, elle répéta en détachant chaque syllabe et en appuyant très fort sur la première :

— *Ma* dé-ci-sion.

Alexander grogna dans sa barbe.

— Bon sang vous vous souvenez pas de ce qu'il a fait chez les Clayton ? insista-t-il néanmoins. Vous vous rappelez comment il a filé en abandonnant un cheval malade sans se soucier de savoir si la pauvre bête allait survivre ? Vous vous rappelez que Trent a été obligé de le flanquer à la porte ?

— Elle se rappelle, dit Trent d'une voix lente.

Il ne souriait plus et semblait pensif tout d'un coup.

— C'est pour cela que tu veux l'embaucher, Susannah ? demanda-t-il. Parce que tu sais que les relations sont plutôt froides, entre Stephen et moi ? Tu veux me narguer ?

Susannah le fixa sans rien dire.

Sans le savoir, il venait de lui donner une idée. Ce serait peut-être drôle, en effet, de le ridiculiser un peu en embauchant quelqu'un qu'il avait renvoyé. C'était un bon moyen de le remettre à sa place.

Le visage fermé, elle croisa les bras sur sa poitrine et continua à le fixer sans rien dire. Elle était à deux doigts d'exploser, mais son self-control légendaire l'en empêchait. C'était d'ailleurs parce qu'elle savait se dominer qu'Alexander n'avait pas encore démissionné. Elle l'avait entendu dire qu'il était impossible de travailler avec les femmes mais avec Mlle Susannah c'était différent parce qu'elle était différente justement, et qu'elle ne hurlait pas à tout bout de champ comme une bonne femme hystérique, ce qu'elle avait pris pour un compliment malgré le vocabulaire peu flatteur.

Elle défia Trent du regard.

— Comme je l'ai déjà souligné, ce que je fais ne te concerne pas toujours, Trent.

Il se contenta de sourire, moqueur, et elle sentit ses mains la démanger. Pourquoi lui faisait-il cet effet ? Quand donc apprendrait-elle à ne porter aucune attention à ses regards moqueurs ?

Elle était prête à écouter les conseils d'Alexander et à ne pas embaucher Stephen Breslin, mais brusquement, elle changea d'avis.

Elle se dirigea vers la porte et lança :

— Alexander, engagez Breslin ! Demandez-lui s'il a un frère, un oncle, un chien, et engagez-les tous !

— Décision stupide, marmonna Alexander. Vous le regretterez.

— Si j'étais vous, je ferais ce que dit Melle Susannah sans me soucier des conséquences, intervint Trent en riant.

Susannah, qui avait laissé la porte se refermer doucement, faillit rater la fin de la phrase. Mais Trent parlait fort.

— Notre Susannah est une femme intelligente, Alexander. Croyez-moi. Si elle a des regrets, elle trouvera toujours un biais pour s'en sortir avec panache.

Chapitre 3

Un peu plus tard dans la journée, Trent frappait à la porte d'un ravissant petit cottage de Darlonsville, à quelques kilomètres de là.

— Trent!

Peggy Archer tendit la main et, interloquée, resta sans voix.

— Bonjour, Peggy.

— Çà alors! dit-elle, reprenant ses esprits. S'il y a quelqu'un que je ne m'attendais pas à voir un jour comme aujourd'hui, c'est bien toi! Tu n'es pas avec… elle?

Trent sentit la main de Peggy trembler dans la sienne, et il la serra un peu plus fort d'un geste rassurant.

— Vous savez bien que j'ai rendez-vous avec vous tous les samedis après-midi depuis cinq ans, Peggy. Mon mariage ne changera rien à l'affaire.

Elle hocha lentement la tête.

— Surtout ce mariage-là!

Elle avait raison. Ce n'était pas n'importe quel mariage.

— Vous m'avez dit que votre parabole ne fonctionnait plus, dit-il. Et comme je sais que vous ne pouvez pas vous passer de votre match de foot du dimanche.

Il sourit. Il connaissait assez Peggy pour savoir qu'elle

ne regardait jamais le sport à la télévision, mais il espérait détourner la conversation de Susannah. C'était un sujet épineux dans cette maison.

Des années auparavant, quand ils étaient gosses, Paul, le fils de Peggy, faisait partie du quartet inséparable des Fugitive Four, avec Chase, Susannah et lui, et Peggy les considérait tous les trois comme ses enfants adoptifs. Tous les après-midi, en été, ils dévoraient des épis de maïs et du *chili con carne* au ranch Bull's Eye, une propriété de cinq mille hectares qui appartenait aux Archer.

Mais un jour, onze ans plus tôt très exactement, une dispute avait éclaté entre Trent et Susannah. Le ton était monté et la querelle s'était terminée en tragédie. Et Paul avait perdu la vie dans la bagarre. A la suite de quoi, Trent avait quitté le pays. Il lui avait fallu des années pour trouver le courage de revenir au Texas affronter sa part de responsabilités.

Le plus difficile avait été de revoir Peggy. Mais peu à peu elle lui avait pardonné et l'avait laissé reprendre sa place de fils adoptif. Curieusement, les années passant, elle avait rejeté la faute sur Susannah.

Quand il lui avait fait part de son projet de mariage de un an, Peggy avait paru totalement désespérée, et il avait trouvé son désarroi un peu disproportionné par rapport à l'événement.

Il s'en était voulu de lui en avoir parlé, pensant qu'elle comprendrait, le temps ayant fait son travail pour apaiser quelque peu sa douleur. Et puis ce mariage n'allait pas mettre un terme à ses petites visites hebdomadaires.

Il serra sa main plus fort et lui sourit.

— Dites-moi, Peggy, vous ne me proposez pas d'entrer aujourd'hui ?

— Bien sûr que si, mais…

Elle s'éloigna de la porte et jeta un coup d'œil derrière elle.

— Je ne pensais pas que tu viendrais, alors…

L'arrivée de son ex-mari qui sortait de la cuisine l'interrompit au milieu de sa phrase.

Harrison Archer parlait tout seul, visiblement irrité par cette fichue parabole qui ne tenait plus sur le toit que par l'opération du Saint-Esprit.

Harrison Archer, la calvitie naissante, était le type même du Texan. Très grand, le ventre rond comme une barrique, il parlait haut et fort, de son accent texan inimitable, rocailleux et traînant. Son fils Sean le suivait comme son ombre. A huit ans, Sean était le portrait craché de Paul. La ressemblance était tellement frappante que c'en était troublant. En fait, les deux fils du second mariage de Harrison étaient le portrait craché de Paul. A cause de leurs cheveux roux sans doute, car Nora, la nouvelle femme de Harrison, ressemblait comme un clone à Peggy, en deux fois plus jeune. Même chevelure flamboyante, même corpulence, elles étaient toutes les deux menues, et avaient les mêmes yeux noisette.

Tout le monde avait compris ce que Harrison avait cherché à faire en se remariant deux ans seulement après la mort de Paul. Il voulait revenir en arrière et tout recommencer à zéro. Mais malgré les deux beaux garçons que lui avait donnés sa nouvelle femme, la ravissante Nora, quelque chose était mort en lui. Son regard avait perdu de sa vivacité, il n'était plus le gaillard jovial qu'il était auparavant, et Trent se sentait mal à l'aise quand ils se croisaient.

— Trent ! Ah, tu es là !

Harrison sortit sur le perron et montra du doigt la parabole en équilibre sur la cheminée.

— Faudrait que je répare ça mais je ne vais pas avoir le temps. Sean a un match cet après-midi. Ça t'embêterait de t'en occuper ?

— Pas de problème.

Trent fit un clin d'œil à Sean, adorable dans l'uniforme, en miniature, des joueurs de l'équipe des Red Socks.

— Salut, Sean !

— Salut !

— C'est Sean le lanceur, aujourd'hui, expliqua Harrison, visiblement fier du rôle dévolu à son rejeton.

Ne sachant que répondre, Trent se contenta de sourire, mal à l'aise soudain. Pourquoi Harrison avait-il cru bon d'amener son fils ici, habillé comme ça ? On aurait dit le fantôme de Paul… Harrison, d'habitude, faisait preuve de plus de sensibilité.

— Ah bon ? laissa tomber Trent, pour rompre ce silence qui commençait à devenir gênant. C'est un grand honneur.

Le visage de Sean s'illumina de plaisir.

— Je travaille mes tirs. Papa dit que je serai bientôt le meilleur !

Machinalement, Trent jeta un coup d'œil vers Peggy. Autrefois, Paul aussi était lanceur. C'était même lui le lanceur de l'équipe de base-ball du lycée. Il était extrêmement doué, presque exceptionnel. A & M, les fabricants d'articles de sport, lui avaient d'ailleurs offert une bourse pour poursuivre ses études tout en pratiquant le base-ball afin d'améliorer encore ses performances. Par malheur, au moment précis où il aurait dû reprendre l'entraînement, il s'était retrouvé sur un lit d'hôpital.

Brûlé à soixante-dix pour cent.

Sans aucune chance de s'en sortir.

Et aujourd'hui, Harrison enseignait le célèbre *kuckleball* de Paul Archer à ce petit garçon à la frimousse piquée de taches de rousseur, le fils qu'il avait eu en remplacement de Paul.

Livide, Peggy fixait le mur sans dire un mot, et Trent comprit tout de suite qu'elle ne voulait pas regarder Sean qui lui remettait l'image de son fils disparu devant les yeux avec une cruauté involontaire. Bouleversé, il se raidit. La pauvre femme était au supplice. On aurait dit que Harrison s'ingéniait à rouvrir la plaie — une plaie toujours vive —, et à y verser du sel pour être sûr qu'elle ne se referme pas.

— Il faut que je m'asseye, murmura Peggy dans un souffle.

Elle entra dans la maison et se dirigea vers le petit salon. Elle boitait beaucoup, aujourd'hui, nota Trent. Elle devait avoir mal. A cinquante ans à peine, elle marchait comme une vieille femme. Et encore! Trent connaissait des octogénaires plus alertes! L'intervention chirurgicale que son médecin avait programmée pour juillet, une prothèse de la hanche, ne serait pas un luxe. Mais il fallait attendre encore six semaines. Une éternité quand on souffrait le martyre, ce qui était son cas. Elle redoutait cette opération, mais en privé, Trent espérait que cela lui donnerait le coup de fouet indispensable dont elle avait besoin, elle aussi, pour recommencer sa vie à zéro.

Harrison posa sur la console la fixation en métal destinée à la parabole, et jeta un coup d'œil à sa montre.

Pourquoi était-il venu, se dit Trent, s'il avait si peu de temps à accorder à Peggy ?

— Tu me jures que tu sauras faire ? dit-il en se tournant vers lui. T'es sûr que tu pourras te débrouiller seul ? Je sais bien que ce n'est pas difficile mais... Bon, faut qu'on y aille, poursuivit-il en se tournant vers Peggy. Nora finit sa séance de Pilates à 16 heures, et elle voudra sûrement prendre une douche avant le match de Sean.

— Pas de problème, répondit Trent. Je devrais pouvoir y arriver tout seul. Comme vous le dites, ce n'est pas bien difficile.

La colère qu'il sentait monter en lui depuis que Harrison avait vanté les prouesses de Sean au base-ball redoubla. Une envie d'attraper Harrison par le col de sa chemise et de le secouer le prit brusquement. A quoi jouait-il ? Faisait-il exprès ? Pourquoi se croyait-il obligé de parler des exercices physiques de Nora quand son ex-femme se retrouvait quasiment dans l'incapacité de marcher ? Non content de l'avoir quittée sans ménagement, il exerçait sur elle une cruauté mentale inadmissible, comme s'il fallait absolument faire comprendre à Peggy qu'elle n'était plus qu'une femme de cinquante ans bien sonnés, ménopausée et atteinte d'arthrose.

C'était du sadisme à l'état pur !

— Bon, marmonna Harrison, eh bien, c'est parfait, on va y aller.

Il regarda vaguement Peggy qui s'était assise dans son rocking-chair et avait pris son tricot comme pour bien lui montrer qu'elle assumait le fait d'être une femme d'âge mûr et qu'elle se moquait éperdument de ses propos déplacés.

— Au revoir, Peggy.

— Au revoir, Peggy, répéta Sean en écho.

Elle ne releva pas les yeux de sa pelote de laine.

— Au revoir, laissa-t-elle tomber d'un ton sec.

Harrison lui jeta un regard noir. Il tendit des clés à son fils et lui demanda d'aller l'attendre dans la voiture.

Sean acquiesça et fila en courant.

Harrison se retourna vers son ex-femme qu'il fusilla du regard.

— Bon sang, qu'est-ce qui te prend, Peggy ? Sean n'a rien à voir là-dedans. Tu n'as aucune raison de lui faire la tête.

Imperturbable, Peggy continua de tricoter, mais Trent remarqua que ses doigts étaient à peu près aussi blancs que sa pelote de laine.

— Tu te moques du monde, Peggy, poursuivit Harrison. Il ne t'a rien fait, ce gosse. Tu pourrais quand même être plus aimable avec lui.

Elle se décida enfin à relever les yeux vers lui et le regarda froidement.

— Non. Je ne peux pas. C'est plus fort que moi,

Harrison, je ne peux pas. Alors s'il te plaît, à l'avenir, n'amène plus jamais cet enfant chez moi.

Harrison fit un pas vers elle, mais Trent tendit le bras pour lui barrer la route. Il connaissait trop bien le caractère de Harrison. Il en avait fait les frais autrefois. En ce temps-là, il était trop jeune et trop intimidé par la fortune des Archer et la stature de Harrison pour dire quoi que ce soit.

Mais aujourd'hui, ce détail ne l'impressionnait plus.

— On se calme, dit-il.

Dans un mouvement d'humeur, Harrison repoussa son bras. On aurait dit qu'il cherchait la bagarre.

Ils restèrent ainsi quelques instants à se dévisager. Et puis Harrison abandonna le premier et recula, fixant Trent d'un regard mauvais.

— Il faut que je te parle, fils, dit-il. Dehors.

Pas mécontent d'éloigner Harrison de Peggy, Trent hocha la tête, et ils sortirent tous les deux sur le perron.

— Sale putain, marmonna Harrison alors que la porte d'entrée se refermait derrière lui.

Trent fit celui qui n'avait pas entendu mais serra machinalement les poings. Qu'avait donc Harrison ? Il connaissait sa personnalité peu commode et son caractère irascible, mais il y avait quelque chose de nouveau en lui, quelque chose qu'il n'aimait pas.

— Vous vouliez me parler, Harrison ?

Harrison prit sa respiration et passa la main dans ses cheveux.

— Je te demande pardon, je n'aurais pas dû m'énerver,

marmonna-t-il. Mais c'est à cause d'elle. Après tout ce temps, elle me fait encore sortir de mes gonds. Elle est restée bloquée dans le passé, Trent. Nom de Dieu, moi aussi j'aimais Paul, mais il faut bien continuer à vivre, non ? Elle m'en veut pour ça. Parce que je réussis à vivre et pas elle. Elle, elle est morte.

— C'est peut-être simplement qu'elle n'a pas envie que vous étaliez votre nouvelle vie devant elle.

Harrison devint tout rouge.

— Etaler ma nouvelle vie devant elle ? Ça veut dire quoi, ça ? C'est pas moi qui ai demandé à venir chez elle, c'est elle qui m'a téléphoné ! Elle voulait que je l'aide. J'ai pas que ça à faire, moi !

L'égoïsme de Harrison suffoqua Trent, mais il n'essaya même pas de lui expliquer que Peggy était seule, souffrait le martyre, et que demander de l'aide à un homme qui avait partagé vingt ans de sa vie n'était pas un événement exceptionnel. C'était même un signe de confiance, un geste de tendresse en souvenir de leur amour passé, de leur vie commune. La sensibilité de Harrison était très limitée. Quant à l'intérêt qu'il portait aux autres…

— Bon, je suis là maintenant. Vous êtes libre, Harrison. Emmenez Sean à son match et passez l'éponge.

— C'est ridicule, marmonna Harrison, toujours dans sa colère. Qu'est-ce qu'elle attend pour appeler un antenniste ? Je lui donne assez d'argent tous les mois pour qu'elle fasse venir un réparateur. Je ne suis pas à son service. Il n'y en a pas beaucoup qui versent des pensions alimentaires comme moi.

Trent serra les dents tellement fort que ses mâchoires lui firent mal.

— Je crois que ça lui fait plaisir d'avoir de la visite. Les trois quarts du temps quand j'arrive, elle me dit d'oublier les travaux pour lesquels elle m'a appelé et de m'asseoir. En fait, elle a envie de bavarder. Ce n'est pas facile de vivre seule, Harrison.

Harrison éclata d'un gros rire qui n'amusa pas Trent.

— Quoi ? Tu penses qu'elle te fait venir juste pour le plaisir de bavarder avec toi ? C'est une blague ou quoi ? Détrompe-toi, fils. Elle se sert de toi. Elle sait que tu te sens plus ou moins coupable de ce qui est arrivé à Paul, et elle en profite.

Mais Trent n'avait pas envie d'entrer dans un tel débat.

— Je pense qu'il est grand temps que vous partiez, Sean et vous, lança-t-il d'un ton sec.

Il s'attendait à une nouvelle explosion de colère de la part de Harrison, mais il n'en fut rien. Au contraire, le visage de ce dernier s'adoucit.

— Tu l'aimes bien, Peggy, hein ?

— Oui, répondit Trent, surpris de ce brusque changement d'humeur.

— Pauvre malheureux !

Harrison posa la main sur son épaule.

— Je sais que tu penses que tu peux compenser et alléger un peu son chagrin. Mais tu te trompes. C'est trop grave, ce qui est arrivé.

Trent haussa les épaules.

— C'est possible mais cela m'est égal. Moi, si je viens, c'est parce que cela me fait plaisir. C'est tout.

— Comme tu veux.

Harrison hocha la tête, pensif.

— C'est bon, mais fais quand même attention, fils. Parce que moi je te dis une chose. Dans le fond d'elle-même, là où ça ne se voit pas, Peggy vous hait, Susannah et toi.

Stephen Breslin commença le lundi matin. A midi, Susannah se félicitait déjà de ses performances. Même Alexander l'avait reconnu : c'était une bonne recrue. Pour l'instant. Et il avait bien insisté sur ce point...

Pour l'instant, donc, Stephen faisait attention à ce qu'on lui demandait et exécutait scrupuleusement les ordres.

Peut-être même en faisait-il trop. Le milieu du mois de mai, dans le cœur du Texas, pouvait être frais, mais l'été s'annonçait en avance cette année, et les températures avoisinaient déjà les trente degrés dans la journée.

Quand Susannah sortit la camionnette à plateau pour aller voir si la taille des arbres avançait, elle aperçut Stephen, adossé à la vibreuse, la machine utilisée pour nettoyer les arbres et cueillir les fruits.

Torse nu, sale et en sueur, Stephen buvait de l'eau à la régalade. Le visage tourné vers le soleil, il leva le bras et s'aspergea. L'eau ruissela sur son torse dont les muscles ondulaient comme des vagues sous la peau cuivrée. Nikki n'avait pas tort. Stephen était le type même du beau gosse. Une espèce de surfeur aux cheveux décolorés par le soleil qui devait faire des ravages sur les plages. Susannah comprenait maintenant que sa sœur ait flashé sur cet Adonis, d'autant que c'était le genre de garçon qui l'avait toujours fascinée.

Pour sa part, Susannah était plus attirée par les beaux bruns ténébreux aux yeux bleus. Le genre sombre et inquiétant. L'opposé du jeune Stephen. Aussi, quand le jeune homme luisant de transpiration lui adressa un de ces sourires éclatants, sans ambiguïté ni mystère, ressentit-elle plutôt une sorte d'inquiétude toute maternelle. Et si Stephen, qui était déjà en nage, était victime d'un coup de chaleur en continuant de travailler sous ce soleil violent ?

Soudain gagnée par une grande lassitude, elle ferma les yeux.

Diriger les vergers Everly était un travail épuisant, un combat de tous les jours, sur tous les fronts. Et malgré l'aide précieuse d'Alexander et ses compétences certaines, les décisions importantes lui revenaient. Sans compter l'éducation de Nikki, qui était pour elle une lourde responsabilité. Devenir mère de substitution à quinze ans n'avait pas été une chose facile ; et cela ne l'était toujours pas.

Nikki n'était encore qu'un bébé à la mort de leurs parents, et elle n'avait jamais considéré Susannah comme une grande sœur à qui elle pouvait confier ses joies et ses peines. De son côté, Susannah avait dû bien trop souvent faire preuve de la sévérité d'une mère, et non de l'indulgente complicité d'une grande sœur, et ses rapports avec Nikki en avaient terriblement souffert.

Ce rôle de mère, qu'elle n'avait pas choisi, l'avait épuisée.

Sentant soudain qu'on lui touchait le bras, elle rouvrit les yeux.

— Le petit crétin a cassé la vibreuse, lui apprit Alexander en s'essuyant le visage avec un vieux chiffon qui avait dû être un mouchoir dans des temps très anciens.

— Quoi ?

Susannah regarda Stephen, puis la machine. En effet, elle ne faisait plus de bruit et elle ne bougeait pas, alors qu'elle aurait dû passer entre les arbres en grondant. Avec ses bras articulés conçus pour serrer comme des pinces, elle était supposée attraper les troncs et les secouer pour faire tomber les pêches.

Puis elle sentit une odeur caractéristique de caoutchouc brûlé, et vit une vilaine fumée grisâtre qui flottait sous les pêchers…

Stephen dut croire qu'elle le regardait car il lui sourit de nouveau. Il pointa du doigt la machine et traça une ligne imaginaire de droite à gauche de son cou.

Susannah comprit tout de suite. Son ouvrier lui faisait comprendre que la vibreuse avait rendu l'âme, et il semblait trouver cela drôle !

Susannah, elle, ne riait pas. Il faudrait compter plusieurs jours avant que sa vibreuse ne soit réparée. Maintenant que tous les producteurs de fruits du centre du Texas avaient commencé leur récolte, où et à qui allait-elle pouvoir emprunter une machine pour la dépanner ?

— Je savais bien que c'était trop beau pour être vrai, grommela Alexander. Je savais que c'était de la comédie tout ça ! Ah, il est chouette, l'employé modèle !

Il cracha par terre.

— Foutaises !

— Ce n'est pas la faute de Stephen, rétorqua Susannah, tentant de garder son ton le plus dégagé. Si je me rappelle bien, Alexander, la vibreuse est tombée en panne l'année dernière, et c'était vous qui étiez dessus. C'est un vieux clou, c'est tout. Il va falloir en acheter une neuve.

— On ne va pas pouvoir. Trop cher.

Elle lui jeta un regard noir, se retenant de lui dire ce qu'elle pensait de ses jérémiades perpétuelles et de sa mauvaise foi. Elle le savait bien, qu'ils n'avaient pas les moyens de s'offrir une machine neuve. Elle ne le savait que trop bien ! S'ils en avaient eu les moyens, se serait-elle jetée pour un an dans les affres d'un mariage absurde ?

— Peut-être Chase nous prêtera-t-il la sienne ? avança-t-elle.

— Ouais, peut-être. Vous n'avez qu'à dire à Trent de lui demander, mais faut qu'il fasse vite.

Alexander plissa le front et ajouta :

— Au fait, où est-ce qu'il est, Trent ? Je l'ai pas vu de tout le week-end.

C'était la question à ne pas poser. Celle qu'elle redoutait entre toutes. Où était son mari ? Il avait dormi à Everly tous les soirs, ça elle le savait. La première nuit, sur le canapé, par la force des choses. Ensuite, dans la chambre d'Arlington, rentrant à point d'heure le soir et disparaissant tôt le matin.

Ce qui lui convenait très bien, soit dit en passant. Moins elle le voyait, mieux elle se portait. N'empêche qu'elle ne pouvait s'empêcher de se demander où il était allé ce week-end… Chez Chase ? Peut-être. Il y était employé, et tenir une exploitation comme celle-là demandait un travail considérable, week-ends compris.

Ça, c'était la première hypothèse. La deuxième, c'est qu'il avait peut-être trouvé un refuge plus… doux.

Des bras plus doux.

Après tout, cela n'aurait pas été la première fois…

Des images du passé resurgirent à ses yeux, qu'elle chassa aussitôt. Tant que Trent remplissait son contrat, à savoir passer ses nuits sous son toit pendant un an, il pouvait faire ce qu'il lui plaisait de ses journées. Elle espérait toutefois ne pas passer son temps à se demander où il était et avec qui. Les douleurs du passé avaient la vie dure, songea-t-elle en soupirant.

Son regard se porta sur les autres ouvriers qui travaillaient dans le secteur. Ils débarrassaient à la main les branches des fruits que la vibreuse n'avait pas décrochés.

Beaucoup de travail… Beaucoup de salaires à verser…

Elle fit un rapide calcul. La paie des ouvriers plus la réparation de la vibreuse. Si c'était une grosse réparation — et elle avait comme l'impression que c'en serait une — toute sa trésorerie y passerait. Comment s'arrangerait-elle alors pour se…

— Allez, crève ! Saloperie, tu vas crever oui ou non ?

Le cœur battant, elle se précipita vers Stephen. Il avait attrapé une pelle et frappait le sol avec fureur, deux mètres environ devant la vibreuse, hurlant et gesticulant.

Elle se demanda un instant si Alexander n'avait pas vu juste et si elle n'avait pas engagé un fou furieux.

A cet instant précis elle vit, ondulant par terre, aux pieds de Stephen, un énorme serpent à sonnette. Un frisson d'horreur la saisit, et elle s'arrêta.

C'était étrange. Bien que l'action semblât se dérouler au ralenti, en moins de dix secondes, tout était terminé. La bête gisait dans la poussière, bougeant imperceptiblement.

Les autres ouvriers et Alexander s'étaient approchés en courant.

Susannah les rejoignit.

Stephen ne riait plus. Il était blême. Il regarda l'intérieur de ses mains et grimaça. Susannah vit qu'elles saignaient ; à force de frapper, il les avait écorchées avec le manche de la pelle.

Penaud, il leva les yeux et la regarda, comme s'il avait peur de se faire gronder.

— J'ai pas fait exprès, dit-il d'une petite voix. Mais quand je l'ai vu, j'ai paniqué.

Si elle n'avait pas été sa patronne, elle l'aurait pris dans ses bras et l'aurait consolé comme elle le faisait parfois avec Nikki lorsqu'elle revenait à la maison avec une mauvaise note en maths.

— C'est bien, dit-elle en lui souriant pour le rassurer.

A son tour, il esquissa un sourire.

— Vous avez fait du bon boulot, ajouta-t-elle. Allez vous laver, maintenant. Vous avez du sang sur les mains.

D'un signe de tête, elle montra la pelle et le serpent.

— Laissez ça. Alexander va s'en charger. N'est-ce pas, Alexander ?

Le chef d'exploitation la foudroya du regard mais elle fit semblant de ne pas le remarquer. Elle voulait rentrer et désinfecter les blessures de Stephen. Elle se sentait responsable. Cette pelle aussi aurait dû être remplacée depuis longtemps, comme la majorité des outils dont on se servait d'ailleurs, à commencer par la vibreuse.

En soupirant elle se dirigea d'un pas lourd vers sa camionnette. Le moteur toussa plusieurs fois avant de se décider à démarrer. La batterie était faible. Elle devait la changer sans tarder. Encore des frais…

Cela commençait à faire beaucoup pour la même journée. Beaucoup trop. Plus qu'elle ne pouvait supporter.

Connaîtrait-elle, une fois dans sa vie, un jour entier de tranquillité ? Elle ne demandait pas grand-chose pourtant. Juste un petit jour de tranquillité.

Cinq ans plus tôt, quand Trent avait accepté la proposition de Chase de diriger son ranch, le Double C, il avait travaillé vingt heures sur vingt-quatre, trois cent soixante-cinq jours par an pendant près de dix-huit mois, dormant sur une banquette dans son bureau, mangeant quand il en avait le temps. Pour rien au monde, il n'aurait laissé tomber Chase, pas plus qu'il ne voulait le décevoir.

Il est vrai qu'il avait beaucoup à se faire pardonner. Il savait ce que l'on avait pensé de lui quand il avait quitté le pays, six ans plus tôt, après l'incendie, alors que Paul gisait entre la vie et la mort sur son lit d'hôpital dans le service des grands brûlés.

Tout le monde l'avait jugé avec sévérité. On avait dit de lui que c'était une tête de mule, un petit crétin qui avait joué hors de sa ligue pendant des années et qui, finalement, s'était révélé tel qu'il était vraiment, un gamin prétentieux, un individu peu intéressant. Il savait que c'était ça, que les gens avaient pensé, parce que c'était ce que lui-même avait pensé de lui.

Alors il avait fui. Que pouvait-il faire d'autre ? C'était, en tout cas, la seule solution qu'il avait trouvée, la seule réponse à ses nuits blanches, à ses cauchemars et aux regards d'autrui. Toute cette tragédie l'avait dépassé. Il n'avait que dix-neuf ans, et avait déjà perdu, par sa faute, tout ce à quoi il tenait le plus. Il avait trahi Susannah, frappé son meilleur ami qui en était mort et, quelque part, fait pleuvoir un déluge de catastrophes sur de nombreuses personnes, détruisant leur vie.

Il arrivait parfois qu'il ne se rappelle pas exactement comment ça s'était passé. D'autres fois, au contraire, le film se déroulait devant ses yeux, au ralenti pour qu'il en profite bien, avec une précision et un luxe de détails qui lui donnaient froid dans le dos… Mais le drame était toujours en lui.

Ce soir-là, il était d'une humeur de chien, furieux contre lui-même d'avoir succombé aux charmes finalement très quelconques de Missy Snowdown. A dire vrai, il avait cru que Susannah ne l'apprendrait jamais. C'était tenter le diable… Ils étaient tous allés dîner dans un bistrot à la mode, et il avait trop bu. Susannah et Paul avaient gentiment flirté et, à la troisième pinte de bière, largesse coupable d'amis plus âgés et donc autorisés à se faire servir de l'alcool, Trent avait commencé à ne plus apprécier du tout le petit jeu de Susannah et Paul.

Il avait brusquement vu rouge, et avait fait une réflexion. Peu à peu le ton était monté entre Paul et lui, et sans comprendre pourquoi, il avait frappé son ami en plein visage. Paul avait perdu l'équilibre, et cela avait été la chute, une chute comme on en voit dans les dessins animés où le personnage tombe au ralenti sans que rien l'arrête dans son élan.

En tombant, Paul avait renversé une lampe à pétrole posée sur une table. La paille étalée sur le sol — une idée stupide du patron du bistrot — s'était enflammée sur-le-champ, comme par magie. Les vêtements de Paul avaient aussitôt pris feu, et Paul avait hurlé, roulant sur lui-même, devant les clients horrifiés qui, pour la plupart, s'étaient précipités vers la sortie au lieu de lui porter secours.

Aujourd'hui encore, Trent entendait les hurlements de Paul. Et pas seulement dans ses cauchemars. L'écho de la douleur de Paul pouvait jaillir de n'importe où, du hululement des chouettes, des cris des enfants, du grincement d'un gond de porte rouillé ou du crissement aigu de pneus dans un virage trop serré.

Les médecins avaient tout fait. Paul s'était accroché à la vie pendant des mois, surtout parce que ses parents avaient supplié les réanimateurs de ne pas débrancher les machines. Mais tout le monde savait qu'il n'y avait aucun espoir.

Et tout le monde savait qui l'avait tué. Trent aurait aussi bien pu mettre le canon d'un P.38 sur sa tempe et appuyer sur la détente. Le résultat aurait été le même. Paul aurait même eu une mort plus douce.

Dès qu'il avait compris que Paul était perdu, Trent s'était enfui, loin, aussi loin que ses économies d'étudiant le lui avaient permis. Il avait marché jusqu'aux rives de l'océan Pacifique, poussé par les images intolérables du corps mutilé de Paul et de la haine qu'il lisait dans le regard de Susannah.

Il avait trouvé refuge dans les bras d'une autre femme, et d'une autre et d'une autre encore… Il en avait même épousé une, intelligente et sympathique, mais qui n'avait pas mis longtemps à revenir à la raison.

Quand Ginny avait compris qu'il n'avait guère plus de consistance qu'une silhouette en carton, une coquille vide, elle s'était empressée de demander le divorce avec la même allégresse qu'elle avait accepté le mariage.

Le jour de ses vingt-cinq ans, il avait décidé de revenir au pays. Il allait affronter tous ses démons, les vivants et les morts. Présenter ses excuses, tenter de se faire pardonner, bien décidé à essayer de faire quelque chose de sa vie.

Cela faisait cinq ans qu'il était revenu. Et il avait encore tout à prouver. Peut-être ne pourrait-il jamais faire taire les cris horribles de Paul, ses hurlements de douleur. Mais il avait appris des choses sur lui-même. Il savait maintenant ce qu'il valait. Il savait que les regards accusateurs des gens ne le toucheraient plus.

Il était presque arrivé à Everly quand la sonnerie de son portable lui annonça qu'il avait reçu un message. C'était Alexander. Il lui parlait d'une vibreuse en panne. D'abord tenté d'ignorer le message, Trent se résigna à le rappeler et écouta les explications émaillées de jurons d'Alexander. Malgré la fatigue qu'il avait accumulée pendant la journée, Trent passa donc quelques coups de fil. Comme il s'engageait dans l'allée qui menait à Everly, tout était arrangé. Il avait trouvé une vibreuse à prêter à Everly pour deux semaines.

Content de lui, il se dirigea vers le bureau d'Alexander afin de lui annoncer la bonne nouvelle.

Mais Alexander n'était pas là. En revanche, la scène qui se déroulait sous ses yeux le saisit.

Susannah et Stephen Breslin étaient assis, genou contre genou. Le garçon était torse nu, luisant de transpiration. Susannah tenait sa main dans la sienne.

Etonné, Trent fronça d'abord les sourcils puis il comprit. L'imbécile avait trouvé le moyen de se blesser le jour même de son embauche !

Visiblement concentrée, Susannah lui posait un pansement. Apparemment, elle ne s'était pas rendu compte qu'il était entré.

Stephen, lui, l'avait vu. Il lui fit un petit sourire à la fois arrogant et moqueur. Il devait être au courant, comme tout le monde dans le coin, du mariage obligé de Susannah. Il savait aussi que Trent n'avait aucun droit, ici, à Everly, et qu'il n'était qu'un employé, comme lui, un employé un peu particulier, certes, mais qui n'avait aucun pouvoir de décision ; c'était Susannah, sa patronne, pas lui.

— Aïe ! s'écria-t-il comme Susannah serrait une bande autour de sa main.

Elle murmura un vague « pardon » et continua.

Stephen lui décocha un sourire des plus enjôleur et se tourna vers Trent pour lui faire un clin d'œil.

« Sale petit mec, pensa Trent. Je t'aurai. »

— Et voilà ! lança Susannah. Je pense que ça devrait tenir. Tenez, regardez.

Stephen inspecta le pansement sur toutes les coutures et bougea sa main.

— Finalement, c'était plus profond que je ne l'aurais cru, ajouta-t-elle. Mais quand même pas trop méchant.

Stephen se pencha vers elle si près qu'il frôla son visage.

— Merci, madame Everly. Je peux vous dire quelque chose ? Vous avez les mains très douces.

Trent se gratta la gorge. Exaspéré mais voulant donner le change, il s'approcha d'une étagère sur laquelle était posée une coupe.

— Alexander Hobbin. Championnat de bowling masculin. 1978, lut-il tout haut.

L'envie de s'emparer de la coupe et de la lancer à la tête de ce jeune coq lui traversa un instant l'esprit.

— Crois-tu que ta nouvelle recrue va pouvoir travailler demain ? demanda-t-il en se tournant vers Susannah.

Susannah l'observa un instant en silence.

— Je suis sûre que oui, dit-elle enfin.

Elle se leva et commença à ranger les pansements, compresses et flacons divers qu'elle avait sortis dans la trousse d'urgence.

— La blessure était plus profonde que je croyais mais ce n'est quand même pas un blessé de guerre, ajouta-t-elle.

— J'ai quand même tué un serpent à sonnette, déclara Stephen, très fier de lui. Il faisait au moins un mètre cinquante de long !

— Plus grand que toi, alors, se moqua Trent. Je suis *très* impressionné.

Stephen, vexé, rougit.

— Je fais un mètre quatre-vingts et demi, répliqua-t-il d'un ton pincé.

— Et demi ? De plus en plus impressionnant…

Le visage déformé par la colère, Stephen le fusilla du regard.

— Trent, s'il te plaît…, intervint Susannah qui finissait de ranger sa trousse de secours. Si c'est Alexander que tu cherches, il est toujours dans le verger.

— Il m'a prévenu, pour la vibreuse en panne. Je venais lui dire que je me suis arrangé avec le Double C. Vous aurez une vibreuse à votre disposition pour les deux semaines qui viennent.

— Pas besoin d'en emprunter une, intervint Stephen. Je m'y connais en mécanique. Les moteurs, ça n'a pas de secrets pour moi. Donnez-moi deux heures et je vous parie qu'elle va remarcher, notre vibreuse.

Notre vibreuse ? Cela faisait tout juste une demi-journée qu'il travaillait ici et déjà, il parlait en propriétaire du matériel ! Il ne manquait pas d'air !

Trent se tourna vers lui et s'apprêtait à le remettre à sa place lorsque Susannah, qui semblait avoir deviné ses intentions, posa la main sur son bras.

— Merci, Stephen, dit-elle. A moins que vous ne vous sentiez capable de réveiller un mort, je ne pense pas que vous puissiez la faire repartir. Nous allons emprunter sa vibreuse à Chase. Allez dire de ma part à Alexander que c'est arrangé. Merci.

Stephen, qui ne s'attendait pas à cette réponse, parut contrarié. Il sembla hésiter un instant sur la conduite à adopter, puis opta finalement pour l'obéissance pure et simple.

— Oui, madame.

Il se leva et sortit sans ajouter un mot.

Susannah rangea la trousse d'urgence dans le placard, le ferma et se tourna vers Trent.

— Tu remercieras Chase de ma part. J'apprécie son geste. Vraiment.

Sans comprendre quelle mouche le piquait, Trent sentit la colère le gagner. En fait, Chase n'était même pas au courant de cette histoire d'emprunt de vibreuse puisque c'était lui qui était chargé de la maintenance au Double C. C'était donc grâce à lui, et à lui seul, que le prêt avait été possible. Susannah ne devait rien à Chase, et elle le savait. Il se garda néanmoins de lui faire la moindre remarque à ce sujet et se contenta de la fixer sans rien dire.

— Tu souhaites autre chose ? lui demanda-t-elle sèchement.

Cette fois, c'en était trop. Il n'acceptait pas qu'elle lui parle sur ce ton.

— Oui. Une chose encore, répondit-il. Je tiens à te dire que c'est une idée idiote de flirter avec des petits jeunes qui sont tes salariés.

Elle ouvrit de grands yeux et le regarda sans comprendre.

— Qu'est-ce que tu racontes ? Je ne flirtais pas avec Stephen.

— Ah, vraiment ? C'était bien imité, pourtant.

— C'est toi qui le dis !

— Et lui qui le croit !

Elle haussa les épaules.

— Qu'est-ce que tu racontes ? marmonna-t-elle.

— Je dis qu'il croit qu'il te plaît.

— Pas du tout.

— En es-tu sûre ?

— Tout à fait.

Blessée, elle se redressa et lui jeta un regard noir.

— Je comprends ! C'est pour ça que tu lui parlais sur ce ton ? Je ne comprenais pas pourquoi tu étais si désagréable avec lui. Tu pensais vraiment que l'on… flirtait ?

Trent s'assit sur un coin du bureau d'Alexander.

— Non, je me suis montré déplaisant avec lui parce que c'est un sale petit con qui n'a jamais été fichu de travailler correctement deux journées de suite dans sa vie, et je me demande encore comment tu as pu être assez naïve pour l'embaucher.

— Naïve ?

— Inconsciente, si tu préfères. Ou aveugle. Enfin tout ce que tu voudras, mais pas rationnelle pour deux sous.

Elle blêmit, ce qui, chez elle, signifiait qu'elle était dans une colère noire. Il la connaissait suffisamment pour le savoir. S'attendant à voir une tornade s'abattre sur lui, il inspira à fond. Comme rien ne se passait, il se détendit. Dommage ! Une discussion musclée avec elle ne lui aurait pas déplu ; rien de tel pour mettre les choses à plat et repartir du bon pied.

Au moins, elle exprimerait un sentiment. Il y aurait matière à discussion. Du concret, du palpable au lieu de cette politesse glacée, ces regards qui l'ignoraient superbement.

Il la regarda et haussa les épaules. Non. Il n'avait pas envie de discuter avec elle, pas envie de se disputer. Il avait juste envie de lui faire l'amour. A la seconde même où il l'avait aperçue, penchée sur Stephen, en train de lui bander la main, il l'avait désirée.

Un désir fou nourri par le feu de la jalousie s'était aussitôt emparé de lui, et il n'avait plus pensé qu'à ça…

Elle inspira deux fois de suite, longuement, certainement pour maîtriser sa colère, et alla s'asseoir derrière le bureau comme si, craignant qu'il ne l'agresse physiquement, elle voulait poser une barrière de sécurité entre eux.

— La façon dont je gère Everly ne te regarde pas, dit-elle d'une voix ferme. Je suis ici chez moi, et j'agis à ma guise.

Elle rassembla les papiers qui traînaient sur le bureau et en fit une pile.

— Dans notre accord, Trent, il n'a jamais été question d'un partage de la gestion d'Everly.

Il vit alors que ses doigts tremblaient. Elle ajouta une feuille de papier sur le tas après y avoir jeté un rapide coup d'œil.

Il y eut un grand silence que ni l'un ni l'autre ne semblèrent vouloir rompre. Et puis, tout d'un coup, comme s'il sortait d'une profonde léthargie, Trent réagit.

— Ah, c'est vrai ! Notre accord.

Elle ne cilla pas mais il remarqua qu'elle appuyait plus fort sur la pile de papiers.

— Notre accord, répéta-t-il en détachant chaque syllabe. Parlons-en, justement !

Il tendit la main et lui saisit le poignet.

— Nous avions conclu un marché, reprit-il. Je me trompe ?

Elle se raidit mais ne chercha pas à retirer sa main.

— Ecoute, Trent, je ne pense pas que ce soit utile de…

— D'en parler ? Moi, si.

Elle le défia du regard.

— Je vois bien que tu es en colère contre moi, tu sais, dit-elle d'une voix plus douce.

Du bout du pouce, il se mit à dessiner des petits cercles dans le creux de son poignet. Il avait oublié à quel point elle avait la peau fine et douce.

— Tu crois ?

— Tu as été absent pendant tout le week-end, Trent. Je ne suis pas une imbécile, je sais ce que cela veut dire.

Il pensa soudain à Peggy, aux visites qu'il lui rendait en secret. Il ne voulait pas que cela se sache. Il connaissait trop bien la mentalité des gens du coin qui ne manqueraient pas de voir là matière à cancaner.

Susannah était-elle au courant ?

— Et cela veut dire quoi pour toi ? demanda-t-il.

— Cela veut dire…

Elle se mordilla la lèvre.

— Cela veut dire…

Embarrassée, elle se frotta le nez.

— Je me doute bien de l'endroit où tu étais et avec qui tu étais, reprit-elle d'une voix plus forte. Tu avais pourtant promis, quand on s'est mis d'accord, que tu ne verrais pas d'autres femmes tout le temps de notre mariage.

Sentant la colère l'envahir, il lui tordit légèrement le poignet. Soit elle allait essayer de se dégager, soit elle allait faire le tour du bureau et le gifler.

Elle choisit de faire le tour du bureau mais se garda de le gifler. Il nota cependant qu'elle avait les mâchoires tellement crispées qu'un tic nerveux faisait tressauter un muscle de sa joue.

Il y avait en elle plus de panique que de colère. Cette constatation, bien que perverse, le réjouit. Il avait donc encore un certain ascendant sur elle.

Un autre détail le frappa. Aussi surprenant que cela puisse être, elle avait rougi, ce qui laissait supposer qu'il ne lui était peut-être pas aussi indifférent qu'elle le laissait supposer.

Le désir qu'il avait d'elle décupla, de même que sa colère.

— C'est juste, j'ai promis d'être fidèle, confirma-t-il sur un ton ironique qui, visiblement, augmenta la fureur de Susannah. Mais quand j'ai fait cette promesse, je pensais trouver sous mon toit ce que tout mari est en droit d'attendre d'une épouse.

— Bien sûr, dit-elle un peu trop vite.

— Je suis ravi de voir que tu es d'accord.

— J'y ai pensé, figure-toi. Et je me suis dit qu'il fallait que je te fasse une proposition.

L'air de plus en plus ironique, il sourit.

— Je comprends que c'est… comment dire ?… un peu difficile pour toi d'être privé de relations physiques pendant un an, aussi…

Elle rougit de plus belle. Elle n'avait jamais aimé parler de sexe…

— Et donc ? insista-t-il. Ta proposition ?

Elle lui jeta un regard rapide et prit une profonde inspiration.

— Et donc j'ai décidé de te dédommager, dit-elle

très vite. Financièrement, s'entend. J'ai pensé à dix mille dollars par mois le temps que durera notre vie commune. En fin de compte, cela fera donc cent vingt mille dollars en tout, que tu auras quand j'aurai réussi à vendre les hectares qu'il me faudra pour te…

— Attends, attends, l'interrompit-il.

Les yeux écarquillés par la surprise, il la fixa.

— Si je comprends bien ce que tu es en train de me dire, tu vas me payer pour que j'abandonne mon… mon…

Il éclata de rire.

— Mon droit de cuissage !

— Non, répondit-elle, imperturbable. Non, je te paie pour que tu n'ailles pas voir ailleurs. En tout cas tant que nous serons mariés. C'est difficile de…

Elle s'interrompit, cherchant ses mots.

— Si tu as des aventures alors que nous sommes mariés, ce sera… Enfin, les gens diront que cela recommence exactement comme avant, et tout le monde se moquera de moi. Et je n'ai pas envie d'être la risée de tout le pays, tu comprends ? J'ai déjà donné.

Il jura tout bas. Pourquoi fallait-il qu'elle évoque toujours ce fichu épisode du passé ? Onze ans plus tôt, il avait fait une bêtise, une énorme bêtise, il le reconnaissait. Mais resterait-il à vie, aux yeux de Susannah, le voyou qu'il avait été ce jour-là ? Il avait changé, bon Dieu ! Il avait payé. Mais visiblement, elle refusait de l'admettre.

Furieux contre elle et contre lui, frustré, dépité, il plongea son regard dans le sien et serra son poignet un peu plus fort malgré lui. Il fallait qu'elle comprenne.

Ignorant la poigne de fer qui lui broyait le poignet, elle poursuivit :

— Je trouve que c'est généreux de ma part, non ? Cent vingt mille dollars…

— Çà oui ! Pour être généreux, c'est *très* généreux.

Soudain, sans réfléchir à ce qu'il faisait, il l'attira à lui.

S'attendant à tout sauf à ça, elle trébucha et tomba dans ses bras. Surpris, ils restèrent quelques secondes à se dévisager en silence puis, tout doucement, il la serra contre lui, exactement comme autrefois.

Elle tremblait, se tenait raide entre ses bras, mais elle soutint son regard. Il ne s'excusa pas, ne la lâcha pas. Au contraire, il commença à la caresser.

— Trent…

— Ce que tu me proposes est très généreux, répéta-t-il. J'apprécie ta largesse mais ce n'est pas cela que je veux.

Il la serra plus fort. Plus près. Tellement près que la chaleur de leurs deux corps se mêlait.

— Tu sais ce que je veux, Susannah…

— Oui, mais tu sais que ce… que ce…

Incapable d'aligner deux mots, elle s'interrompit et ferma un instant les yeux.

— Tu sais que ce… que ce n'est pas possible, reprit-elle d'une voix hésitante. Rappelle-toi l'accord que… que nous avons passé… le papier que…

Elle s'arrêta de nouveau, embarrassée.

— Tu as l'intention de le signer, n'est-ce pas ? demanda-t-elle.

— Non, je ne le signerai pas. Mais si tu veux, nous pouvons faire autrement.

— Autrement comment ? Je ne comprends pas ce que tu veux dire.

Mais à cet instant précis, il n'avait aucune envie d'expliquer quoi que ce soit, aucune envie de parler.

Les lèvres rose pêche de Susannah, humides et pulpeuses, toutes brillantes dans le rayon de soleil qui entrait par la fenêtre étaient douces et désirables, et appelaient autre chose qu'une discussion. Du satin, du velours, de la soie… Et elles avaient sûrement toujours le même goût qu'autrefois, un goût qu'il adorait, sucré, suave… Comme il aimait les sentir courir sur sa peau avec avidité et gourmandise ! Pendant onze ans, onze longues années, même en rêve il avait été hanté par le souvenir de leur douceur et de leur chaleur sur sa peau… de leur fougue, parfois…

Une envie douloureuse de lui faire l'amour lui arracha presque un gémissement. Qu'elle le veuille ou non, il résisterait jusqu'à ce qu'il obtienne ce qu'il voulait. D'ailleurs, elle aussi le désirait, même si elle refusait de l'admettre.

— Explique-moi ce que tu veux dire, Trent.

Il ne dit rien, laissant à son corps le soin de lui répondre.

Il empoigna ses fesses et l'attira à lui, doucement, tout doucement, centimètre après centimètre. Un vrai supplice pour lui. Mais il voulait voir sa réaction.

Elle essaya de résister, regarda droit devant elle, sans

ciller, et il crut entendre un petit gémissement qu'elle tenta de réprimer aussitôt.

Mais elle résista. Suffisamment en tout cas pour renouveler sa question.

— Explique-moi, Trent. Autrement comment ?

— Je veux dire qu'il y a d'autres façons pour un mari et une femme de passer de bons moments ensemble. Des façons où la femme ne risque pas de se retrouver enceinte.

Suffoquée, elle s'écarta de lui.

— Ne me dis pas que…

— Si, justement. Il y a cinquante mille façons de faire l'amour, Susannah.

Il la lâcha si brutalement qu'elle faillit perdre l'équilibre.

En souriant, il se dirigea vers la porte.

— Et d'ici la fin de notre année de vie commune, nous les aurons toutes explorées, je te le promets.

Chapitre 4

Susannah eut beaucoup de mal à dormir cette nuit-là. Chaque fois qu'elle entendait un bruit, même familier, comme le frottement de la branche du vieux chêne contre les volets, bruit qu'elle connaissait pourtant depuis l'âge de six ans, son cœur se mettait à battre comme un fou. Dehors, la nuit n'en finissait pas. Il faisait très noir malgré la pleine lune que les nuages sombres semblaient s'ingénier à cacher. Dans la maison, les lattes du parquet qui craquaient, la charpente qui grinçait, tous ces bruits caractéristiques des vieilles demeures et qu'elle connaissait par cœur la faisaient sursauter. Etait-ce Trent qui venait la rejoindre ?

Trent qui venait, dans le noir, s'étendre près d'elle et poser sur son corps ses grandes mains curieuses et ses lèvres rageuses, déterminé à obtenir d'elle ce qu'elle refusait de lui donner bien qu'elle l'ait promis…

Elle se réveilla moulue et la tête prise dans un étau. Brusquement elle ressentit tout le poids de la solitude, et se rendit compte que l'absence de Nikki lui pesait. Elle aurait bien aimé avoir quelqu'un à qui parler, parler de tout et de rien, même si ce genre de moment de détente n'était pas dans ses habitudes.

Elle essaya de voir le côté positif des choses, et finit

par apprécier de ne pas avoir de petit déjeuner à préparer pour Nikki, et surtout de ne pas avoir à la houspiller pour l'envoyer au lycée. Elle supportait de plus en plus mal ce rapport de force perpétuel avec sa sœur.

Elle s'étira et se força à se lever. Elle était attendue au centre des grands brûlés à 9 heures, et il était hors de question qu'elle rate ce rendez-vous. Elle n'y allait que deux matinées par semaine à la saison des pêches, et Martine, la plus que dynamique secrétaire administrative, aurait certainement programmé pour elle une bonne douzaine de réunions et de rendez-vous.

Elle s'habilla à la hâte, mit un soupçon de rouge sur ses lèvres et traversa la ville, priant le ciel que la journée soit calme. Elle en avait assez des problèmes en tous genres, et rêvait de rentrer tôt chez elle.

Martine se leva d'un bond quand elle la vit entrer.

— Ah, Susannah ! Enfin ! Je me demandais quand tu allais arriver, dit-elle en poussant un soupir théâtral. Tu ne devineras jamais ce que la femme de Mahaffey a encore inventé !

Susannah s'avança et posa son sac sur le bureau. A dire vrai, ce que Maggie Mahaffey avait ou n'avait pas fait lui était parfaitement indifférent, mais elle ne pouvait pas le dire à Martine qui semblait tellement excitée à l'idée de lui livrer le dernier scoop.

Le Dr Mahaffey, chirurgien de son état, avait pris sa retraite de l'hôpital des grands brûlés. Sa femme, organisatrice et présidente de l'association chargée de récolter des fonds pour le bon fonctionnement et l'amélioration des services de l'établissement, s'était toujours merveilleusement acquittée de cette fonction, avec des idées parfois étranges, certes, mais un résultat plus que satisfaisant. A quatre-vingt-deux ans, neuf ans de plus que son mari qu'elle avait épuisé, Maggie Mahaffey était une femme bourrée d'énergie, courageuse, et aux idées bien arrêtées mais, la plupart du temps, elle semblait tomber de la planète Mars.

— Et qu'a-t-elle donc fait, cette brave Maggie ? s'enquit Susannah, redoutant le pire.

Martine alla chercher un plateau chargé de tartelettes aux pêches.

— Elle a inventé une recette *inédite* qu'elle veut que nous imprimions dans notre livre de cuisine sur les pêches.

Susannah reposa le bloc sur lequel étaient listés les noms des personnes à rappeler et regarda le plateau de tartelettes.

— Encore ? Ce n'est pas possible, soupira-t-elle.

— Eh si ! Tiens, goûte.

Susannah se mit à rire.

— Surtout pas ! Pas avant que tu me dises ce qu'il y a dans ses tartelettes. Quelle bêtise a-t-elle faite cette fois-ci ? Elle a mis trois kilos de sucre et un pot de miel ? Je me demande comment elle n'est pas encore morte de diabète. Franchement, pour moi c'est un mystère.

— Non, non, il ne s'agit pas de sucre. Ni de miel. Cette fois-ci, elle a ajouté… de la menthe ! De la menthe et des noix de cajou ! Original, non ?

— Des noix de cajou dans une tarte aux pêches ?

— Oui, des noix de cajou, certifia Martine d'un air désespéré.

Il en fallait beaucoup pour déstabiliser Martine, mais cette fois-ci, elle semblait vraiment dépassée par la situation.

— On fait quoi, Susannah ? C'est bourratif. Quasiment immangeable. Je me suis lavé les dents deux fois et j'ai encore le goût dans la bouche. J'ai l'impression qu'il s'est imprégné à mon palais et qu'il ne partira jamais.

Appuyée contre le bureau, Susannah se sentit brusquement très lasse. Compte tenu de la tension qui régnait à Everly ces jours-ci, la présence de menthe et de noix de cajou dans une tarte aux pêches lui semblait dérisoire.

— Il faut que j'imprime la recette, poursuivit Martine. Je pense que la ligne concernant les noix de cajou va disparaître mystérieusement… Caprice de l'informatique.

— Encore ? Tu as fait la même chose l'année dernière. Avec le sucre. Maggie Mahaffey a tout fait pour te faire licencier mais elle n'a pas réussi. Cette année, en revanche, si tu recommences, elle risque bien d'avoir ta tête.

— Si ça l'amuse !

Susannah consulta la liste des appels qu'elle avait reçus. Les plus urgents étaient soulignés en rouge. Quatre-vingt-dix pour cent des noms étaient soulignés en rouge…

— Comment s'est passée la réunion avec les bénévoles ? s'enquit-elle. Bien ?

— Oui, très bien. C'est le deuxième jour aujourd'hui

et le groupe est déjà important. Dix bénévoles… non, attends, onze.

Susannah la regarda d'un air étonné. Onze ? C'était inhabituel. Martine était autorisée à rajouter un bénévole tardif dans le planning sans en référer au préalable à la direction, mais elle le faisait rarement.

Qui pouvait bien être cette nouvelle recrue ? se demanda Susannah. Nell Bollinger avait promis de s'inscrire mais le bruit courait que les Bollinger avaient détecté plusieurs cas de conjonctivite aiguë dans leur troupeau, une maladie ophtalmique hautement contagieuse, et Nell avait sûrement d'autres chats à fouetter cette semaine que s'inscrire dans le groupe des bénévoles.

— Onze ? C'est bien. Et qui est le onzième ? Tu te souviens de son nom ?

Question idiote, songea-t-elle. Martine était tellement pointilleuse et maniaque, qu'elle connaissait sûrement par cœur les nom et prénoms des onze inscrits, leur adresse, leurs numéros de téléphone, leur âge et la pointure de leurs grands-mères !

— Bien sûr ! répondit Martine. Elle m'a même dit que vous étiez amies autrefois. C'est Missy. Missy Griffin.

Elle fronça les sourcils.

— Non, attends. Ce n'est pas ça. Elle m'a dit qu'elle venait de divorcer et qu'elle avait repris son nom de jeune fille. Missy… Missy… Missy…

Elle tapa du poing sur le bureau.

— Zut ! J'ai un trou de mémoire.

Elle réfléchit quelques secondes.

— Ça y est, ça me revient ! C'est Missy Snowdown. Oui c'est ça, Snowdown. Tu la connais ?

Missy Snowdown ? Si elle la connaissait ?

Susannah eut soudain envie de hurler. Elle regarda la liste des personnes à rappeler pour se donner une contenance.

C'était une erreur. Elle avait dû mal comprendre. Ou Martine se trompait.

Tout d'abord, cela faisait des lustres que Missy Snowdown avait quitté le Texas pour Hollywood. Peut-être bien Las Vegas. Enfin, une de ces villes-aimants qui attirent les blondes décolorées aux bouches de mérou et aux poitrines avantageuses.

Ensuite, Missy Snowdown n'était pas précisément le genre de femme à se proposer pour un quelconque bénévolat. Elle ne connaissait d'ailleurs certainement pas le sens de ce mot.

Missy Snowdown ne donnait jamais rien : elle prenait.

— Euh…

Notant son embarras, Martine la regarda avec attention et sembla gênée soudain.

— J'espère que je n'ai pas commis d'erreur en l'acceptant, dit-elle. Je ne l'aurais jamais laissée s'inscrire si elle n'avait pas dit qu'elle était ton amie. Mais si ce n'est pas vrai, je peux…

— Pas de problème, Martine. C'est vrai. Nous étions… nous étions au lycée ensemble.

Quant à être amies, c'était une autre histoire. Elle l'avait cru, un temps…

Missy Snowdown ne donnait jamais rien, elle prenait, elle volait même, et ce qu'elle avait volé à Susannah, c'était Trent.

L'air ennuyé, Martine insista.

— Tu es sûre ? La formation est à peine commencée ce matin. Je peux très bien entrer et lui dire que j'ai fait une erreur et…

— Non ! Surtout pas. On n'a déjà pas beaucoup de bénévoles. Si on commence à les mettre dehors !

Martine hocha la tête. Elle savait mieux que personne qu'il était extrêmement difficile de recruter des volontaires.

— Bien, je vais rappeler tous ces gens, dit Susannah en montrant la liste. A propos, je ne resterai pas très longtemps aujourd'hui.

— Pas de problème. Au fait, je pensais à quelque chose tout à l'heure… Ah oui ! Il faudrait que tu commences par appeler le Dr Grieve et ensuite seulement Mme McManus. Pense aussi à Des Barkley du *Daily News*, mais garde-le pour la fin. C'est un bavard impénitent, comme tu sais. Il veut une interview pour son journal à l'occasion de la fête des Pêches, ce qui nous fera une excellente publicité, mais quand il commence, on a du mal à l'arrêter.

— Oh, tu ne m'apprends rien pour Barkley… Je suis déjà fatiguée rien que d'y penser.

Non sans mal, à midi elle avait tout fini. Certaines affaires étaient réellement urgentes, d'autres inutiles et ennuyeuses à mourir. Seul avantage, pendant ce temps elle pensait à autre chose.

Autrement dit, elle oubliait Trent.

Et Missy Snowdown.

Si seulement elle avait eu le courage de demander à Martine à quoi ressemblait Missy.

A l'époque du lycée, Missy c'était la princesse telle qu'on les dépeint dans les contes de fées : une cascade de cheveux blonds mousseux qui descendait en vagues sur les épaules et un adorable minois de chérubin, tout rose et tout rond, avec de beaux yeux bleus bordés de cils noirs, longs et épais. Mais il ne fallait pas se fier aux apparences ; sous cette innocente beauté battait le cœur d'une tigresse que rien n'arrêtait.

Pour Missy Snowdown, une journée sans danger était une journée sans soleil. Elle chipait dans les magasins des babioles qu'elle pouvait facilement s'offrir, trichait aux examens alors qu'elle était capable de décrocher, haut la main, vingt sur vingt. Elle ignorait les panneaux stop et les feux de croisement en ville même si elle disposait de tout son temps, n'hésitant pas à aggraver son cas en agitant ses canettes de bière au nez des agents de la circulation qu'elle doublait.

Quant aux garçons, elle aurait pu les avoir tous, depuis le timide boutonneux de seconde jusqu'au principal du lycée. Mais elle était tout de même exigeante et ne prenait que le dessus du panier et, si possible, ceux qui étaient, comme elle disait, déjà en mains.

Comme Trent.

C'était son jeu préféré. Et elle gagnait à tous les coups.

Susannah tapota le calendrier avec son crayon et

finalement, incapable de résister plus longtemps à la tentation, se leva. Il fallait à tout prix qu'elle voie à quoi ressemblait Missy aujourd'hui.

Dix ans supplémentaires de décoloration, d'alcool et de parties fines n'avaient pas dû l'arranger. S'il y avait un bon Dieu quelque part, Missy, aujourd'hui, devait avoir l'air d'un vieux cheval sur le retour, d'une bambocharde qui a brûlé la chandelle par les deux bouts et que le temps s'était fait un plaisir de marquer de son empreinte.

Ravie à cette perspective, Susannah traversa l'aile de l'administration, tranquille comme toujours, et gagna les corridors bruyants de la clinique. C'était l'heure du déjeuner et il y avait la cohue dans les couloirs, un véritable parcours du combattant.

Quand elle arriva dans la petite salle où les aides-soignantes aidaient les patients à manger, elle aperçut un petit groupe qui se tenait discrètement sur le côté, pour ne pas gêner, et qui observait en silence ce qui se passait. Ensuite ils se réuniraient pour discuter de ce à quoi ils venaient d'assister.

Elle essaya de voir si elle reconnaissait Missy, mais elle ne vit personne qui lui ressemblait de près ou de loin. Elle avait trop tardé à se décider. Mais ce n'était que partie remise. Puisque Missy appartenait maintenant aux bénévoles, elle finirait bien par la croiser un jour ou l'autre.

Elle s'apprêtait à regagner le bureau de Martine lorsqu'elle entendit un rire de gorge, profond, sensuel, qui provenait de l'aile ouest du bâtiment, un rire qui ne lui était pas étranger…

Le nœud qui se forma aussitôt dans son estomac confirma ce qu'elle redoutait.

Ce rire, ce ne pouvait être que Missy.

Missy... Son cauchemar... Un sentiment de rage doublé de jalousie l'étreignit sur-le-champ. Le temps avait passé, certes, mais la colère était toujours là, intacte.

Une femme blonde déboucha d'un couloir, flanquée de deux hommes en blouse blanche déboutonnée volant au vent de leur démarche alerte. Deux médecins. Jeunes. Grands. Beaux. Qui se penchaient sur elle avec la même sollicitude qu'ils l'auraient fait pour un patient qui se serait trouvé dans leur service dans un état désespéré.

Instinctivement, Susannah tourna la tête et fit semblant de lire un dépliant posé sur le bureau des infirmières. Ils passèrent tous les trois à côté d'elle, légers, insouciants, charmeurs. Elle aperçut Missy le temps d'un flash, c'est tout.

Elle reconnut son sourire, large, éclatant, ce sourire qui éblouissait les joueurs de foot et les agents de la circulation, les professeurs d'algèbre et, apparemment, les chirurgiens, et faisait de tous ces hommes, en un millionième de seconde, ses esclaves prêts à tout pour elle. Elle la regarda s'éloigner dans sa robe fourreau rose bonbon, la hanche souple, ondulant au son d'une salsa imaginaire.

— Susannah ?

Evelyn Marks, l'infirmière chef, de retour à son poste, sembla tout étonnée de la voir là.

— Oh, pardon ! J'aurais dû dire « madame Maxwell ». Il va falloir que je m'y habitue.

Susannah sourit et jeta un dernier regard à Missy qui s'engouffrait en riant dans l'ascenseur avec ses admirateurs en blouse blanche.

Elle se tourna vers Evelyn qu'elle comptait parmi ses amies depuis de nombreuses années.

— Moi aussi, Evelyn, il va falloir que je m'y fasse !

— Tu m'as l'air fatigué, dis-moi. C'est le mariage qui t'épuise à ce point ?

Susannah ne répondit pas tout de suite. Evelyn, comme presque tout le monde, connaissait la situation. Il était donc inutile de lui raconter des histoires.

— Mmm… Disons que ce n'est pas simple, avoua-t-elle, choisissant un stade intermédiaire entre mensonge et vérité.

Evelyn se mit à rire, mais Susannah n'avait d'yeux que pour les portes de l'ascenseur qui se refermaient en douceur sur Missy.

Missy était partie. Pour l'instant.

Susannah soupira mais elle savait que son soulagement serait de courte durée. Tôt ou tard, elle finirait par tomber nez à nez avec son ennemie de toujours.

Mais, beaucoup plus grave, Trent aussi.

Les mains dans une paire de gants de jardin rembourrés, Trent venait de réparer la scie. Il avait un échenilloir et la corde pour ficeler les branches coupées bien calés sous un bras, une échelle de bois sous l'autre, quand son portable se mit à sonner.

— Bien sûr ! marmonna-t-il.

Tournant la tête du côté du garage où Alexander réparait du vieux matériel, il le vit hausser les épaules en souriant.

— Ah, ces femmes ! lança le chef d'exploitation. Toutes les mêmes ! Elles ont le chic pour déranger quand il ne faut pas, pas vrai ? Vous voulez que je réponde ?

— Oui, merci, Alexander.

Trent s'arrêta le temps qu'Alexander prenne son mobile dans sa poche. Il aurait bien laissé sonner et écouté ensuite le message sur son répondeur mais il était à Everly alors qu'il aurait dû être au Double C. Il avait en effet profité des quelques heures où il faisait encore jour pour venir chez Susannah élaguer les branches mortes des vieux chênes. Mais s'ils avaient un souci au Double C, il fallait qu'il soit disponible.

— Oui, c'est bien le téléphone de Trent Maxwell. Comme il a les bras chargés, c'est moi qui réponds. Je suis Alexander Hobbin.

Alexander écouta quelques secondes, d'abord impassible puis au fur et à mesure que le monologue se prolongeait, plus tendu, et pour finir, totalement irrité.

— Non, *Maxy* n'est pas disponible. S'il l'avait été vous vous doutez bien qu'il aurait répondu lui-même. Pas vrai, ma jolie ?

Trent fronça les sourcils. L'échenilloir commença à glisser sous son bras. Maxy ? Personne ne l'appelait Maxy. Enfin, plus personne ne l'appelait Maxy. C'était fini, ce petit nom. Depuis le lycée. Et à l'époque déjà, il n'y avait qu'une seule personne à le surnommer comme ça, c'était…

Bon sang!

— Qui? demanda Alexander en le regardant bizarrement. Missy Snowdown! Oh, vous pensez bien que je me souviens de vous... Oui, promis. Je lui dirai. Mais entre nous, faut pas vous attendre à ce qu'il vous rappelle. Ça fait un bail que vous êtes partie, et l'eau a coulé sous les ponts depuis. Et en plus, Trent s'est marié la semaine dernière. Oui, ma jolie, marié.

Alexander jeta un nouveau coup d'œil à Trent.

— A ce que je vois vous n'étiez pas au courant, autrement vous n'auriez pas téléphoné, pas vrai? Bon, eh bien, maintenant vous savez. Vous m'excuserez, mais j'ai du boulot, et je...

Trent entendit la voix haut perchée de Missy qui continuait de poser des questions, mais Alexander lui coupa la parole en refermant l'appareil.

— Je savais qu'elle était de retour, cette délurée, mais je pensais pas qu'elle aurait le culot de vous appeler! lança-t-il d'un air mauvais. Quel toupet! Elle manque pas d'air!

Il s'interrompit et jeta un regard perplexe à Trent avant de poursuivre :

— Sauf si c'est vous qui... Non, me dites pas que vous avez fait le premier pas...

Trent haussa les sourcils. Il n'avait plus cinq ans, et s'il avait envie de plonger le doigt dans le pot de confiture, il ne le faisait plus en cachette. Non, il n'aurait pas téléphoné à Missy, quoi qu'il arrive, fût-elle l'unique survivante d'un cataclysme planétaire.

Ça, c'était une première chose.

La deuxième, en quoi cela regardait-il Alexander ?

Agacé, il hocha la tête.

— Qu'est-ce qui ne va pas, Alexander ? Vous ne seriez pas jaloux, des fois ?

Alexander cracha par terre sans autre forme de procès.

— Jaloux à cause de la Snowdown ? Ça risque pas ! Je voudrais même pas m'aventurer pieds nus dans cette bouillasse !

Il remit le portable dans la poche de Trent qui le regardait d'un air surpris.

— Et vous non plus vous ne devriez pas, ajouta-t-il en faisant une moue dégoûtée.

— De toute manière, je ne marche jamais pieds nus, rétorqua Trent en retenant un sourire.

Alexander grommela mais ne relança pas la discussion sur le sujet.

Il tapa sur son bleu de travail d'où jaillit un nuage de poussière, et jeta un regard autour de lui.

— Vous devriez continuer avant que la nuit tombe, dit-il simplement.

Trent se remit à la tâche. Ce n'était pas le travail qui manquait ici. Il avait passé pas mal de temps sur la propriété, ces derniers jours. Il ne parvenait pas à oublier ce que Harrison lui avait dit à propos de la haine qu'éprouvait Peggy envers Susannah. Sans écarter totalement ce que Harrison lui avait affirmé, il ne pouvait se résoudre à croire que Peggy représentait réellement une quelconque menace.

Néanmoins, il préférait ne pas savoir Susannah

seule dans cette grande maison, avec Peggy dans les parages…

De plus, une paire de bras supplémentaire n'était pas superflue vu l'ampleur des travaux à accomplir, surtout des bras gratuits. Compte tenu de l'état des finances du domaine, Susannah ne pouvait se permettre un seul salaire de plus. La maison s'était beaucoup dégradée depuis le décès d'Arlington. La pluie, le soleil, le vent, et aucun entretien ou presque, avaient eu raison de l'état de la vieille demeure. Les feuilles qui s'étaient accumulées dans les gouttières empêchaient l'écoulement de l'eau qui se déversait par-dessus bord. Les arbres avaient poussé sans être jamais élagués, et les branches frottaient sur le toit. La peinture des fenêtres s'était écaillée, et si l'on ne faisait rien, le bois pourrirait et tous les encadrements seraient à remplacer.

Il appuya son échelle contre le tronc du vieux chêne. Il fallait absolument le débarrasser de ses branches mortes qui, compte tenu du vent qui soufflait en rafales, risquaient de tomber sur l'auvent qui ombrageait la terrasse et de tout briser. Comme il s'assurait que l'échelle était bien contre l'arbre, il aperçut au loin Stephen Breslin. Nonchalamment appuyé au mur de la grange, ce dernier se prélassait en le regardant avec un air moqueur.

— Petit vaurien, gronda Trent tout bas.

Ce bon à rien n'avait pas levé le petit doigt depuis qu'il était ici, sauf pour se blesser.

— Hé, Breslin ! Puisque tu ne fais rien, viens donc m'aider à couper les branches !

Stephen se raidit. Un sourire insolent plaqué sur le visage, il haussa les épaules.

— J'peux pas ! Faut que je répare la vibreuse.

Et pour couper court à tout commentaire, il se dirigea vers la vieille machine que l'on avait ramenée derrière la maison, la veille. Il jeta un petit coup d'œil par-dessus son épaule pour voir ce que faisait Trent, puis prit une clé à mollette et se glissa sous la machine.

Trent haussa les épaules et ramassa ses outils. Alexander avait raison. Le jour tombait vite. Il n'abattrait pas beaucoup de boulot, ce soir. Le vieux chef d'exploitation avait eu raison aussi sur un autre point : il aurait dû attendre que le Double C puisse lui prêter une échelle digne de ce nom, une bonne échelle moderne qu'il aurait pu allonger de plusieurs mètres. Evidemment, ce n'étaient pas les échelles qui manquaient à Everly, mais elles étaient toutes parties avec les ouvriers qui devaient monter dans les arbres pour dédoubler les fruits sur les branches, opération qui se renouvellerait tous les jours jusqu'à la cueillette définitive.

Cette vieille échelle, la seule que Susannah avait gardée pour la maison, était une ruine, un vrai danger avec ses pieds tellement rongés par l'humidité et l'usure qu'elle tenait à peine debout. En plus, elle risquait bien de basculer au moindre mouvement sur le sol mal nivelé.

Comme les branches mortes de ce chêne étaient le prétexte qu'il avait trouvé pour rôder dans Everly cet après-midi, il fallait bien qu'il grimpe et coupe un peu de bois sec pour être crédible. Susannah ne manquerait pas de se moquer de lui si elle apprenait que les commentaires de Harrison Archer à propos de la haine de Peggy envers Susannah et lui l'avaient inquiété. Avec ce ton moqueur qui n'appartenait qu'à elle, elle lui lancerait au visage qu'elle n'avait pas besoin de chien de garde. Ou que, si elle en avait besoin, elle irait en chercher un à la fourrière.

Il regarda du côté de la maison. Il aperçut la silhouette de Susannah derrière la vitre. Cela faisait plus de deux heures qu'elle discutait avec Richard Doyle de la succession. Il détestait cet individu. Richard Doyle était un être arrogant, suffisant, une espèce de grand échalas en costume que le grand-père de Susannah avait désigné comme exécuteur testamentaire. Il lui appartenait de s'assurer que les dernières volontés du vieil homme étaient respectées.

C'était aussi à cause de sa présence à Everly que Trent s'était senti obligé de rester dans le coin. Il n'aimait vraiment pas cet homme. Il ne savait pas pourquoi mais quelque chose dans le personnage le dérangeait. Quelque chose de complètement idiot dont il ne pouvait se défaire : il n'aimait pas les gens qui, comme Richard Doyle, portaient des pochettes assorties à leurs cravates, cravates qu'ils achetaient pour les assortir à la couleur de leurs yeux, des yeux qu'ils cachaient derrière des lentilles de couleur.

Et pour être totalement honnête, il n'avait jamais aimé voir quelqu'un tourner autour de Susannah. Tous les hommes qui papillonnaient autour d'elle étaient ses ennemis. Leur audace le mettait dans tous ses états.

C'était comme ça, autrefois déjà, et cela n'avait visiblement pas changé.

Et elle, songea-t-il, faisait-elle attention aux gens qu'il fréquentait aujourd'hui ?

Comment réagirait-elle quand elle apprendrait que Missy Snowdown lui avait téléphoné ?

Il espérait qu'elle ne l'apprendrait pas. Le seul nom de Missy était une bombe à lui tout seul, une bombe dont les retombées pouvaient causer de véritables ravages, comme onze ans auparavant. Bien sûr il avait aussi eu sa part de responsabilités dans l'histoire ; sans son écart de conduite, il n'y aurait pas eu de drame. Quoi qu'il en soit, Missy Snowdown était devenue un symbole de trahison et de mort.

Cela devait faire onze ans qu'il ne l'avait pas vue. Il avait entendu dire qu'elle était de retour au pays mais, comme Alexander, il avait pensé qu'elle se garderait de lui téléphoner. C'était mal la connaître !

Susannah et lui avaient beaucoup de mal à prendre leurs marques dans ce mariage improbable. S'il devait, en plus, gérer les avances de Missy, la situation risquait de dégénérer très vite.

Mais pour l'instant, il avait d'autres choses à faire que de s'occuper de Missy.

Il se pencha pour lancer la tronçonneuse qui démarra aussitôt.

Il grimpa et s'arrêta sur le deuxième barreau de l'échelle. Autant ne pas monter plus haut s'il n'en avait pas besoin ; hauteur et tronçonneuse ne faisaient pas bon ménage. Mais la branche morte était un peu plus haute qu'il ne l'avait cru. Pas très heureux, il posa le pied sur le troisième puis le quatrième barreau. Là, il se cala soigneusement contre l'échelle et glissa la tronçonneuse entre les branches jusqu'aux morceaux de bois mort qu'il souhaitait couper.

Ces derniers se détachèrent et tombèrent au sol avec un bruit sourd. Trent enfonça la tronçonneuse plus profondément encore. Une branche se cassa alors qu'il n'en avait pas encore scié la moitié. Elle serait bientôt tombée toute seule, c'était plus que certain. Pour écarter tout danger, il faudrait impérativement débarrasser les arbres de tout leur bois mort avant que les orages d'été ne commencent. Il allait falloir qu'il s'arrange avec le Double C et délègue une part de son travail à quelqu'un d'autre ; cela ne l'enchantait pas mais il ne voyait pas d'autre solution.

Il élagua tout ce qu'il put et fit une petite pause. En jetant un coup d'œil autour de lui, il vit que Stephen n'était plus là. Son ardeur au travail laissait à désirer, songea-t-il avec mépris. Il remarqua soudain une silhouette sur la terrasse, et sentit la colère le gagner. Ce fichu gamin se comportait comme s'il était chez lui !

Il allait descendre pour lui dire sa manière de penser lorsqu'il se rendit compte que ce n'était pas Stephen mais Doyle. Ce dandy, toujours tiré à quatre épingles, avait pris la pose comme l'aurait fait un top model, une jambe repliée sur une des balustres chantournées de la terrasse. Sa cravate de soie dorée était sûrement assortie à sa pochette qui était sûrement assortie à la couleur de ses cheveux dont pas un ne dépassait, comme d'habitude.

Doyle tenait un verre à la main, ce qui signifiait que le volet business du rendez-vous était refermé. Mais où donc était Susannah ?

La terrasse était à une trentaine de mètres de là où se trouvait Trent qui, sans pouvoir l'affirmer vraiment, avait l'impression que le notaire le surveillait du coin de l'œil.

Nul doute que son mariage avec Susannah avait fait des jaloux.

Ils devraient s'y faire.

Doyle l'aperçut et leva son verre vers lui.

— Bonjour, Maxwell ! Je serais vous, je ne monterais pas plus haut.

— Merci ! répondit Trent. Je n'en avais pas l'intention.

Sans trop savoir pourquoi, la remarque de Doyle l'agaça.

Le travailleur manuel qu'il était se sentait-il rabaissé face au fonctionnaire en costume qu'était Doyle ? Cela lui était souvent arrivé, dans le temps, mais il croyait avoir dépassé ce sentiment.

— Pense à autre chose, Maxwell, marmonna-t-il.

La brindille de bois accrochée à son épaule n'avait ni plus ni moins d'intérêt que le mouchoir brodé qui dépassait de la poche de poitrine de Doyle.

Il relança son engin, le posa sur une branche supérieure, et commença à sectionner le tronçon mort qui plia lentement sous la morsure des dents. Des éclats de bois volèrent dans tous les sens. Il détourna la tête pour les éviter. Mais la branche n'était pas complètement morte. Comme elle résistait, Trent appuya sur la tronçonneuse un peu plus fort. Penché en avant pour exercer un maximum de pression sur l'outil, il posa son deuxième pied sur le quatrième barreau.

Soudain il sentit que le barreau pliait.

Comprenant qu'il tombait, il eut la présence d'esprit de lâcher la tronçonneuse. L'outil s'écrasa au sol.

Un millième de seconde plus tard, Trent s'écrasait à son tour.

Chapitre 5

Après une soirée interminable dans ses papiers, factures, relevés de toutes sortes et feuilles de paye, à près de 2 heures du matin, Susannah décida qu'il était temps pour elle d'aller se coucher. En bâillant elle fit le tour de la maison pour vérifier que toutes les portes étaient bien fermées.

Comme elle passait devant celle qui menait au cellier, elle crut entendre un drôle de bruit, en bas. Une sorte de grattement qui venait des profondeurs obscures de la cave.

Son cœur se mit à battre un peu plus vite dans sa poitrine.

La cave à vin avait été la dernière lubie de son grand-père, une folie digne du rancher milliardaire qu'il avait été du temps de sa splendeur mais qui était rapidement devenu un fermier criblé de dettes.

Susannah stockait ses conserves dans la première partie du cellier avec, à l'occasion, quelques bouteilles d'alcool de pêche. La deuxième moitié du cellier, séparée de la première partie par une grille en fer forgé, avait été transformée en remise où s'entassait un fouillis d'objets, meubles et outils encombrants qui pourraient peut-être servir un jour mais ne servaient à rien pour l'instant. Il y avait aussi des cartons pleins de petits souvenirs qui n'avaient de valeur que pour elle, des jeux de jardin, croquet, badminton, boules, des parasols et des transats que l'on ne sortait que pour les grandes occasions.

S'il voyait ça, le fantôme de son grand-père devait s'arracher les cheveux.

Heureusement pour elle, elle ne croyait pas aux fantômes.

N'empêche qu'il y avait du bruit, en bas… Elle venait de l'entendre de nouveau.

Ce devait être Trent. Qui d'autre que lui pouvait se trouver dans la maison en pleine nuit ? Mais que faisait-il à cette heure dans la cave ? Peut-être commençait-il à la débarrasser. Elle avait dit qu'elle voulait le faire avant la fête des Pêches qui avait lieu bientôt, mais elle s'était bien gardée de lui demander son aide. Elle évitait, d'ailleurs, de lui demander quoi que ce soit, ce qui ne l'empêchait pas de prendre des initiatives sans lui en parler, comme de couper les branches mortes du chêne. En repensant à sa chute, son cœur se serra. Elle s'était précipitée vers lui, bien sûr, mais ne lui avait pas proposé de le soigner. Elle ne l'avait même pas remercié du travail effectué.

Mais elle ne se sentait pas responsable de ce qu'il lui était arrivé. Elle ne lui avait rien demandé, après tout. Elaguer les arbres, tondre les pelouses ou cueillir les fruits, tout cela n'entrait pas dans leur accord. S'il l'avait fait, c'est qu'il en avait eu envie. Et si elle ne l'en avait pas dissuadé, c'est qu'elle avait besoin de bras, de tous les bras disponibles.

Elle grimaça. Elle n'était pas bien fière d'elle, en fait.

Elle se servait de Trent, rien de plus. Quoi qu'il en soit, elle aurait pu être plus gentille avec lui après sa chute. Mais elle avait eu peur, en se montrant aimable, qu'il ne profite de son instant de gentillesse, de sa vulnérabilité. Avec Trent, il n'y avait que dans la colère qu'elle se sentait à l'aise. La colère comme une barrière, la protégeant des souvenirs du passé qui la faisaient encore souffrir. Toutefois, vu l'aide que lui apportait Trent, peut-être pouvait-elle faire un effort et laisser sa colère de côté ? Elle allait y réfléchir.

S'armant de courage, elle ouvrit la porte de la cave et descendit lentement les marches. Elle était en chemise de nuit, une vieille chemise de nuit de sa grand-mère, en pilou, grise, usée, délavée, informe. Personne ne pourrait l'accuser de vouloir séduire qui que ce soit dans cet accoutrement.

— Trent ? C'est toi ? Ne t'inquiète pas, on s'occupera de ranger demain.

Il était assis au milieu de la pièce devant une barrique transformée en table. Il avait une bouteille d'alcool de pêche devant lui et un verre. L'éclairage indirect diffusait une lumière bleutée, et on aurait dit qu'il avait des petits diamants bleus piqués dans ses cheveux noirs.

— Oh ! s'exclama-t-elle. Pardon. Je croyais que tu cherchais les tentes pour la fête des Pêches.

— Ah non, laissa-t-il tomber.

Il saisit la bouteille et l'agita.

— Je me soigne à l'antalgique maison. Si je prends l'antidouleur que m'a prescrit le Dr Marchant, demain je serai un zombie.

Elle regarda sa main entortillée dans un bandage, puis sa jambe qu'il avait allongée devant lui. Son pantalon cachait la blessure qu'il s'était faite au mollet. Elle ne pouvait donc juger de sa gravité.

— Ça te fait très mal ? demanda-t-elle.

— Oui, mais avec le schnaps c'est un vrai plaisir. Pour un peu on en redemanderait.

Il but une gorgée d'eau-de-vie.

— Ça tape, ce truc ! ajouta-t-il en grimaçant.

Elle ne le savait que trop. Quand son grand-père avait perdu beaucoup d'argent en commandant en Malaisie des clayettes en acajou qui n'avaient jamais été livrées, elle le retrouvait ici à peu près toutes les nuits. Penché sur son ordinateur portable, il sélectionnait des vins qu'il n'achetait jamais et se soûlait à l'alcool de pêche.

Mais alors que l'eau-de-vie maison rendait son grand-père méchant, elle semblait au contraire attendrir Trent. Sa voix était presque douce, ce soir.

— J'ai appris que le Dr Marchant avait été obligé de te recoudre le mollet, dit-elle. Alexander m'a dit qu'il t'avait fait dix-neuf points de suture ? C'est vrai ?

— Alexander dramatise toujours. En fait j'en ai eu six. Et encore, je suis sûr que j'aurais pu m'en passer, mais ce Marchant est un pessimiste incurable. Je me suis fait des plaies beaucoup plus importantes en glissant sur les rochers de Green Fern Pool et on ne m'a jamais rien recousu.

— Le Dr Marchant avait sûrement ses raisons. Fais-lui confiance.

Trent marmonna quelque chose entre ses dents et se resservit un verre d'alcool de pêche.

Susannah l'observa un instant sans rien dire.

Elle ne savait toujours pas comment l'accident s'était produit, mais dans son souvenir c'était proche du cauchemar.

Elle venait de rejoindre Richard sur la terrasse quand elle avait entendu un craquement sinistre, puis le bruit d'un moteur qui s'emballait, suivi d'un bruit sourd. Avant même de comprendre de quoi il s'agissait, elle avait vu Trent dégringoler de l'échelle.

Sans réfléchir, elle avait traversé la pelouse en courant, pour se précipiter vers lui.

Grâce au ciel, il n'était pas tombé de bien haut, et ses jours n'étaient pas en danger. Elle s'était agenouillée à côté de lui dans l'herbe, le cœur battant, mais il s'était aussitôt relevé.

Dans les secondes qui avaient suivi, Alexander était accouru à son tour, et Trent était reparti avec lui, lui assurant qu'il n'avait rien. Apparemment il n'avait pas besoin d'elle. Pas plus qu'il n'avait besoin de sa compagnie à cet instant précis.

— Je pense que je vais remonter, dit-elle comme le silence se prolongeait. Je voulais juste m'assurer que tu n'étais pas en train de sortir les tentes. Je m'apprêtais à aller…

Elle s'arrêta. Ce n'était pas utile de lui dire qu'elle allait se coucher; il risquait de prendre cela pour une invitation à la suivre.

— Je m'apprêtais à… monter.

Son hésitation dut l'amuser car il sourit.

Elle appuya la tête contre le mur de brique, et ferma les yeux une fraction de seconde.

— Je voulais te dire que… que je suis sincèrement désolée de ce qui t'est arrivé sur l'échelle, dit-elle d'un trait. Comme tu as pu t'en rendre compte, malheureusement, il y aurait des tas de réparations à faire et du matériel à remplacer, mais je ne fais rien faute d'argent.

— Ne t'inquiète pas, répondit-il. Je ne porterai pas plainte contre toi.

— C'est parce que tu sais qu'il n'y a rien à attendre de moi.

Seigneur ! Pourquoi avait-elle employé ces termes-là ?

Trent haussa les sourcils et lui lança un regard surpris.

— Je ne dirais pas ça, répliqua-t-il d'une voix lente. Il n'y a pas d'argent peut-être, mais…

Brusquement la température sembla tomber de dix degrés.

Susannah regarda les doigts de Trent sur le verre et frissonna.

Il lui lança un regard étrange…

Un regard qui ne trompait pas.

Elle avait fait une énorme bêtise en descendant dans cette cave. Trent n'avait pas abandonné l'idée de faire valoir son droit de cuissage, comme il disait. Elle jeta machinalement un regard autour d'elle, imaginant aussitôt la scène d'un film d'horreur où une jeune femme se retrouve prisonnière dans une cave obscure avec un inconnu animé de sombres intentions... Sauf que Trent n'était pas un inconnu animé de sombres intentions.

Enfin, elle l'espérait.

— Tu devrais savoir, poursuivit-il, que je n'ai jamais été obsédé par l'argent.

Sa voix la fit frissonner. Elle croisa les bras sur sa poitrine, autant pour se réchauffer que pour se protéger.

— Cette fois, dit-elle, je vais vraiment aller...

— Au lit. Oui, je sais. On va même y aller ensemble. On va s'envoyer en l'air puisque tu en as envie, mais attends encore un peu.

— Qu'est-ce que tu racontes ? Je n'ai pas bien compris.

— Je crois que nous nous sommes parfaitement compris. Tu as passé un accord avec moi, Susannah, il serait peut-être temps que tu l'honores. Je t'ai promis de ne pas te faire de mal. Au contraire. Cela ne t'apportera que du plaisir. Aucun risque. Aucune conséquence.

Comprenant ce qu'il désirait, elle rougit violemment. Il voulait qu'elle le prenne dans sa bouche et qu'elle le fasse jouir. Quand ils avaient fait l'amour, la première fois, ils avaient dix-huit ans, et il l'avait suppliée de lui faire ça, lui assurant que toutes les filles le faisaient et que tous les garçons adoraient cela.

Mais elle avait eu peur, peur de ne pas savoir s'y prendre, peur de ne pas être douée et de se ridiculiser, ce qui l'aurait beaucoup humiliée.

Elle avait dû être une bien piètre amante, elle le savait maintenant. Une petite puritaine farouche qui faisait ça uniquement sur la banquette arrière de la voiture, uniquement habillée, uniquement dans le noir. Elle était d'une naïveté d'enfant de chœur à l'époque. Aussi, quand elle avait aperçu Trent et Missy Snowdown sous la pluie à minuit, ce fameux soir, tous les deux assis sur la balançoire, elle n'avait pas compris tout de suite ce qui se passait.

Elle n'avait pas vu Trent de toute la journée. Son grand-père avait de la visite et lui avait demandé de jouer les jeunes filles de la maison. Quand les invités étaient partis, il était tard, et elle avait pensé qu'à une heure aussi tardive, Trent ne devait pas s'attendre à ce qu'elle le rejoigne dans le jardin public où ils se retrouvaient généralement. Elle avait quand même décidé d'y aller, espérant, contre toute attente, qu'il serait quand même venu.

C'est d'abord un bruit qui l'avait alertée, un grincement, comme si quelqu'un poussait la balançoire. Et puis elle avait entendu un rire de gorge et encore d'autres bruits qu'elle n'avait pu identifier.

Elle avait regardé du côté de la balançoire qui se trouvait dans un coin du jardin. Des gouttes de pluie éclairées par la lune brillaient dans le noir, comme des diamants, sur le portique en fer. Elle avait alors aperçu la balançoire qui allait et venait. Pas haut du tout. C'était bien elle qui grinçait. Deux paires de mains étaient agrippées aux cordes, et glissaient, remontaient, glissaient de nouveau.

Elle avait aussitôt reconnu Trent et Missy, et ne s'était pas demandé ce qu'ils faisaient ensemble à cette heure de la nuit.

Au début, elle avait cru qu'ils ne faisaient que jouer, comme des enfants qui s'amusent, assis l'un sur l'autre, Missy à califourchon sur les cuisses de Trent, bras et jambes entremêlés, cheveux volant au vent.

Elle était restée un moment à les regarder et puis, idiote comme elle l'était à l'époque, elle s'était fait du souci pour eux. Les cordes étaient-elles assez solides pour les porter tous les deux ?

Et brusquement, les gloussements de Missy étaient devenus des petits cris, et puis la balançoire avait changé de rythme, ses mouvements étaient devenus saccadés, rythmant les efforts que faisait Trent pour planter les talons dans le sol afin de prendre de l'élan pour... pénétrer Missy, de plus en plus profondément, de plus en plus vite jusqu'à ce que, dans un râle de fauve affamé, il jouisse enfin, le visage levé vers le ciel, sous la pluie.

Et c'est là qu'elle avait compris. Compris qu'il fallait autre chose à Trent qu'une bécasse prude et ignorante comme elle.

Qu'elle ne lui suffisait pas.

Le monde qu'elle connaissait jusqu'alors s'était écroulé.

Pourquoi ce souvenir lui faisait-il encore si mal aujourd'hui ? Après onze ans ?

Etait-ce parce que, aujourd'hui, elle avait grandi, mûri, et qu'elle était assez vieille, maintenant, pour mesurer l'immensité de sa stupidité d'alors ? Ou parce qu'elle se disait aujourd'hui qu'au lieu de partir en courant comme elle l'avait fait cette nuit-là, choquée et vexée, pour panser ses blessures en secret et imaginer une vengeance aussi bête que flirter avec Paul, elle aurait mieux fait de se ruer sur cette maudite balançoire et de gifler Trent comme il le méritait ? Et arracher les yeux de Missy sur sa lancée.

Cela n'aurait sûrement pas arrangé sa relation avec Trent, mais Paul ne serait pas mort…

Elle fit un effort sur elle-même pour chasser ces terribles souvenirs.

Trent la fixait sans rien dire, une lueur étrange dans le regard, qui n'était pas due à l'alcool.

Ils avaient passé un accord tous les deux, et dans cet accord étaient mentionnées des relations physiques. Elle devait s'y résoudre…

Jamais elle n'aurait cru que ce serait une telle corvée, une telle humiliation…

— Parfait, dit-elle très bas. Tu auras ce que tu veux. Mais c'est seulement parce que je te connais et que je sais que si tu ne trouves pas ici ce que tu souhaites, tu iras le chercher ailleurs. Et ça, comme je te l'ai déjà dit, il n'en est pas question.

Il ne répondit pas. Ne bougea pas. Il attendait, comme si les explications qu'elle avançait ne lui faisaient ni chaud ni froid. Un roi qui attend que son sujet s'exécute.

Elle sentit alors qu'elle allait devenir méchante. Elle fit quelques pas vers lui. Immobile, la jambe toujours allongée devant lui, il ne cilla pas. Elle prit sa respiration et s'agenouilla devant lui.

— Je le fais uniquement parce que je refuse de passer pour une gourde à tes yeux une nouvelle fois.

Il sourit.

— Je pensais que ce serait parce que tu m'as promis un vrai mariage, dit-il d'un air narquois. M'as-tu fait cette promesse uniquement pour me pousser à t'épouser ?

Elle ne répondit pas.

— Je vois, poursuivit-il. C'est seulement pour ne pas passer pour une menteuse.

Elle planta son regard dans le sien.

— Tu as raison, laissa-t-elle tomber sèchement. J'ai passé un marché avec toi et je dois tenir ma parole. Mais il y a une chose que je veux que tu saches, Trent. Je te hais. Je te hais parce que si tu étais un homme digne de ce nom, tu me libérerais de ma parole.

Il pencha la tête de côté, imperceptiblement, sans manifester la moindre émotion.

— Je crains fort, alors, que tu ne sois obligée de continuer à me haïr.

Comprenant qu'il était inutile d'insister puisqu'il n'y avait aucun terrain d'entente possible, elle hocha lentement la tête.

Essayant de ne pas trembler, elle approcha ses mains de la ceinture de son pantalon, qu'elle défit lentement. Elle sentait son regard posé sur elle mais ne leva pas les yeux ; elle ne lui donnerait pas le plaisir d'y lire tout le trouble qu'elle ressentait.

Elle déboutonna son jean, en s'efforçant de ne pas tenir compte de la chaleur qui se dégageait de son corps et qui commençait à se propager dans son propre corps. Sans sourciller, elle posa la main sur le renflement que dessinait son sexe sous le tissu et, à cet instant, comprit qu'elle s'était trompée.

Elle s'était imaginé qu'il lui serait impossible, après tant d'années de séparation et de colère rentrée, d'effleurer, ne serait-ce qu'un instant, le corps de Trent, ce corps qu'elle avait tant aimé caresser autrefois. Bien que leurs chemins se soient séparés, que le temps ait passé, les griefs, la rancœur et les reproches étaient toujours là, bien présents, tapis dans leur cœur, enfouis peut-être mais prêts à resurgir au moindre mot de travers. En revanche, le corps de Trent était toujours le même et lui procurait toujours la même excitation, la même émotion. Elle retrouvait ses formes, sa chaleur, son odeur musquée dont elle se grisait autrefois. Physiquement, rien n'avait changé.

Elle se força à respirer lentement, obligeant son esprit à se concentrer sur autre chose. Mais en vain. Le désir de Trent la troublait de plus en plus, la perturbait.

Trent avait besoin de faire l'amour. Elle n'avait jamais oublié son regard quand, les yeux noyés de désir, il s'était enfoncé en elle la première fois, et qu'ils avaient fait l'amour. C'était comme si son corps s'était embrasé et qu'elle était impuissante à éteindre les flammes. Elle avait alors ressenti un étrange sentiment d'excitation et de peur ; il lui semblait qu'elle venait d'entrer dans un univers qu'elle ne contrôlait pas. Et elle avait adoré ça.

Elle abaissa la fermeture Eclair d'un cran, puis d'un autre. Millimètre après millimètre, elle ouvrit complètement le jean de Trent. Elle effleura son sexe, et ce frôlement le fit trembler. Il devait être à la torture.

Elle glissa la main dans son boxer et prit son sexe.

Trent laissa échapper un grognement sourd, et elle sentit son sexe frémir sous ses doigts.

Son propre désir fit alors tomber toutes les barrières qu'elle avait dressées autour d'elle pour éviter de succomber. Elle ne chercha plus à lutter. Elle avait perdu. Plus que tout elle désirait sentir cette lame de velours sous ses dents, sur sa langue…

En elle…

Elle pencha la tête vers le sexe tendu de Trent, mais ce dernier l'arrêta brusquement.

— Eh bien ? lança-t-il d'une voix rauque. Pas de préliminaires ?

Elle poussa un soupir et leva la tête vers lui, déçue. Puisqu'elle était prête et qu'il était prêt, que voulait-il de plus ?

— Comment ça, pas de préliminaires ? demanda-t-elle.

Il se leva avec cette élégance qui lui était naturelle et la força à se lever aussi. Avant qu'elle ait pu faire un geste, il empoigna ses fesses et la hissa sur la table.

Elle poussa un petit cri de surprise.

Il remonta sa chemise de nuit, lui ôta sa culotte, et caressa ses cuisses sans la quitter des yeux, un petit sourire au coin des lèvres.

Malgré elle, elle écarta les jambes. Brusquement, sans une hésitation, Trent plongea la main dans cet endroit humide et sombre qu'il connaissait si bien et le caressa, le pénétra, appuya jusqu'à lui faire mal.

Complètement sous son emprise, elle s'agrippa à ses épaules. Les doigts de Trent étaient chauds, intelligents ;

ils connaissaient parfaitement son corps, même dans sa partie la plus intime. Et tout cela lui semblait merveilleux et terriblement dangereux.

— Trent, murmura-t-elle d'une voix étranglée. Trent…

Elle vit un sourire énigmatique se dessiner sur ses lèvres. Puis brusquement il prit sa bouche et l'embrassa. Il avait des lèvres douces, lisses et satinées, et la tendresse qui en ressortait contrastait étrangement avec l'assurance presque violente de ses doigts.

— C'est bien, Susannah. N'essaie pas de résister. Penche-toi en arrière.

Rien que par la voix, il la dominait. Comme hypnotisée, elle obéit.

Il saisit ses jambes et, sans la brusquer, les releva jusqu'à les poser sur ses épaules. Elle était à présent complètement ouverte pour lui, et curieusement, elle trouva cela normal ; elle se cambra et se mit à onduler des hanches au rythme que Trent lui imposa progressivement.

A ce stade, elle avait cessé de penser, et se concentrait uniquement sur les sensations qui faisaient vibrer son corps. Trent avait retiré ses doigts et c'était sa bouche maintenant, sa bouche, sa langue, et ses dents qui la caressaient, la mordillaient. Brusquement il se redressa, donna un violent coup de reins et elle sentit entre ses jambes glisser son sexe soyeux, lisse et chaud.

Elle poussa un petit cri, autant de plaisir que de surprise.

Il ne lui avait jamais fait ça auparavant, personne ne lui avait fait ça d'ailleurs, mais c'était fabuleux. Elle se pressa contre lui pour mieux le sentir. Il allait et venait, tranquillement puis plus vite et ralentissait de nouveau. Brusquement, ce fut l'apothéose. L'explosion magnifique qui lui arracha un long gémissement.

Quand tout s'arrêta, elle n'aurait su dire combien de temps cela avait duré. Depuis combien de temps était-elle là, ouverte, offerte ? Pourrait-elle respirer normalement de nouveau, s'asseoir, parler ?

Peu à peu, son cœur retrouva son rythme normal et, autour d'elle, la réalité reprit ses droits.

Elle sentit que Trent bougeait, et elle rouvrit les yeux. Sans la brusquer il l'aida à se redresser, rabattit sa chemise de nuit sur ses cuisses et, l'air dégagé, réajusta son jean et boucla sa ceinture.

— Trent…

Incapable de le regarder dans les yeux, elle fixait ses doigts qui manipulaient sa ceinture avec la même dextérité qu'ils avaient mise à la faire jouir. Elle sentit son désir renaître…

— Je pensais que… que…

C'était ridicule ! Ce n'était pourtant pas la première fois qu'il lui donnait du plaisir, et pourtant, elle n'arrivait plus à articuler un mot…

Il la regarda, un peu narquois, et se dirigea vers l'escalier.

— Bonsoir, Susannah.

Elle le suivit des yeux, interloquée. Il ne pouvait pas partir comme ça. Pour un peu elle se serait dit qu'il ne s'était rien passé. Qu'elle avait tout inventé.

— Trent…

Il se retourna.

— Oui ?

— C'est tout ? Tu pars comme ça ?

Il tapota sa montre, l'air légèrement excédé.

— Tu as vu l'heure ? Il est tard. Il faut que je sois au Double C à 6 heures.

Elle resta bouche bée, cherchant quelque chose d'intelligent à répliquer, mais elle ne trouva rien.

— Mais… je croyais que tu… que tu voulais que je…

— C'est que tu croyais mal, Susannah, laissa-t-il tomber avec le sourire détestable de l'homme content de lui. Ce ne serait pas la première fois.

Le lendemain matin, de la fenêtre de son bureau du Double C, Trent regardait Alcatraz évoluer dans le paddock.

A cette heure il était censé s'occuper des payes du personnel mais cette partie de sa fonction, comme tout ce qui était administration et paperasserie, ne l'excitait pas. Il préférait, et de loin, contempler le jeu du soleil sur la robe des chevaux et admirer les pâturages qui ondulaient à perte de vue.

C'était un spectacle dont il ne se lassait pas, mais cette nature vaste et sauvage à portée de son regard lui faisait déplorer d'autant plus l'exiguïté du local dans lequel il était condamné à travailler. Ici, il avait l'impression d'étouffer, et tous ces papiers étalés sur sa table l'ennuyaient à mourir.

Mais sa morosité était-elle vraiment due à son travail ?

Le ranch lui demandait un travail énorme, certes, mais il l'avait toujours fait avec plaisir. Non, le vrai problème, il devait bien le reconnaître, c'était qu'il n'avait le cœur à rien.

Il était triste. A cause de Susannah.

Depuis hier soir, il ne pensait qu'à elle et ressassait ce qu'il avait fait. Et il n'était pas fier de ce qu'il avait fait.

Comment pourrait-elle lui pardonner l'épisode de la cave ? Il savait, et il le savait avant de commencer, qu'elle lui ferait payer cher son odieuse conduite.

Susannah avait toujours été d'une extrême pudeur. Elle avait toujours voulu tout contrôler. Sa vie, son cœur et, plus que tout, son corps. Même quand ils étaient jeunes et que leurs hormones les titillaient tous les deux, c'était elle qui décidait du moment où elle allait jouir. Jamais lui. Aujourd'hui, alors qu'elle le voyait comme un ennemi, elle avait dû vivre le fait d'avoir succombé au plaisir sans qu'elle l'ait choisi comme une défaite humiliante.

Cela avait commencé comme une lutte pour savoir lequel aurait l'ascendant sur l'autre, presque un jeu. Et à ce petit jeu, il avait gagné. Il avait voulu lui démontrer qu'elle n'était pas aussi indifférente qu'elle prétendait l'être, et il avait réussi.

Mais en fin de compte, le désir tout simple de la toucher, de la caresser, était rapidement devenu le plus fort.

Mais il n'y avait pas de quoi être fier, bien au contraire.

L'exciter, lui donner envie de lui et, finalement, la faire jouir, tout cela n'avait pas été plus difficile qu'enflammer une allumette. Elle était prête, et même plus que prête. N'importe quel homme aurait obtenu le même résultat. Vraiment, il n'avait pas de quoi pavoiser.

Il aurait peut-être dû la laisser finir ce qu'elle avait commencé. Il serait moins ennuyé maintenant.

Il se leva brusquement et remonta les manches de sa chemise. Il avait chaud. Il fallait qu'il sorte.

Comme il s'apprêtait à sortir, Chase entra. Il était couvert de poussière et semblait fatigué.

— On a retrouvé Blue Boy, dit-il.

Trent en fut soulagé. Il savait que la disparition du cheval préoccupait Chase.

— Où donc ? demanda-t-il.

— Ce voyou a trouvé le moyen de voir qu'il y avait une faiblesse dans la clôture du fond, dans le dernier pré à l'ouest, et il en a profité pour se faire la belle.

— Il va bien ?

Chase se laissa tomber sur une chaise et posa les pieds sur le bureau.

— Il s'est fait une entorse à la jambe de derrière, la droite. Le vétérinaire dit que c'est un tendon qui a lâché et que ce n'est pas trop grave. Avec de la chance, il récupérera. Il faut tout de même le laisser au repos quelque temps.

Trent hocha la tête et reprit sa place derrière son bureau.

— Ça lui apprendra, à cet acrobate ! lança-t-il. Sacré Blue Boy ! Il ne se rend pas compte qu'il a passé l'âge de faire des galipettes, même par-dessus les clôtures.

Chase éclata de rire.

— Je ne crois pas que ce soit ça. Enfin, je l'espère !

Il bâilla à s'en décrocher la mâchoire et gratta une tache d'herbe sur sa chemise. Chase était le type même du Texan de souche, un Texan au sang bleu, comme on disait ici des vrais Texans. Cinq générations de milliardaires s'étaient succédé sur ces terres. Mais malgré son immense fortune, Chase était resté très simple et, aux soirées mondaines, il préférait les travaux du ranch, même les plus humbles, même les plus salissants, ceux que ses ouvriers agricoles répugnaient à faire. Lui, cela ne le gênait pas. Il n'hésitait pas à tremper sa chemise, comme il le disait souvent, ajoutant qu'il n'avait aucun mérite puisqu'il aimait ça.

— Dis donc, mon vieux, reprit-il, j'ai entendu dire que tu t'étais cassé la figure.

Trent fit semblant de regarder au loin et murmura un vague « oui ».

— Tu ne sais donc pas te tenir en équilibre sur une échelle ? A ton âge ? se moqua Chase.

— Cela dépend de l'échelle. Que veux-tu que je te dise, tout le matériel que Susannah a chez elle tombe en ruine. L'échelle devait bien avoir deux cents ans. Le barreau a cédé sous mon poids. C'était prévisible.

Chase épousseta son pantalon et regarda le nuage de poussière qui s'en échappait.

— Tu ne crois pas qu'elle pourrait mettre son orgueil

dans sa poche et demander de l'aide aux voisins ? demanda-t-il.

— C'est sûr mais…

— Mais quoi ? Tu trouves que c'est intelligent de laisser quelqu'un grimper sur une échelle pourrie au risque de le voir se rompre le cou ?

— C'est que…, commença Trent en tripotant son crayon. Enfin, il y a un truc bizarre.

— Quel truc bizarre ? Que veux-tu dire ?

— Je ne peux pas l'affirmer. Au début, j'ai supposé que c'était le bois qui était pourri, mais j'y ai repensé depuis et j'ai des doutes. L'échelle est tombée juste à côté de moi et pendant quelques secondes je l'ai eue sous le nez, ou presque.

— Et ?

— Et le bois n'était pas en si mauvais état que ça. Pas assez en tout cas pour casser.

Chase fronça les sourcils.

— Qu'est-ce que tu me racontes là ? Ça n'a pas de sens. Tu es en train de m'expliquer que le barreau s'est brisé tout seul ? D'un coup ?

— Oui. Le barreau s'est cassé net. Mais un peu comme si quelqu'un l'avait scié.

— Tu en es sûr ?

— Je ne peux pas le certifier, j'étais quand même assez sonné. Et puis je n'ai pas eu le temps de vérifier car je suis aussitôt allé chez le Dr Marchant.

— Il va falloir que tu vérifies. C'est curieux, cette histoire.

— L'échelle n'est plus là. Alexander m'a dit que

Susannah lui avait demandé de l'en débarrasser aussi vite que possible, elle ne voulait plus la voir. Elle est à la décharge à présent. Sûrement en mille morceaux. Je n'ai donc pas de preuve de ce que j'avance.

— C'est curieux quand même, tout ça…, répéta Chase.

Il se tut un instant, visiblement perplexe, et reprit :

— Quelqu'un savait que tu allais couper les branches mortes ?

Trent essaya de se rappeler. A plusieurs reprises, cette semaine, il avait fait part, en effet, de son intention d'élaguer les arbres. Mais il n'avait pas fait attention aux personnes qui étaient présentes.

— Alexander était au courant, répondit-il. Et Breslin aussi, j'imagine. Et très probablement Richard Doyle. Il est venu trois fois traîner ses guêtres au domaine, trois matins de suite. Il ne lâche pas Susannah d'une semelle. Je ne sais pas ce qu'il lui veut mais je le trouve bien présent, ces derniers temps. Il dit que c'est pour le testament qu'il a besoin de la voir.

— Pour le testament ou pour elle ?

— Comment ? Que veux-tu dire ?

— Je te demande s'il vient pour le testament ou pour Susannah. Je pense plutôt que c'est pour elle.

Agacé, Trent fronça les sourcils.

— Parce que si Doyle savait, comme tu le penses, que tu allais élaguer les chênes, c'est que Susannah le lui avait dit, poursuivit Chase. C'est donc que Susannah le savait.

Trent ne releva pas. Chase avait joué les Sherlock

Holmes récemment pour découvrir la véritable identité du père du bébé de Josie. Et il avait trouvé. Son succès avait dû lui monter à la tête.

Insinuait-il que Susannah avait pu être assez vicieuse pour saboter elle-même son échelle ?

Cela n'avait aucun sens.

— Ce que tu dis ne tient pas debout, déclara Trent.

— Tout est possible. Mais, dans votre cas… Qui sait ce que le vieux Everly a écrit à propos des veuves dans son testament ! lança Chase en éclatant de rire.

Trent regarda de nouveau au loin. L'entraîneur ramenait Alcatraz à l'écurie. C'était un superbe cheval, fils de la pouliche préférée du père de Chase, Fougueuse, une jument magnifique qui n'avait pas volé son nom. Le seul des Fugitive Four qui ait jamais été autorisé à la monter était Paul qui chevauchait comme un dieu.

— Tiens, tu me rappelles quelque chose, murmura-t-il soudain. Quand j'ai rendu visite à Peggy Archer, la semaine dernière, je crois que je lui ai parlé de mon intention d'élaguer les arbres d'Everly. Je me demande si…

Il s'arrêta un instant, l'air pensif, avant de poursuivre :

— Je dois dire que ça a été une curieuse visite. Imagine-toi que pendant que j'étais chez elle, Harrison, qui était passé la voir lui aussi, m'a pris à part pour me dire de me méfier d'elle. Il m'a dit que mon mariage avec Susannah lui avait fortement déplu, et qu'au fond d'elle-même, elle nous haïssait.

Chase hocha la tête, redevenu sérieux.

— Ce n'est pas étonnant. On est tous mariés maintenant. Paul n'aura jamais cette chance. Ce doit être dur pour elle, il faut se mettre à sa place. N'empêche que j'ai quand même du mal à l'imaginer se faufilant dans la grange de Susannah avec une scie pour couper un barreau. Qu'est-ce que t'en penses ?

— J'en pense, comme toi, que c'est impossible. Elle marche avec de plus en plus de difficultés.

— Donc…

Ils se turent tous les deux, chacun réfléchissant aux diverses hypothèses qui venaient d'être avancées. Aucune n'était plausible.

Chase soupira.

— Désolé, mon vieux, mais ton histoire ne tient pas debout, dit-il. Pourquoi veux-tu que quelqu'un te veuille du mal ? Tu as trop d'imagination. Ou c'est ta chute qui est plus grave que tu ne crois, ajouta-t-il, narquois.

— C'est bien possible, répondit Trent sur le même ton. Comme je me suis cogné la tête sur une racine de chêne aussi grosse qu'une canalisation d'eau, je suis peut-être toujours sous le choc.

— Tu en as, de la chance ! Les femmes adorent les guerriers couverts de cicatrices. J'espère que tu auras profité de tes points de suture pour te faire chouchouter. N'hésite pas, je te jure que les femmes adorent ! Et si tu t'y prends bien, je suis prêt à parier que Susannah aura tellement pitié de toi qu'elle te proposera de faire l'amour pour te consoler.

— Pour me *consoler*? Bon Dieu, Chase, tu penses vraiment que je suis à ce point en manque ?

— Oui, mon vieux ! rétorqua Chase en riant. Je le pense vraiment.

— Alors, dis-moi. Entre 1 et 10, tu le mets où, le curseur ?

— Entre 1 et 10 ? Je le mets sur 100 !

Chapitre 6

Les nouveaux mariés avaient quelque chose de choquant, pensa Trent en voyant Chase et Josie monter le berceau qu'ils venaient d'acheter. Pourquoi ne les enfermait-on pas, pendant toute leur première année de vie commune, au lieu de les laisser, à la vue de tout le monde, se couler des regards lourds de désir, s'embrasser à tout bout de champ et se faire des câlins à faire pâlir de jalousie tous ceux qui les côtoyaient ?

Quelle différence avec Susannah et lui, jeunes mariés eux aussi !

Pour ce dernier week-end de mai, le soleil brillait particulièrement fort. Les deux couples travaillaient depuis le début de l'après-midi au ranch Double C. A dire vrai, c'étaient surtout Trent et Susannah qui travaillaient. Chase et Josie, eux, n'avaient pas fait grand-chose, ayant passé les trois quarts de leur temps à se regarder dans les yeux et à s'embrasser. Chase était incapable de passer à deux mètres de sa femme sans la prendre dans ses bras. Quant à Josie, elle ne lui avait jamais passé le tournevis sans se jeter à son cou et lui mordiller l'oreille.

Susannah et lui, en revanche, semblaient se mouvoir dans deux mondes parallèles même quand ils se trouvaient à quelques centimètres l'un de l'autre, songea Trent amèrement. Au cours des deux heures qui venaient de s'écouler, Susannah avait croisé son regard au moins… une fois ! Quand il était arrivé. Et c'était un regard de surprise teintée de colère. Quand elle avait accepté de venir aider Josie aujourd'hui, elle n'avait sans doute pas réalisé qu'il serait aussi là.

Bien que contrariée, elle n'en avait néanmoins rien laissé paraître par la suite, riant des plaisanteries de Chase et s'émerveillant des créations de Josie toutes axées sur le même thème : les agneaux.

Trent, lui, avait droit de sa part au traitement de l'homme invisible, c'est-à-dire qu'elle l'avait complètement ignoré. Elle passait à côté de lui, parlait, travaillait à ses côtés comme s'il n'avait pas existé.

— Hé, vous deux ! lança Chase. Ça vous embêterait de continuer de peindre la frise pendant que l'on finit de monter le mobile ? Les pochoirs sont là, sur la table.

Chase passa le bras autour de la taille de Josie et ajouta :

— Je ne tiens pas à ce que Josie respire toutes ces émanations d'odeurs de peinture. Ce n'est pas conseillé pour le bébé.

Trent regarda Susannah qui fronça les sourcils. Comment allait-elle se sortir de cette situation qui allait l'obliger à rester seule avec lui ?

— Il faut absolument que ce soit fait aujourd'hui ? demanda-t-elle. Le bébé doit naître en septembre, non ? Et nous ne sommes qu'en mai…

— Je sais mais c'est plus fort que moi, répondit Josie en souriant. J'ai tellement hâte de voir le résultat.

Je vous remercie mille fois tous les deux d'être venus nous aider. C'est chouette de votre part et on est très touchés, Chase et moi.

Trent lança un coup d'œil à Chase. Souriant béatement, ce dernier déposa un baiser sur les cheveux de sa femme comme si elle venait de dire quelque chose de fabuleux.

Trent faillit lever les yeux au ciel. Chase était complètement envoûté par sa femme ! A en avoir perdu toute personnalité. Si elle avait voulu que la chambre du bébé soit décorée de plumes d'anges, il serait monté jusqu'aux portes du ciel et aurait demandé qu'on lui en vende un tombereau !

— Si vous avez besoin de nous, on est dans le bureau, ajouta Josie en entraînant Chase.

— Amusez-vous bien ! lança Susannah, d'une voix qui sonnait faux.

Mais Chase et Josie étaient trop pris par eux-mêmes pour se rendre compte de quoi que ce soit. Ils sortirent, enlacés et s'embrassant.

Quand ils eurent disparu, Trent se tourna vers Susannah en riant.

— Tu les as vus ! Pour être torride, c'est torride ! Ils en font un peu trop, non ?

Elle fit mine d'examiner les pochoirs.

— Ils sont heureux, c'est ce qui compte, dit-elle simplement. Tous les nouveaux mariés devraient être comme eux.

Elle s'arrêta et, pensive, lui jeta un regard en coin.

— C'est à ça que sert le mariage, ajouta-t-elle. Enfin, que *devrait* servir le mariage.

Elle se détourna et, d'un air appliqué, plaqua le pochoir sur la tapisserie.

— Moi je trouve que c'est formidable, insista-t-elle.

Evidemment ! Elle ne pouvait pas penser le contraire. Quoi qu'il dise, quoi qu'il fasse, elle le contrait automatiquement.

Mais pouvait-il lui en vouloir vraiment ? Elle avait tellement rêvé de mariage, autrefois. Et en la trompant avec Missy, il avait détruit son rêve et sa confiance. Et aujourd'hui qu'ils étaient mariés, même pour un an, même par obligation, ce n'était pas la passion qui était au rendez-vous, mais la colère et le ressentiment.

Elle ne lui pardonnerait jamais son écart de conduite d'il y a onze ans. Lui non plus ne se le pardonnerait jamais.

Pourtant la vie continuait. Pourquoi ne pouvait-elle oublier le passé ? Pourquoi ne pas laisser l'année s'écouler tranquillement et essayer de vivre en bonne harmonie ?

— Bon, voyons voir, marmonna-t-il. Comment ça marche, ce truc ?

Il prit un pochoir et l'examina avec perplexité.

— Hmm…

Il le tourna dans tous les sens, essayant de comprendre comment une suite de découpes dans un rectangle de plastique mou pourrait avoir l'air de quelque chose sur un mur.

— Désolé mais je ne comprends rien à ce machin, conclut-il.

Susannah le regarda d'un air moqueur, et il vit qu'elle s'efforçait de ne pas sourire.

— Tu ne sais pas ce que c'est qu'un pochoir ? demanda-t-elle.

— Si. Bien sûr que si.

— Alors ce n'est rien de plus qu'un pochoir. Un pochoir basique avec juste une couleur. Regarde. Tu le plaques sur le mur, tu plonges ton éponge dans la peinture, tu essores un peu et tu la passes sur les découpes. Au final, tu obtiendras un agneau.

— Vraiment ?

Incrédule, il plissa les yeux. Peut-être que ce serait plus évident s'il était ivre, pensa-t-il.

— Bon. Si tu le dis.

Mais elle ne l'écoutait déjà plus. Quand il se retourna pour voir ce qu'elle faisait, elle était penchée sur des assiettes contenant un fond de peinture, dévoilant sans le savoir ses cuisses et le haut de ses fesses.

Il retint son souffle et sentit son cœur battre un peu plus vite.

Il sourit. S'attendant à se salir en travaillant, et sûrement pas à le voir, elle s'était habillée très simplement… et très court. Au lieu de son incontournable pantalon kaki au pli toujours bien écrasé et de son éternelle chemise en coton, toujours soigneusement repassée, elle avait enfilé un minishort taillé dans un vieux jean dont elle avait coupé les jambes et qui lui découvrait les cuisses et un bout des fesses. Et un bain de soleil blanc, très mini lui aussi.

Onze ans plus tôt, il l'aurait attrapée à bras-le-corps et embrassée jusqu'à lui faire perdre toute notion du temps, et cela se serait terminé dans ses cris et des gémissements de plaisir.

Aujourd'hui, leur conduite était régie par de nouvelles lois, et même les regards un peu trop appuyés étaient exclus.

Après un dernier coup d'œil gourmand sur les fesses de Susannah, il détourna vivement les yeux. S'il s'attardait un peu trop, elle sentirait son regard.

— La frise est supposée border le haut de la tapisserie juste en dessous du plafond, j'imagine ? demanda-t-il d'une voix dégagée.

Les deux échelles que Chase et lui avaient utilisées pour tapisser la chambre, deux semaines auparavant, étaient toujours dans la pièce. Et elles n'étaient sûrement pas restées là par hasard.

Susannah se releva et examina les murs.

— Oui. Chase a déjà tracé les repères, on n'a donc pas à s'inquiéter de savoir si on va droit ou pas. Tu commences du côté du placard, je commence près de la porte. Tu suis la ligne.

Machinalement, elle regarda sa jambe.

— A moins que… à cause de ta blessure… Si tu préfères ne pas monter.

Il éclata de rire.

— Qu'est-ce que tu vas imaginer ? Que j'ai développé une phobie des échelles ?

— Je n'ai jamais dit ça.

— Non, mais tu l'as pensé !

Elle haussa les épaules et prépara son matériel.

Pendant vingt minutes, ils travaillèrent en silence, perchés sur leur échelle, chacun de leur côté. Le pochoir d'une main, l'éponge de l'autre, Trent fit comme Susannah lui avait indiqué, avec autant de soin qu'il pouvait mettre à ce genre de travail bien trop minutieux pour lui et qui l'agaçait prodigieusement.

La peinture bavait. Imbibait-il trop l'éponge ? Appliquait-il mal le pochoir sur le mur ? A son avis, il avait de trop grandes mains. Un travail aussi délicat réclamait de jolis petits doigts fins et élancés.

Il n'avait encore peint que cinq agneaux que déjà il commençait à se lasser.

Il s'écarta du mur pour inspecter son travail. Peut-être que vues d'en bas, ces satanées bestioles ressembleraient à des agneaux, car vues de près... Il soupira et jeta un coup d'œil à Susannah. Elle travaillait beaucoup plus soigneusement que lui, c'était évident. Il n'avait rien contre les travaux manuels pourtant, mais il préférait de loin tout ce qui était physique. Il avait besoin de grand air.

Il avait toujours admiré la faculté que Susannah avait de rester assise, sans bouger, à réfléchir. Envié sa capacité à garder son attention fixée sur une tâche sans se laisser distraire. Lui, il en était incapable. Cela expliquait pourquoi il avait fichu un bon tiers de sa vie en l'air. Impulsif, décidant sur des coups de tête, il avait accumulé les faux pas. Il avait changé, certes, était beaucoup plus patient et réfléchissait avant d'agir, mais il lui restait encore du chemin à parcourir.

Il descendit de l'échelle, la déplaça de quelques centimètres et remplit son assiette de peinture. Il remonta, fit une grimace car les points de suture de son mollet tiraient un peu, et plaqua le pochoir sur le mur. Lorsqu'il le retira, il remarqua qu'il l'avait posé... à l'envers. Ses agneaux avaient l'air malin, les quatre fers en l'air !

Bien qu'agacé, il ne put s'empêcher de rire de sa bêtise. Josie allait regretter de l'avoir mis à contribution.

— Dis donc, Susannah, tu te rappelles quand Nikki avait décidé qu'elle voulait des licornes partout sur les murs de sa chambre ?

Susannah ne répondit pas tout de suite, ce qui ne le surprit pas. En général ils évitaient les phrases qui commençaient par « Tu te rappelles quand », ou « Tu te souviens de ».

Mais il en avait assez de faire comme si les années d'intimité et de bonheur qu'ils avaient connues n'avaient pas existé sous prétexte qu'ils avaient rompu à la suite d'une nuit désastreuse.

Sans doute pensa-t-elle la même chose que lui car après quelques secondes d'hésitation, elle pouffa de rire.

— J'espère que ça ne veut pas dire ce que j'imagine.

Elle posa son éponge et se tourna vers lui.

— Tu as compris le principe, dit-elle en regardant sa frise.

— Oui, j'ai bien compris le principe. Mais là, je

viens de poser le pochoir… à l'envers. Mes agneaux sont sur le dos.

Il se pencha en arrière pour lui permettre de voir l'étendue des dégâts.

— Et puis c'est normal que la peinture bave comme ça ? demanda-t-il. Et regarde mes bestioles, elles sont difformes ! Il n'y en a pas une pareille !

Les sourcils plissés, elle étudia la série de moutons qu'il avait peinte.

— C'est… pas mal, finit-elle par dire. En gros. Mais tu mets trop de peinture, c'est pour cela que ça bave. Ne t'inquiète pas, je retoucherai les contours en bleu.

— Tu es sûre ?

Il fixait sa ligne d'agneaux, l'air désolé, comme si ces petites bêtes l'avaient trahi.

— Oui, le rassura-t-elle. Qu'attendais-tu que je te dise ? Que tu as travaillé comme un cochon et que je trouve tes agneaux monstrueux ?

— Oui.

Il lui fit un sourire désarmant avant d'ajouter :

— J'espérais surtout que tu me demanderais d'arrêter les frais sur-le-champ !

— Non, non, pas question !

Elle plongea délicatement son éponge dans l'assiette de peinture blanche.

— Et ne fais pas exprès de les rater maintenant pour te débarrasser du boulot. Je ne serai pas dupe. Si tu te rappelles, cela n'avait pas marché avec les licornes de Nikki.

En effet, cela n'avait pas marché.

A cinq ans, Nikki adorait les licornes et avait supplié Susannah, Trent, Paul et Chase, de peindre ces créatures fantastiques sur les murs de sa chambre.

Dotée de son sens pratique légendaire, Susannah avait trouvé une image de licorne à copier. Malheureusement, aucun des garçons n'avait une once de sens esthétique et de fibre artistique. La contribution de Trent avait été la plus catastrophique. Ses licornes se situaient à mi-chemin entre des rhinocéros et des clés de voiture.

Nikki, qui à l'époque était folle de Trent, avait adoré ces créatures étranges, et elle l'avait supplié de continuer à peindre des animaux encore plus fous, malgré les efforts de Susannah qui exigeait que tous respectent le modèle qu'elle avait dessiné.

Abandonnant sans regret le modèle initial, Paul et Chase avaient pris à leur tour le parti de la libre création. Cela avait demandé un peu de temps, mais vers la fin de la journée, Susannah s'était elle aussi prise au jeu.

Le résultat avait été... psychédélique. Animaux informes, barbouillage coloré, la chambre de Nikki était devenue l'image pour le moins éclatante de la franche camaraderie qui liait les quatre amis.

Ils avaient tous été terriblement déçus quand, deux jours plus tard, Arlington Everly avait envoyé des ouvriers pour recouvrir les murs de la honte de plusieurs couches de peinture coquille d'œuf. En fait, il avait fallu quatre couches de peinture pour effacer leur œuvre. Quatre couches, pas moins ! Et ils en avaient éprouvé un sentiment de fierté totalement irrationnel.

— D'accord, mais si mes agneaux ont des têtes de

licornes, dis que c'est toi qui les as peints ! lança Trent en riant.

Il essora son éponge sur le bord de l'assiette pour être sûr de ne pas prendre trop de peinture.

— Tu te rappelles comme on avait ri ce jour-là ?

Il évita de regarder Susannah mais il sentit combien elle était tendue. Elle devait être en train de calculer le risque qu'elle prenait si elle admettait qu'elle aussi, oui, se rappelait ce jour-là avec plaisir. Avait-elle peur que les bons souvenirs d'autrefois lui fassent oublier les griefs qu'elle avait contre lui ?

— Oui, reconnut-elle finalement. Oui, cela a été formidable ce jour-là.

Inquiet, il se demanda toutefois quel commentaire négatif elle allait trouver à ajouter pour effacer ce moment de faiblesse. Allait-elle dire « Oui, une journée formidable mais tu l'as fichue en l'air en partant », ou bien « Oui, une journée formidable parce que nous ne savions pas que Paul allait bientôt mourir » ?

Mais elle ne dit rien.

Quand il la regarda, elle avait repris son travail avec application.

Il sourit. Il lui en fallait certainement peu, mais il lui semblait que leur relation venait de faire un petit pas dans le positif.

Soudain, Josie entra dans la chambre en brandissant un téléphone portable.

— Trent, c'est le tien. Tu as dû le perdre quand Chase et toi vous montiez la bibliothèque, dit-elle. Comme il sonnait, j'ai répondu. C'est Missy Snowdown. Tu connais ? Elle dit que c'est urgent.

Chase apparut à son tour sur le seuil de la chambre avec un air catastrophé. Il jeta un regard appuyé à Josie qui, comprenant brusquement qu'elle venait de faire une gaffe, roula des yeux effarés.

Amusé, Trent sourit devant l'embarras du couple. Chase avait dû faire à Josie un bref exposé des problèmes de Trent et de Susannah, mais il avait sûrement omis certains détails croustillants.

— Allô, Missy ? dit-il d'un ton dégagé. Ça va ?

— Non, répondit-elle de sa voix un peu rauque. Tu sais, Maxy mon vieux copain, eh bien, il ne me téléphone jamais. J'ai beau lui laisser des messages, il ne me rappelle pas. Entre mes histoires de cœur et mes cocktails, j'aimerais bien le revoir, mais il ne bouge pas. Tu parles d'un ami ! Je commence à croire qu'il n'a rien à faire de moi. Je ne comprends même pas pourquoi. Tu le sais, toi ?

— Cela me paraît pourtant simple, Missy.

Trent jeta un coup d'œil à Susannah. Sous la froide indifférence qu'elle s'efforçait d'afficher, ses traits s'étaient durcis. Il connaissait cette tête-là, ce petit sourire sardonique, à peine perceptible. Il savait ce qu'il signifiait.

— Je ne sais pas si tu le sais, Missy, mais je viens de me marier.

— Bien sûr que je le sais. Tout le monde en parle. Mais ce n'est pas un mariage normal. J'ai entendu dire qu'elle te déteste toujours autant. A ce que j'ai compris, tu dois avoir besoin d'un peu d'affection. Je suis comme toi. J'ai besoin… *d'affection*. J'ai besoin qu'on me caresse, qu'on me…

— Missy…

Bon sang! Elle était ivre et il n'était que 3 heures de l'après-midi!

Sachant qu'il ne servait à rien de vouloir la raisonner dans son état, il se radoucit.

— Je suis désolé, Missy, mais je ne vois pas comment je vais pouvoir t'aider sur ce coup-là. C'est gentil à toi de m'avoir appelé.

Susannah laissa échapper un soupir de mépris. Elle posa son éponge sur le rebord de l'assiette, s'essuya les mains sur son short et commença à descendre de l'échelle.

— Allez, Maxy, supplia Missy. Je suis sûre qu'elle ne couche même pas avec toi. Et je te connais. Tu ne tiendras jamais une année entière…

— Désolé, Missy, mais je n'ai pas le temps de te voir. J'ai été content de parler avec toi. Prends soin de toi. Salut.

Il referma son portable alors qu'elle parlait toujours et se demanda si elle allait rappeler quand elle aurait compris qu'il avait raccroché. Méfiant, il passa en mode silencieux.

Il se tourna vers Susannah qui l'observait, raide comme une statue. Elle souriait vaguement pourtant, comme si la situation embarrassante dans laquelle il se trouvait l'amusait, mais son regard dur trahissait son irritation mieux que des mots.

Brusquement, la colère le prit. Il en avait assez d'être observé et jugé en permanence.

Etait-ce sa faute si Missy avait besoin d'un homme et avait décidé de jeter son dévolu sur lui ? Il ne l'avait pas revue depuis plus de dix ans maintenant ! Mais tenter de l'expliquer à Susannah était peine perdue. Tenter d'expliquer quoi que ce soit à Susannah était peine perdue, d'ailleurs. Susannah Everly restait fermement campée sur ses positions, ancrée dans ses certitudes, figée dans sa rancune ; sans désir ni volonté de changer.

Bon sang, pourquoi essayait-il de faire marcher ce maudit mariage ? C'était perdu d'avance. Il n'y avait rien à espérer de Susannah. Elle ne lui pardonnerait jamais. Elle n'oublierait jamais. Peut-être, au fil des ans, avait-elle perdu sa tendresse et son humanité ?

Alors si elle n'avait rien à lui offrir, pourquoi ne pas profiter de la proposition de Missy ? Il était fatigué de devoir faire attention à chacun de ses gestes, chacun de ses mots, fatigué de frapper à la porte de Susannah, une porte fermée à double tour.

Missy était peut-être alcoolique mais elle, au moins, n'était pas un manuel ambulant de tous les problèmes psychologiques existant chez l'être humain. Elle lui offrait de l'amour, tout simplement, du plaisir. Pourquoi ne pas accepter ?

Il regarda le téléphone qu'il tenait toujours à la main et se dit que ce serait facile et jouissif de le rouvrir d'un coup de pouce et d'enfoncer la touche « rappel » sous le regard hautain et dédaigneux de Susannah.

L'envie le démangea un instant. L'envie de tester Susannah, de la provoquer. Faire disparaître de son visage cet air suffisant, ce mépris.

— Trent ?

La voix de Chase l'arracha à sa réflexion.

— Trent, ne fais pas de bêtises. Réfléchis.

Trent leva les yeux vers lui. Chase semblait soucieux mais il n'insista pas. Il se contenta juste de le regarder.

Ce même regard l'avait arrêté à plusieurs reprises alors qu'il s'apprêtait à commettre des actes qu'il aurait regrettés par la suite.

Il soupira et, lentement, glissa son mobile dans la poche arrière de son jean avant de se tourner du côté de Susannah.

Pris dans ses réflexions, il ne s'était même pas rendu compte qu'elle avait quitté la pièce.

Chapitre 7

La vie était parfois bien injuste.

Le lendemain, alors que le soleil qui n'allait plus tarder à pointer embrasait déjà l'horizon d'un rose poudré, Susannah inspectait les premières rangées de pêchers Rio Grande. Cette variété mûrissait toujours la première. Le domaine en comptait un hectare.

Aussi loin qu'elle se souvienne, les vergers d'Everly avaient toujours bénéficié de conditions privilégiées. Pas de gel, pas de sécheresse, pas de pucerons, pas de gale. Des milliers de pêches suaves et juteuses alourdissaient les branches, attendant d'être cueillies, et leur belle couleur dorée saupoudrée d'une touche de rouge mettait l'eau à la bouche dès qu'on les voyait.

Elle se rendait compte avec désespoir que les Rio Grande étaient mûres à point, mais à moins d'un miracle, la plupart de ces fruits allaient se gâter dans son entrepôt réfrigéré car elle n'avait pas trouvé preneur. Cette année, son plus gros acheteur avait fait faillite, et les autres grossistes avaient déjà signé avec d'autres agriculteurs.

Restaient, ici et là, quelques petits magasins de détail, des stands de fruits en bordure de route, des restaurants, mais pour des achats ponctuels et en petites quantités.

Et à part eux, elle n'avait personne vers qui écouler sa production.

Alexander s'approcha d'elle, suant et soufflant malgré la fraîcheur de l'air matinal. C'était un de ces matins où tout le monde s'agite, comme le seraient tous les matins à venir pendant trois mois. La cueillette allait véritablement commencer, et chaque minute comptait.

— Secouez-vous, bon Dieu ! lança-t-il en lui tendant un sac à fond amovible. Ça sert à quoi de vous apitoyer sur votre sort ? C'est pas comme ça qu'on va récolter les pêches.

— Je sais. Mais vous avez vu les arbres ? Ils vont tous être comme ça cette année, ils croulent sous les fruits, que ce soit les Rio Grande ou les Dixieland. Les cent cinquante hectares et les vingt-cinq variétés. Que va-t-on en faire si on ne trouve pas un nouveau grossiste pour nous les acheter dans les semaines qui viennent ?

Alexander haussa les épaules.

— Ça, c'est pas mon problème. Pour l'heure, ce qui m'importe, c'est de cueillir les fruits. Vous allez m'aider ou pas ?

Elle sourit.

— Oui, chef.

Il vissa son chapeau plus bas encore sur sa tête et, bien campé sur ses jambes, regarda les ouvriers agricoles sortir d'un hangar où on leur avait prêté des bleus de travail. Hommes et femmes, jeunes et vieux, commencèrent à s'introduire entre les rangées que le soleil naissant commençait à éclairer. Certains avaient sur l'épaule une échelle, d'autres tenaient à la main des paniers gigantesques. Et tous bavardaient et riaient.

Par expérience, Susannah savait que lorsque le soleil s'élèverait au-dessus des arbres, seuls les ouvriers en très grande forme continueraient de rire. Les autres, transpirant à grosses gouttes, souffriraient en silence, attendant la fin de la journée avec impatience.

Bon nombre de ses ouvriers agricoles revenaient chaque saison. C'étaient, pour la plupart, des étudiants et de jeunes professeurs en vacances, ainsi que des familles entières d'immigrés tellement bien averties du rythme de la nature qu'elles apparaissaient comme par enchantement le jour même où l'on avait besoin d'elles.

Cette année, Susannah avait engagé une bonne trentaine d'ouvriers de plus pour pouvoir tout cueillir dans les temps, compte tenu de la fabuleuse récolte qui s'annonçait. Certains d'entre eux étaient des débutants, et il faudrait veiller à ce qu'ils cueillent les fruits correctement et ne les entassent pas n'importe comment dans les paniers au risque d'en faire de la compote.

Où iraient les pêches après avoir été cueillies et mises en cagettes ? Susannah n'en avait pas la moindre idée. Elle continuait de téléphoner à droite et à gauche, réfléchissait, se creusait la tête pour trouver des idées mais, surtout, priait le ciel d'accomplir un miracle. Une nuit, elle avait rêvé qu'une chaîne de la grande distribution avait commencé à construire un hypermarché en ville. Dans son rêve, elle avait même pris un marteau et des clous et avait escaladé l'échafaudage pour aller aider les maçons !

Elle regarda ses ouvriers qui semblaient impatients de commencer.

— Alexander, vous ne pensez pas que l'on pourrait ajouter deux stands de bord de route ?

— On a déjà doublé le nombre par rapport à ce qu'on avait l'année dernière.

Alexander coinça ses pouces dans les passants de sa ceinture et soupira.

— J'ai fait comme vous avez dit. J'ai demandé à Stephen de superviser les livraisons des stands qui se trouvent en bordure de route. Quant à Trent, il a proposé de s'occuper des hectares réservés à la cueillette libre.

Susannah lui lança un regard étonné.

— Trent ? Mais… il ne devait pas être au Double C ?

— Il a dit qu'il avait du temps libre.

— Ce n'est pas une raison, il ne connaît rien aux pêches, et surtout…

— Mademoiselle Susannah, écoutez-moi. Il a proposé. On a besoin de bras. J'ai dit oui.

Susannah ne répondit pas, mais cette idée lui déplaisait. Alexander avait beau avoir raison, elle n'avait pas envie d'accepter quoi que ce soit de Trent. Elle ne voulait rien lui devoir de plus que ce qu'elle lui devait déjà.

De plus, savoir qu'il était dans les parages allait la déconcentrer. Ils ne s'étaient pas parlé depuis le coup de téléphone de Missy, la veille.

Même si Trent avait été très clair avec Missy, leur petite conversation l'avait mise dans une colère noire. Pour tout arranger, le bonheur de Chase et de Josie était trop démonstratif à son goût. Chaque fois qu'elle les regardait, ils étaient dans les bras l'un de l'autre, ou s'embrassaient, ou riaient en se murmurant des mots doux à l'oreille. C'était insupportable.

Chaque fois elle pensait à Trent et elle, à leur bonheur passé, détruit. Et chaque fois son cœur se déchirait et elle avait envie de hurler; elle n'était pas guérie de cet amour.

Quand Trent était rentré à la maison, le soir, elle était déjà couchée.

Comme une idiote elle était restée éveillée une grande partie de la nuit, les yeux grands ouverts, espérant qu'il viendrait bavarder avec elle pour lui expliquer le coup de fil de Missy. Ou, peut-être, pour reparler de l'épisode qui s'était déroulé dans le cellier.

Alors que s'étiraient les heures et que sa porte restait fermée, elle avait réfléchi. Et la triste réalité s'était imposée à elle : Trent n'avait aucune raison de venir la retrouver dans sa chambre pour discuter de quoi que ce soit ou lui témoigner un quelconque signe de tendresse parce que ce qui s'était passé dans la cave n'avait rien à voir avec l'envie de lui faire l'amour. Cela n'avait rien à voir non plus avec la passion. Ni avec le désir. Ni même avec l'envie de revivre leur amour de jeunesse.

Non. Il avait voulu lui prouver et se prouver à lui-même que c'était lui qui détenait le pouvoir. Elle n'oublierait jamais de quelle façon il l'avait empêchée de le toucher. Sexuellement, il n'était pas en manque, donc pas en demande. Ce qu'il voulait, c'était lui prouver qu'il la dominait. Qu'il contrôlait tout. Qu'elle n'était qu'une marionnette dont il tirait les ficelles.

Mais elle n'allait pas se laisser faire. Il devrait désormais la traiter avec respect.

A côté d'elle, Alexander se racla la gorge, la ramenant à la réalité.

— Où est le problème avec Trent ? demanda-t-il. On n'a encore embauché personne pour récolter ces hectares-là. Puisqu'il est prêt à s'en occuper, on n'a qu'à les ouvrir aujourd'hui même à la cueillette libre.

Submergée par un trop-plein d'émotions, elle ne répondit pas. Elle savait qu'Alexander avait raison. Puisque Trent était prêt à leur rendre ce service, pourquoi ne pas accepter ? Elle n'avait pas les moyens de refuser.

Les autres producteurs pratiquaient depuis longtemps la cueillette libre, mais à Everly c'était la première fois qu'on la mettait en pratique, et elle se demandait si c'était vraiment intéressant ou si cela leur créerait des problèmes supplémentaires. Son grand-père avait toujours estimé que ce procédé ternissait la réputation d'une exploitation.

Susannah, elle, pensait qu'en imposant à la moitié du comté l'odeur pestilentielle des pêches d'Everly en train de pourrir sur leurs palettes, la réputation du domaine en prendrait un sacré coup. Aussi avait-elle décidé d'essayer la cueillette libre en lui consacrant quelques hectares de Gold Prince, une variété hâtive, recherchée comme pêches à couteau plutôt que pour la conserve.

— Parfait, dit-elle à contrecœur, s'efforçant de cacher le déplaisir qu'elle éprouvait à accepter. Que Trent s'en occupe. Mais vous pensez qu'il va pouvoir avec sa blessure à la jambe ? Que les points de suture vont tenir ? Parce qu'il faudra qu'il monte et descende des échelles toute la journée pour montrer aux gens comment faire.

— Il va très bien, grommela-t-il.

— Vous avez vérifié les échelles neuves ?

Aussitôt après la chute de Trent, elle avait remplacé toutes les vieilles échelles de la propriété, soit environ la moitié de son stock. L'opération lui avait coûté les yeux de la tête mais elle ne pouvait pas prendre le risque d'avoir un autre accident.

— Inspectez-les toutes, ordonna-t-elle. Les anciennes comme les neuves. Je veux du matériel impeccable.

Alexander hocha la tête.

— Je ne comprends toujours pas ce qui s'est passé avec l'échelle de Trent, dit-il. Je l'avais prise la veille pour grimper sur le toit du garage et les barreaux n'ont pas craqué, je pèse pourtant pas loin de vingt kilos de plus que lui.

— Je sais. C'est bizarre que…

— Tiens, le voilà justement ! s'exclama brusquement Alexander.

Elle sentit son cœur battre un peu plus vite dans sa poitrine. Elle regarda dans la direction qu'indiquait Alexander. C'était bien Trent. Il était perché sur le premier pêcher de la rangée, incroyablement sexy dans son jean moulant et son T-shirt. Il parlait au téléphone. Avec Missy Snowdown, sans aucun doute.

Susannah se tourna vers Alexander.

— Je suppose qu'il a des choses à voir avec vous.

Allez-y. Pendant ce temps, je vais aller expliquer aux saisonniers ce qu'ils ont à faire.

— Non, je vais le faire, répondit Alexander. Allez plutôt voir ce que veut votre mari.

C'était quelque chose qu'elle n'aimait pas faire, mais de temps à autre, il était bon de remettre Alexander à sa place, de lui rappeler exactement ce qui était et n'était pas dans ses attributions. Nulle part, elle en était certaine, étaient mentionnés les mots « conseiller conjugal » ou « entremetteur ».

— Alexander…

L'air faussement innocent, son chef d'exploitation la regarda.

— Alexander, c'est vous qui avez pris en main l'organisation de la cueillette libre, il me semble. J'attends donc que vous vous en occupiez jusqu'au bout.

Alexander enfonça son chapeau sur sa tête et grogna quelques mots incompréhensibles qui ressemblaient à un acquiescement.

Mais elle savait que sous le chapeau à large bord qui cachait son regard, Alexander devait avoir les yeux plissés, signe, chez lui, de désapprobation et de colère.

Mais s'il avait un caractère difficile, il était rare qu'il remette en cause son statut de patronne.

Elle le regarda s'éloigner en bougonnant, sachant toutefois qu'il s'acquitterait de sa tâche dans ses moindres détails.

Restait maintenant le problème de Trent. Il faudrait peut-être qu'elle aille le remercier. Il était très présent sur le domaine, délaissant sûrement son travail au Double C.

Or qu'il travaille autant pour les vergers Everly n'était pas prévu dans le contrat de mariage ; il devait juste vivre un an sous le même toit qu'elle.

Au mot « mariage », elle sentit la tristesse l'envahir, et des images du bonheur de Chase et Josie lui revinrent à l'esprit. Elle était jalouse, c'était évident. Si seulement Trent et elle…

Elle frissonna et s'efforça de penser à autre chose.

A une trentaine de mètres seulement, Trent bavardait toujours au téléphone, le regard posé sur elle. Il la regardait le regarder, sans paraître le moins du monde gêné. Pourquoi l'aurait-il été, d'ailleurs ? Il avait comme toujours son air dégagé et la même dégaine décontractée chic, avec ses cheveux de jais savamment décoiffés et ses yeux bleus faussement angéliques. Susannah imaginait déjà ces femmes riches, soignées jusqu'au bout de leurs ongles vernis, qui, apprenant que les vergers Everly avaient ouvert leurs portes pour de la cueillette libre, se précipiteraient, officiellement pour cueillir des pêches, mais dans l'espoir de croiser Trent Maxwell.

Sans la quitter des yeux, Trent referma son portable et, le glissant dans la poche arrière de son jean moulant, lui adressa un sourire à la fois enjôleur et moqueur.

Une bouffée de chaleur lui monta au visage, et elle se détourna vivement, se forçant à s'intéresser à autre chose qu'à cet homme sans scrupule et sans morale qui jouait avec elle avec un plaisir sadique.

***

Comme il savait que Susannah n'avait pas fait de publicité pour faire savoir qu'à Everly on pratiquait dorénavant la cueillette libre, Trent s'attendait à avoir une matinée relativement calme. Il avait même apporté son ordinateur portable dans l'intention de créer des tracts qu'il distribuerait en ville, de préparer une petite annonce qu'il enverrait par courriel au quotidien régional, de mettre à jour le site Web d'Everly.

Apparemment il avait sous-estimé la réputation des pêchers d'Everly dans la région. La nouvelle s'était répandue comme une traînée de poudre, car dès 9 heures du matin, des dizaines de personnes se pressaient déjà devant les grilles.

La foule attirant la foule, les automobilistes curieux qui avaient aperçu les voitures stationnées au bord de la route menant à la propriété s'étaient arrêtés à leur tour, et à 10 heures, Trent avait appelé le Double C pour demander à Chase s'il n'avait pas du personnel à lui envoyer en renfort.

Les gens du coin étaient faciles à reconnaître. Ils savaient ce que ramasser des pêches voulait dire, et étaient venus en baskets, avec des paniers ou des cageots, des bouteilles d'eau et des chapeaux ; et ils attendaient patiemment leur tour en discutant. Les touristes, eux, arrivaient en tenue de ville et montraient des signes d'impatience. Ils voulaient vite entrer, et noyaient Trent et les autres cueilleurs sous des tonnes de questions.

— Comment je sais si elles sont mûres ? C'est quoi les petites taches là sur la peau ? Si je veux faire de la glace, il me faut combien de pêches ?

Par chance, Trent connaissait son sujet sur le bout des doigts. Il avait travaillé avec Susannah dans ces mêmes vergers tous les étés depuis qu'ils avaient quatorze ans et qu'on les avait jugés assez grands pour aider.

C'était grâce aux pêches qu'il était entré dans la vie de Susannah.

Les professeurs de sciences naturelles comme son père n'avaient pas un salaire mirobolant, aussi, quand les vergers Everly avaient passé une annonce dans le journal pour dire qu'ils embauchaient des intérimaires pour l'été pour la cueillette des pêches, Alan Maxwell s'était présenté. Le premier jour où son père avait travaillé, Trent, qui avait neuf ans, avait enfourché son vélo pour lui apporter son pique-nique au domaine. Au retour, il s'était arrêté pour parler avec Susannah à laquelle on avait fait l'honneur de confier l'un des petits stands de vente en bord de route.

— Il y a du sumac vénéneux là où tu es. Si tu te fais piquer, tu vas avoir très mal, tu sais, lui avait-il dit.

Les deux pieds plantés de chaque côté du vélo pour rester en équilibre, il lui avait souri.

— Là, regarde, avait-il ajouté. La plante avec les fleurs vertes qui grimpe, c'est du sumac vénéneux. Vénéneux, ça veut dire que c'est du poison.

Elle avait regardé par terre autour d'elle.

— Tu crois? Moi je trouve qu'on dirait des fraises.

Du haut de ses neuf ans, avec une assurance qui l'étonnait encore aujourd'hui, il lui avait fait un cours sur les diverses variétés de sumac vénéneux et leurs effets sur les animaux et les humains, et les caractéristiques des plaques d'urticaire qu'il provoquait. Il avait dû passer pour un doux dingue à ses yeux mais elle n'en avait rien laissé voir. Au contraire, elle avait paru intéressée.

Et puis tout d'un coup, sans trop savoir pourquoi, il lui avait dit que son père travaillait chez le sien pour la durée de l'été comme cueilleur de pêches.

Et là, alors qu'il s'attendait à la voir le regarder de haut, d'un air méprisant, elle l'avait regardé avec un air d'envie.

— Moi, mon père il ne me laisse pas encore cueillir les fruits, avait-elle dit. Il dit que j'aurai le droit de travailler quand j'aurai quatorze ans. Ça me plairait bien, moi, de travailler dans les vergers.

Agréablement surpris par sa réponse, il était descendu de vélo, l'avait appuyé contre la cabane de bois, et il avait acheté une pêche avec la dernière pièce trouvée au fond de sa poche. De cette façon il avait pu rester avec elle un peu plus longtemps. Il n'avait encore jamais rencontré de fille qui ne parlait pas des saisonniers avec mépris, qui plus est une Everly, dont le seul nom imposait le respect.

Et là, les deux fils du Blanco Falls, peut-être le ranch le plus important du comté, à peine plus âgés qu'eux, étaient venus traîner près du stand et avaient commencé à taquiner Susannah, juste pour le plaisir de lui faire peur, puis ils avaient volé des pêches.

Il s'était alors interposé, et une bagarre en règle avait éclaté, sous le regard horrifié de Susannah. Il avait cogné assez fort pour que l'un des deux garçons se mette à saigner du nez et que les hostilités cessent.

Vos surprises
vous attendent…
Cynthia Thomason
Sur la route de Finnegan Cove
Dallas Schulze
Qui d'autre que toi ?
Prelud'
2 ROMANS PRELUD' GRATUITS !
+2
CADEAUX
GRATUITS !

Evidemment, le stand de pêches n'avait pas survécu à la bagarre, et les deux garçons avaient tout rapporté à leurs parents qui avaient appelé Alan Maxwell. Trent avait été privé de sortie pendant un mois. Alors, pendant le mois qui avait suivi, tous les jours Susannah avait enfourché sa bicyclette et parcouru les cinq kilomètres qui séparaient Everly de la maisonnette des Maxwell en lisière de la ville où elle avait déposé, sur le perron, une pêche fraîchement cueillie pour lui.

Quand l'école avait repris, en septembre, sans un mot d'explication, Susannah s'était assise à côté de lui pour le déjeuner. Pendant dix minutes, dix minutes où ils étaient tous les deux restés dans le silence le plus complet, n'osant même pas se regarder, personne n'était venu se joindre à eux. Puis Chase Clayton et Paul Archer avaient déposé leur plateau sur la grande table du réfectoire et s'étaient installés à côté d'eux.

— Les frères Blanco sont craignos ! avait dit Chase en s'asseyant à côté de Trent.

— C'est des nuls, avait renchéri Paul.

Ils s'étaient souri tous les quatre. Les Fugitive Four étaient nés.

Emu par tous ces souvenirs, Trent respira profondément. Il flottait tout autour de lui une douce odeur de pêches, un parfum suave qui lui rappellerait toujours Susannah et leur enfance heureuse.

Refusant de se laisser aller à une vaine nostalgie, il refoula ce passé qui le faisait souffrir. Il était venu aider Susannah, il était temps qu'il s'y mette. La mélancolie n'était pas de mise ici.

Dans la deuxième rangée d'arbres, une femme à la taille mannequin, un bouchon de carafe de la taille d'une pêche à l'annulaire gauche et maquillée comme un camion volé, était juchée sur le dernier barreau d'une échelle. Elle cueillait les fruits et les laissait tomber dans un grand panier d'osier. Exactement le contraire de ce qu'il fallait faire.

Quand elle rentrerait chez elle et verrait ses pêches abîmées, elle ne manquerait pas d'accuser les vergers Everly. Et la réputation de Susannah serait ternie.

Décidant de lui rappeler les bases d'une bonne cueillette, il s'avança vers elle. Son parfum couvrait toutes les autres odeurs, surtout celle des pêches, ce qui était une forme de record !

— Madame, l'interpella-t-il. N'oubliez pas que vous devez cueillir les fruits délicatement. Essayez de les prendre dans votre main plutôt qu'avec le bout des doigts.

Du haut de son échelle, la femme laissa tomber sur lui un regard las puis, semblant se réveiller subitement, le détailla de la tête aux pieds. Son regard examina chaque trait de son visage, se posa sur ses lèvres, s'y attarda, et elle lui sourit. C'était un sourire qu'il connaissait par cœur. La femme soit était divorcée… soit regrettait de ne pas l'être !

— Ah bon ? Pourquoi ça ? demanda-t-elle.

— Les pêches sont des fruits fragiles. Elles se mâchent très facilement. Si vous les prenez avec la pointe des doigts, vous risquez d'appuyer trop fort.

— C'est bien compliqué, tout ça…

Elle se mordilla les lèvres en souriant.

— Au fait, bonjour. Je m'appelle Becky. Si vous montiez me montrer ?

Il retint un sourire. Il attendait cette question. La jeune femme était sublime, il aurait été malhonnête de le nier. Et il savait qu'il n'aurait pas beaucoup de mal à se donner pour parler des pêches avec des accents érotiques. Il suffirait qu'il dise que leur chair tendre et leur peau veloutée demandaient les traitements les plus délicats. Que l'on ne prenait pas une pêche mais qu'on la caressait, qu'on ne la détachait pas mais qu'on la cueillait pour la déposer ensuite au creux d'un panier… Il poursuivrait en disant que la chair encore tiède des rayons du soleil libérait un jus si exquis et si abondant qu'il coulait sur le menton où on le recueillait du bout de la langue…

Il lui raconterait que la sécheresse amplifiait encore la douceur des pêches. Que les pêches se détachaient facilement des arbres quand elles étaient mûres à point et que, alors, elles vous tombaient pratiquement dans les mains.

Comme il avait eu l'occasion de s'en rendre compte à de nombreuses reprises, il n'était pas un saint. Il connaissait bien les femmes et reconnaissait celles qui étaient prêtes à lui tomber dans les bras comme une pêche mûre à point. Et la belle inconnue, en haut de son échelle, était prête à être cueillie.

Mais il avait une centaine de bonnes raisons de refuser, dont la plus importante était Susannah.

— Ce n'est pas très difficile, dit-il, faisant mine de

ne pas avoir remarqué son regard qui le déshabillait. Continuez, vous allez prendre le coup. Posez-les doucement dans votre panier et ne les superposez pas sur plus de trois couches. Autrement elles s'écraseraient.

Becky parut surprise de sa réponse ; elle s'attendait à autre chose, c'est sûr.

— D'accord, dit-elle. Mais vous êtes bien sûr que…

— Maxwell !

Heureux de pouvoir fausser compagnie à la troublante jeune femme, il se retourna. Mais son soulagement ne dura pas. L'homme qui traversait le verger n'était autre que Richard Doyle. Il portait un costume sombre, il n'était donc pas là pour cueillir des pêches. Il n'avait de toute façon pas une tête à cueillir les pêches lui-même.

— Excusez-moi, dit-il à la jeune femme. J'ai à faire.

En soupirant, il se dirigea vers Richard Doyle qui l'attendait près de la table installée pour la pesée des fruits et la vente de bouteilles d'eau et de sandwichs.

— Il faut que je vous cause, Maxwell, lui dit Richard Doyle, sans même un bonjour.

Trent ne connaissait pas vraiment cet homme mais cette voix grave et bourrue ne devait pas être sa voix habituelle. Quant à la profonde ride entre ses sourcils, elle ne devait pas non plus être naturelle. Pour une raison que Trent n'allait sans doute pas tarder à connaître, Me Richard Doyle était furibond.

— Je vous écoute, répondit Trent en prenant son air le plus aimable. C'est à quel sujet ?

Richard Doyle jeta un coup d'œil vers la jeune femme chargée de la pesée des fruits.

— Je pense qu'il serait préférable que nous ayons cette conversation en privé, laissa-t-il tomber d'un ton sec.

Surpris, Trent l'examina avec attention. Le notaire ne devait pas avoir plus de trente-cinq ans, mais à cet instant précis, on lui en donnait soixante tellement il était formel et guindé.

Sourire au coin des lèvres, Trent hocha la tête, certain que sa mimique allait agacer son interlocuteur.

— Vous voulez que je vous dise ce que je pense vraiment, Doyle ? Je préférerais ne pas avoir cette conversation du tout !

L'air ironique, il haussa les sourcils et ajouta :

— Mais je suppose que je n'ai pas le choix.

— Effectivement, répondit Richard Doyle, visiblement crispé.

— Dans ce cas, allez-y, parlez. Mais je n'ai pas beaucoup de temps.

— Comme vous voudrez.

Richard Doyle prit sa respiration et donna une petite tape sur son pantalon impeccable.

— Je suis venu vous apporter des documents de la part de Susannah. Mais auparavant, j'aimerais que vous m'éclairiez.

— Que je vous *éclaire* ?

— Oui. J'entends vous laisser d'abord la chance de vous expliquer.

— M'expliquer ? Je crains que cela ne prenne trop de temps. Plus de temps que je n'en ai à vous consacrer.

Et que cela ne nécessite l'expertise d'au moins deux psychiatres!

— Allons, Maxwell. Pas d'ironie! Je pense que j'ai ici des documents qui pourraient vous faire beaucoup de tort, et si vous me permettez un conseil, vous auriez tort de le prendre sur le ton de la plaisanterie. Toutefois, si la dérision est votre mode de défense…

— Pas du tout. Au contraire. Seules les questions sérieuses m'intéressent dans la vie.

Trent jeta un coup d'œil vers une nouvelle famille qui venait d'arriver. Un couple et deux garçons plutôt turbulents qui n'allaient pas manquer de tout saccager s'il ne les surveillait pas.

— Allons-y, reprit-il, agacé. Où voulez-vous en venir? J'ai l'impression que vous me parlez de documents explosifs.

— En effet, répliqua Doyle, sûr de lui. J'ai en ma possession des documents explosifs. A ma demande, quelqu'un a fouillé dans votre passé, je veux parler des années où vous avez disparu, et a trouvé des informations intéressantes sur une certaine Virginia Windsor Smith.

— Virginia? Bien sûr que je la connais, mais je ne vois pas où est le secret. Elle vit en Californie où elle dirige une exploitation d'amandiers.

— C'est exact mais elle est bien plus que cela. Elle est belle, riche. Mais elle est de ces femmes naïves qui ont le tort de faire confiance aux autres. De plus, c'est votre ex-femme.

— Ce n'est pas un secret non plus. Si vous pensez

surprendre Susannah avec cette nouvelle, revoyez votre copie. Susannah sait que j'ai déjà été marié et elle s'en moque. Je suis même prêt à parier qu'elle est plutôt flattée de savoir que j'ai rompu avec quelqu'un pour elle.

Là, il était peut-être allé trop loin. Mais la mauvaise humeur qui couvait en lui depuis un certain temps déjà commençait à le rendre sarcastique. Qu'est-ce que ce crétin était allé faire en Californie ? Harceler Virginia ?

— J'espère pour vous que votre détective privé ne vous a pas facturé trop cher sa prestation ? ajouta-t-il. Parce qu'il est passé à côté de mes six autres ex ! C'est vrai que celles-là, je les garde enfermées dans ma cave.

— Peut-être mais il n'est pas passé à côté des deux cent cinquante hectares de bonnes terres agricoles dont vous avez habilement spolié Mme Windsor Smith, répliqua Richard Doyle d'un air pincé.

Trent éclata de rire.

— Mme Windsor Smith est l'une des exploitantes d'amandiers les plus riches de Californie. Je serais ravi de faire la connaissance de celui qui réussira à la spolier de quoi que ce soit.

Doyle fourra vivement ses mains dans ses poches, et Trent se dit qu'il avait peut-être envie de lui coller son poing dans la figure. Ce qui était, pour sa part, ce qu'il rêvait de faire.

Mais Richard Doyle, avec ses traits fins et réguliers, ses cheveux blonds dont une mèche retombait négligemment sur le front et qu'il relevait toutes les deux minutes d'un geste las de la main droite, n'avait pas l'air d'un homme prêt à se servir de ses poings autrement que pour taper sur un bureau encombré de papiers. Me Richard Doyle était la copie faite homme d'un oiseau tombé du nid.

— Vous aviez signé un contrat de mariage avec Mme Virginia Windsor Smith comme vous l'avez fait avec Susannah Everly, reprit ce dernier. Je cherche des preuves, et quand je les aurai trouvées, je vous prie de croire que je les montrerai à Susannah. Et je ne suis pas certain qu'elle trouve très drôle le fait que vous ayez monnayé de la sorte votre divorce d'avec Mme Windsor Smith.

— Vous savez que pour un juriste vous êtes drôlement imprécis. C'est fâcheux, quand même !

Richard Doyle pâlit brusquement.

— Vous devriez regarder à deux fois avant de parler et de porter des accusations calomnieuses, Doyle. Vous risqueriez de le regretter.

— Ce n'est pas la peine de prendre cet air supérieur, Maxwell. Je... je...

Blanc de rage, Richard Doyle ne sut que répondre.

Ravi de constater qu'il l'avait poussé à bout, Trent l'observait en souriant, imaginant de la vapeur sortant de ses narines frémissantes de colère.

— Je ne suis pas que juriste ! reprit Richard Doyle. Mes parents aussi avaient un ranch, et j'ai appris très tôt que si vos bottes sentent mauvais, c'est que vous avez marché dans une bouse. Et que tout ce que vous toucherez ensuite finira toujours par sentir mauvais. Logique, non ?

— Logique ? Je ne sais pas. Mais intéressant, sûrement !

Maintenant, revenons à notre affaire. Vous ne m'avez pas dit que vous aviez des documents me concernant ?

Avec des gestes nerveux, Richard Doyle fouilla dans la poche intérieure de sa veste et en sortit une enveloppe.

— Puis-je les voir ? demanda Trent, comme Richard Doyle semblait vouloir garder l'enveloppe pour lui.

Visiblement à regret, le notaire lui tendit l'enveloppe.

Trent l'ouvrit et lut le document en diagonale. Le texte était truffé de termes pseudo-juridiques complètement idiots mais ne contenait rien de plus que ce que Susannah lui avait demandé récemment. S'il ne la trompait pas avec toutes les créatures en jupons qui passaient par là au cours de l'année où ils seraient mariés, elle lui ferait cadeau de la coquette somme de cent vingt mille dollars à son départ.

Dix mille dollars par mois de célibat, c'était en effet ce qu'elle lui avait proposé. Pour lui offrir une telle somme, elle devait se figurer qu'il avait beaucoup de mal à ne pas baisser son pantalon ! Quelle vulgarité ! Etait-ce le coup de téléphone de Missy Snowdown, l'autre jour, qui l'avait poussée à lui faire très officiellement cette offre ?

Ou avait-elle tout simplement envie de l'humilier ?

— Intéressant, commenta-t-il, l'air faussement dégagé. Très intéressant.

Il sentit que la colère rentrée qui l'agitait depuis un bon moment déjà était sur le point d'exploser.

— Mais cela ne me paraît pas cher payé si l'on

ramène les dix mille dollars mensuels au taux horaire. Je demanderai à mon avocat de se pencher sur cette proposition et de se rapprocher ensuite de vous. Ce sera tout, Doyle ?

Trent crut entendre Richard Doyle siffler entre ses dents.

— Etes-vous vraiment disposé à vous abaisser à signer ce document, Maxwell ? Etes-vous vraiment prêt à soutirer cette somme d'argent à Susannah ?

Trent éclata de rire et glissa le papier dans sa poche.

— Qui sait ? Cela ne vaut pas deux cent cinquante hectares de terres agricoles fertiles en Californie, mais cela représente tout de même un joli petit paquet d'argent. J'avoue que ça demande réflexion.

Chapitre 8

Tous les 5 juin, Susannah quittait en douce les vergers d'Everly et la cueillette des pêches qui battait son plein pour se rendre en pèlerinage, seule, à Green Fern Pool. Là, à l'insu du reste du monde, elle pouvait murmurer « Joyeux anniversaire » à Paul, dans ce lieu retiré qu'il aimait par-dessus tout.

Cette année, quitter la propriété s'était révélé plus difficile que d'habitude, et il était presque 18 heures quand elle était passée sous la voûte de branches basses de deux hévéas noirs, que les Fugitive Four avaient baptisée « la Porte du Paradis », avant de déboucher dans ce sanctuaire qu'était pour elle Green Fern Pool.

Elle s'était assise sur la pierre plate qu'ils appelaient « la rampe de lancement », et avait contemplé le plan d'eau où ils aimaient tant venir nager.

Tantôt il était d'un bleu transparent, tantôt vert, mais toujours agrémenté de reflets argentés sous l'effet des rayons du soleil, et si limpide que l'on voyait en transparence les rochers qui en tapissaient le fond sableux.

Mais ce n'était malheureusement pas le cas aujourd'hui. Tout l'après-midi, le ciel avait été chargé de nuages lourds de pluie, et la surface de l'eau ondulait sous l'effet de rafales de vent annonciatrices d'orage.

Susannah contempla le plan d'eau un long moment, se laissant peu à peu gagner par la fatigue de la journée.

Le rocher sur lequel elle était assise était large et plat, parfait pour faire un petit somme. Elle avait dormi ici des centaines de fois, Trent la serrant dans ses bras, tandis que Paul et Chase faisaient les fous dans l'eau en riant. Comme ils étaient heureux alors !

Comme ce temps lui semblait appartenir à une autre époque…

Depuis la mort de Paul, cet endroit n'avait plus rien à voir avec le bonheur et l'insouciance de la jeunesse.

Elle chercha au fond de sa poche le galet qu'elle avait apporté, le réchauffa au creux de sa main, souffla dessus pour le lester de son vœu et le lança au centre du petit étang.

C'était Chase qui avait inauguré cette tradition à l'époque des Fugitive Four. Tout au long de l'année, ils venaient ici avec leurs cailloux lisses qu'ils avaient baptisés « les galets du bonheur », et ils les lançaient dans l'eau en les suppliant d'exaucer leurs vœux, des vœux typiques de tous les adolescents. Des voitures cool pour Chase. Pour Paul, un lancer de balle qu'aucun joueur de base-ball ne pourrait rattraper. Et, accessoirement, des bonnes notes à l'épreuve d'espagnol, et pas de boutons sur le nez le jour du bal de fin d'année.

Et puis, un été, il y avait eu le jour où Trent, debout au bord de leur rocher, avait regardé Susannah d'un air étrange avant de lancer en riant :

— La prochaine fois qu'on vient se baigner, j'espère

que Missy Snowdown sera là et que ses nichons feront exploser son Bikini !

Susannah, qui avait trouvé cela idiot, s'était approchée de lui et l'avait poussé tout habillé dans l'eau, sous les rires et les moqueries de Chase et de Paul.

— Joyeux anniversaire, Paul, murmura-t-elle en jetant son galet.

Puis, comme elle le faisait chaque fois, elle ajouta encore plus bas :

— Tu me manques, tu sais.

A cet instant, c'était inévitable, tout ce qui s'était passé défila une nouvelle fois devant ses yeux.

Elle revoyait Trent et Missy faisant l'amour sur la balançoire. Puis leur soirée dans ce petit bistrot de la banlieue d'Eastcreek. Et le slow langoureux qu'elle avait dansé avec Paul, sous le regard noir de Trent. Elle revoyait Paul tomber comme dans un film au ralenti après le coup de poing de Trent, le feu, les hurlements de Paul, qui hantaient encore ses cauchemars, et les cris des autres clients, la bousculade vers la sortie.

Elle se souvenait des minutes de stupeur qui avaient suivi. Du silence irréel qui avait tout enveloppé comme si les hurlements qui avaient empli le bar cette nuit-là l'avaient rendue sourde. Ses cris, ceux de Paul et ceux des autres clients épouvantés qui se piétinaient pour sortir.

Elle ferma les yeux, se forçant à revenir à l'instant présent.

— Pardon, Paul, murmura-t-elle d'une voix étranglée. Pardon.

Peut-être le temps était-il venu de mettre un terme à ces pèlerinages destructeurs et vains ? Paul n'était pas là, ne serait plus jamais là. Elle aurait beau remplir à ras bord Green Fern Pool de galets du bonheur devenus les galets du souvenir, il ne reviendrait pas.

Elle se releva et regagna lentement sa voiture. Levant la tête vers le ciel, elle le trouva plus noir et plus menaçant que jamais. Elle avait encore une heure devant elle pour cueillir les pêches.

— Pourvu qu'il ne pleuve pas avant, murmura-t-elle.

Comme elle roulait vers Everly, un peu plus vite que ne l'autorisait le panneau qu'elle venait de croiser, elle faillit ne pas voir une voiture stationnée sur le bas-côté, cinq cents mètres après le chemin qui débouchait de Green Fern Pool. Peu de gens empruntaient cette route secondaire.

Etonnée, elle ralentit. Elle n'avait jamais rencontré personne dans le coin.

Comme elle approchait, elle reconnut la voiture de Peggy Archer. Son pneu arrière droit était complètement à plat et la voiture penchait tristement du côté du fossé.

Peggy était assise à la place du conducteur, portière ouverte, la tête dans les mains. Les cheveux en bataille et les joues rouges, on aurait dit qu'elle venait de passer plusieurs heures en plein soleil.

S'il y avait quelqu'un sur cette terre pour qui Susannah n'était pas disposée à jouer les bons Samaritains, c'était sûrement Peggy. Surtout un jour comme aujourd'hui.

Mais elle ne pouvait quand même pas passer son chemin en faisant comme si elle ne l'avait pas vue. De plus elle savait changer un pneu.

Elle ne réfléchit pas plus longtemps.

Doucement elle vint se garer derrière la voiture de Peggy et mit ses warnings.

— Bonjour, madame Archer, dit-elle poliment en s'approchant. Puis-je vous aider? Vous avez un problème, on dirait.

— Oui, j'ai crevé.

— Vous avez une roue de secours? Je vais vous la changer si vous voulez.

Peggy leva les yeux vers elle, et Susannah remarqua tout de suite qu'elle avait pleuré, ce qui la surprit. Peggy Archer était une femme dure qu'elle n'avait jamais vue verser une larme. Pendant les six mois où elle était venue, chaque jour, voir Paul à l'hôpital, Peggy était là, assise à son chevet, les yeux secs.

Pas une fois, au cours de ces six mois, elle n'avait adressé la parole à Susannah.

Et pas une fois, Susannah ne l'avait vue pleurer.

Même à son enterrement elle avait gardé les yeux secs.

— Ça va, madame Archer? J'ai de l'eau dans la voiture si vous voulez.

Peggy sortit de sa voiture tant bien que mal, en ménageant sa jambe gauche. Une main sur la portière pour garder l'équilibre, elle s'essuya vivement les yeux.

— Ça va. La dépanneuse va arriver. Elle devrait être

là depuis une demi-heure au moins, ajouta-t-elle en jetant un rapide coup d'œil à sa montre.

Elle fit un pas et grimaça de douleur, mais elle se contrôla aussitôt.

— Puisque c'est comme ça, je vais la changer moi-même, dit-elle. Le problème, c'est ma hanche. J'ai du mal à me baisser.

Elle tapota sa jambe gauche et précisa :

— J'ai pris un deuxième comprimé d'aspirine mais il ne m'a pas soulagée.

— Qu'est-ce qui vous arrive ? Vous vous êtes blessée ? lui demanda Susannah en lui tendant machinalement la main.

Peggy eut un mouvement de recul comme si elle avait été un serpent à sonnette prêt à mordre.

— Non, je vais bien, répondit-elle. C'est simplement de l'arthrose.

Susannah l'observa attentivement et nota que des gouttes de sueur s'étaient formées sur son front et au-dessus de sa lèvre supérieure. La souffrance était visible sur son visage, déformant ses traits.

— Je vais changer votre roue, madame Archer, dit-elle, prise de pitié. Pendant ce temps, allez donc vous asseoir dans ma voiture, si vous voulez, ce ne sera pas long. Les clés sont sur le contact, vous n'avez qu'à mettre l'air conditionné, vous serez mieux. Je n'en ai pas pour longtemps.

Peggy hocha la tête et ferma les yeux, et Susannah eut l'impression qu'elle n'acceptait qu'à regret, car elle vit ses épaules s'affaisser comme celles d'un combattant qui se résigne à la défaite.

— Tu as raison, je vais aller m'asseoir.

Prenant toujours appui sur la portière, Peggy se pencha dans l'habitacle pour prendre sa canne.

— J'ai parfois la tête qui tourne quand je prends ces fichus cachets, dit-elle. Ils sont très forts. Il n'y a pas que de l'aspirine dedans, il y a autre chose.

Se gardant bien, cette fois, de lui tendre la main, Susannah la suivit des yeux jusqu'à ce qu'elle soit installée dans sa voiture, prête néanmoins à aller l'aider en cas de besoin.

La voir dans cet état lui serra le cœur malgré la froideur que Peggy lui manifestait depuis la mort de Paul.

Peggy Archer était une femme infatigable qui, non contente de s'occuper des travaux domestiques de son ranch, le Bull's Eye, une propriété de cinq mille hectares, trouvait le moyen d'être présidente de l'Association parents-professeurs, de la Ligue de base-ball et du Conseil de coordination de la municipalité. En plus de ces obligations, elle trouvait toujours quelques minutes pour confectionner de délicieux muffins pour les Fugitive Four quand il leur prenait la lubie de partir tous les quatre en vadrouille.

Et maintenant, elle n'était même plus capable de mettre un pied devant l'autre. Ou presque. Un cri étouffé s'échappa de ses lèvres comme elle s'asseyait derrière le volant. Sa canne tomba.

Susannah s'avança pour la ramasser.

— Non, merci ! lança Peggy sèchement. Je crois qu'il faut qu'on se dépêche. Il va pleuvoir.

— Oui, vous avez raison.

Susannah se mit à l'ouvrage sous le regard de Peggy qu'elle sentait posé sur elle. Devait-elle parler ou valait-il mieux qu'elle se taise ? Que lui raconter qu'elle ait envie d'entendre, de toute façon ?

Et pour commencer, pourquoi se trouvait-elle là ? Susannah savait qu'elle avait déménagé à Darlonsville aussitôt après son divorce, cela devait faire neuf ans maintenant. Depuis, elle évitait Eastcreek et on la comprenait. Tout ici lui rappelait son fils.

Susannah posa le boulon qu'elle venait de dévisser. A sa connaissance, Peggy venait en ville une fois par an, le jour anniversaire de la mort de Paul, pour se recueillir sur sa tombe. Avait-elle voulu, en venant à Green Fern Pool aujourd'hui, célébrer son anniversaire ? Non, c'était impossible. Pas ici.

Les Fugitive Four avaient toujours clamé haut et fort leur souhait, quand ils mourraient, d'être incinérés. Ils voulaient qu'ensuite leurs cendres soient dispersées sur ce plan d'eau qui était le témoin de leur bonheur et de leur joie de vivre. A la mort de Paul, seul Chase avait eu le courage, ou la naïveté, de faire part à Peggy et Harrison Archer du désir de leur fils.

Selon Chase, la réaction de Peggy avait été d'une rare violence. Incinérer Paul ? Son fils magnifique ? Disperser ses cendres sur un vulgaire trou d'eau où il s'était amusé avec ses prétendus amis ?

Peggy avait frôlé la crise d'hystérie.

Quand il leur avait rapporté la scène, Chase avait imité le ton à la fois sarcastique et méprisant de Peggy quand elle avait prononcé le mot « amis ».

— Jamais! avait-elle hurlé.

Ils avaient tué son fils, ils n'avaient aucun droit sur lui. Ils n'avaient pas leur mot à dire. Paul était à elle maintenant. Rien qu'à elle.

Il y avait une telle haine dans sa voix, que Chase avait eu peur. Susannah se souvenait encore de la frayeur qui brillait dans ses yeux lorsqu'il leur avait rapporté la scène. Il ne faisait pas semblant.

— J'ai cru qu'elle allait me gifler, avait-il murmuré, vraiment impressionné.

Susannah n'avait compris que beaucoup plus tard la douleur qu'elle devait ressentir.

Agenouillée près du pneu, Susannah sentit brusquement un frisson la parcourir. Se demandant si Peggy était toujours assise dans sa voiture, elle tourna la tête pour vérifier. Elle était bien là, derrière le volant. Elle massait sa jambe gauche, lentement, de bas en haut, jusqu'à la hanche. Elle avait les traits tirés, le visage crispé par la douleur.

Machinalement, Susannah arrêta de tourner la clé en croix avec laquelle elle déboulonnait la roue. C'était injuste. Après tout ce qu'elle avait souffert, il fallait maintenant qu'elle endure ça!

N'y avait-il pas de limite au malheur?

— Cela m'ennuie de vous voir souffrir comme ça, madame Archer, lui dit-elle. Qu'est-ce que je peux faire?

Peggy se tourna vers elle. Elle avait les yeux rouges et un peu trop brillants, effet secondaire, sans doute, des cachets qui semblaient en revanche ne pas avoir agi sur la douleur.

— Oh, je n'ai pas toujours aussi mal, répondit-elle d'une voix lasse. C'est sûrement le temps humide d'aujourd'hui.

Susannah en doutait mais se garda bien de faire le moindre commentaire.

Peggy massait sa jambe, fixant Susannah sans la voir. On aurait dit que son corps et son esprit n'étaient pas synchrones, qu'ils n'appartenaient pas à la même personne.

— C'est ma faute. J'ai trop forcé, poursuivit Peggy de la même voix blanche. J'ai trop marché et maintenant j'en paie le prix.

Susannah se remit au travail. Les boulons défaits, elle changea la roue, mit le pneu de secours, reprit la clé en croix pour remettre les boulons en place. Mais la présence de Peggy non loin d'elle la rendait nerveuse, et ces maudits boulons n'arrêtaient pas de lui échapper.

Pourquoi Peggy disait-elle qu'elle avait trop forcé ? Où était-elle allée ? A part Green Fern Pool, il n'y avait rien à voir dans le coin.

— Où… où êtes-vous allée ? ne put-elle s'empêcher de demander.

Peggy ne répondit pas et regardait toujours dans le vide.

Mal à l'aise, Susannah regretta sa question. Le tonnerre commença à gronder au loin, une goutte de pluie s'écrasa sur sa joue. Du coin de l'œil elle vit que Peggy continuait de masser sa jambe endolorie.

Un drôle de bruit, comme un rire sinistre, s'échappa soudain des lèvres de Peggy.

— Tu le sais bien où j'étais, dit-elle enfin. J'étais à la piscine.

Susannah eut un mouvement de recul.

— A la piscine ? A Green Fern Pool ?

— Oui.

— Pourquoi ?

Lentement, Peggy esquissa un sourire.

— Je te surveillais, répondit-elle d'une voix tranquille.

Cela faisait trois jours que Trent attendait. A peine Richard Doyle avait-il quitté le verger qu'il avait déchiré le contrat en deux et l'avait fourré dans sa poche. Comme il était en colère, mieux valait qu'il attende d'être calmé pour discuter de ces inepties avec Susannah.

Mais Susannah se faisait rare, et il y avait peu de chance que l'occasion de parler seul à seule avec elle se présente. La connaissant, elle devait d'ailleurs le faire exprès.

Depuis que la cueillette avait commencé, elle passait ses journées dans les vergers. De l'aube jusqu'au soir, elle s'activait autour des arbres et puis, la nuit venue, elle invitait Chase et Josie et son amie Nell Bollinger et même, à l'occasion, quelques-uns des intérimaires qu'elle avait engagés, pour l'aider à la maison.

C'étaient des soirées joyeuses où tout le monde mettait

la main à la pâte, dans la bonne humeur, heureux d'être là et de rendre service. Ensemble, dans la vaste cuisine d'Everly, ils transformaient les pêches. Certains les faisaient cuire en compote, d'autres les congelaient, d'autres encore les mettaient en bocaux pour les stériliser ensuite. Les derniers pesaient le sucre pour préparer les confitures. Le mot d'ordre étant qu'il n'était pas question de jeter un gramme des fruits invendus.

Trent n'avait jamais été invité, ce qui ne le tracassait pas outre mesure. Il gérait la cueillette libre qu'ils avaient instituée depuis cette année, et cela l'occupait à plein temps toute la journée. Le soir, il retournait au Double C pour rattraper le travail qu'il n'avait pas fait dans la journée. Quand il revenait, souvent tard dans la nuit, à Everly, Susannah dormait depuis longtemps, et lui-même était trop fatigué pour penser à autre chose qu'à dormir.

Le troisième soir, pourtant, il arrêta la cueillette libre beaucoup plus tard que d'habitude. Le soleil se couchait déjà et l'ombre planait sur les vergers.

Après avoir remis la recette à Alexander et discuté de l'emploi du temps du lendemain, il se rendit au Double C comme d'habitude, mais ne se sentit pas le courage d'y travailler bien longtemps.

Vers 22 heures, soit deux heures plus tôt qu'à l'accoutumée, il se garait devant la maison de Susannah et poussait la porte d'entrée. La maison était étonnamment calme. Au lieu du joyeux brouhaha auquel il s'attendait, pots et bassines qui s'entrechoquent, mixeurs qui tournent, rires et discussions, il n'y avait pas un seul bruit.

Au premier étage aussi, tout était plongé dans l'obscurité, à l'exception du palier où une lampe restait toujours allumée. Sans doute Susannah le faisait-elle exprès pour éviter qu'il ne tombe dans l'escalier en rentrant et se tue.

Cette pensée le fit rire. Il se ferait une joie de demander à Doyle ce que prévoyait le testament du vieil Arlington si, par malheur, l'héritière des vergers Everly se retrouvait veuve ! Faudrait-il qu'elle cherche un autre pigeon ou hériterait-elle d'office de la fortune de son grand-père sans avoir à supporter les douze mois de mariage obligatoires ?

Si tel était le cas, peut-être nourrissait-elle le rêve secret et inavouable de le voir dégringoler dans l'escalier et se rompre le cou ?

Allons ! Il était ridicule de lui prêter de telles intentions !

Pourquoi faisait-il du mauvais esprit ?

Mais Susannah l'avait énervé avec son absurde proposition pour acheter sa fidélité. Et qui avait eu l'idée d'aller fouiller dans sa vie privée du côté de son ex-femme ? Doyle ou elle ?

Décidément, tout dans ce mariage sentait le chantage. Comment avait-il pu penser, un seul instant, qu'il s'en accommoderait ?

Il avait monté la moitié des marches quand il entendit un bruit d'eau qui coulait. Les vieilles canalisations d'Everly, aux trois quarts bouchées par la rouille et les dépôts de calcaire, se mettaient à chanter chaque fois que quelqu'un prenait une douche.

Cette drôle de chanson leur était utile, autrefois, quand ils étaient jeunes ; elle leur indiquait que le grand-père de Susannah prenant sa douche, ils pouvaient s'amuser à sauter sur le canapé de la bibliothèque. Que de fous rires ils avaient pris !

Il s'arrêta sur le palier. Susannah devait être sous la douche. A cette idée il sentit son corps réagir aussitôt.

Il vit sa poitrine dorée par le soleil au-dessus de la ligne blanche de son décolleté, malgré l'écran solaire dont elle devait s'enduire… Le reste de son corps, blanc et lisse… Et si doux…

Elle avait la poitrine haute, ronde, petite mais bien ferme. De longues jambes, le ventre plat. Des doigts fins et agiles…

Il ferma les yeux, espérant ainsi chasser certaines images… Mais son cœur battait comme un fou et son sexe devenait de plus en plus douloureux…

Bon sang, il fallait absolument qu'il pense à autre chose !

Mais pourquoi devait-il penser à autre chose ?

Après quelques secondes de réflexion, il entra dans la chambre de Susannah et déposa le contrat déchiré sur son lit. Il ne pouvait pas être plus clair dans sa réponse.

Combien de fois faudrait-il qu'il lui explique qu'il ne voulait pas de son argent ? Il voulait seulement ce qu'elle lui avait promis : un vrai mariage qui ne soit pas trois cent soixante-cinq nuits de torture.

Il ôta sa chemise et abandonna son jean et ses chaussures devant la porte de la salle de bains.

Il ne frappa pas.

Il entra et ouvrit simplement la porte de la douche.

Susannah se retourna en poussant un cri. Le savon lui glissa des mains et tomba à ses pieds dans un bruit sourd. Elle était blanche de peur.

Honteux, il pesta contre lui, contre sa bêtise et contre ce qu'il ressentait. Comme toujours, Susannah le déroutait, le déstabilisait. Décidé, quelques secondes plus tôt, à lui faire respecter son contrat coûte que coûte, il se retrouvait, à cet instant précis, comme un petit garçon pris en faute.

— N'aie pas peur, dit-il, penaud.

Il la serra doucement dans ses bras.

— C'est moi, Susannah. Ce n'est que moi.

A peine avait-il parlé qu'il faillit rire de ses paroles idiotes. Elle voyait bien que c'était lui, et elle avait toutes les raisons d'avoir peur, vu la façon cavalière dont il était entré dans la douche. Peut-être même aurait-elle eu moins peur si cela avait été un inconnu qui s'était introduit par effraction dans la maison.

Tout cela était pathétique, pour ne pas dire ridicule.

Dans le fond, Susannah avait peut-être raison depuis le début ? Peut-être n'était-il qu'un fieffé salaud doublé d'un égoïste ?

Il hésita un instant et faillit repartir et la laisser tranquille.

Mais maintenant qu'il l'avait touchée, c'était trop tard…

D'ailleurs elle n'avait pas reculé. Ne l'avait pas giflé. Il y vit un signe.

— Trent…, dit-elle d'une voix tremblante.

Il ne lui laissa pas le temps de poursuivre et captura ses lèvres pour l'embrasser sauvagement. Elle sentait bon l'eau et le savon, le soleil et les pêches.

Il sentit qu'il se noyait. Il était perdu. La peau de Susannah était trop douce, ses courbes trop lisses, et il ne contrôlait plus l'impatience de ses mains.

N'y tenant plus, il caressa son cou, ses épaules, puis descendit, dessina des arabesques sur ses hanches, empoigna ses fesses rondes et hautes. Mon Dieu ! Il les avait toujours trouvées belles et excitantes, mais jamais à ce point-là.

Malgré lui, il laissa échapper un grognement sourd. Il avait tellement envie d'elle. Envie de la prendre, là, tout de suite, sous la douche. Comment pouvait-on désirer autant une femme ?

Sa bouche toujours prisonnière de la sienne, il la serra contre lui, contre son sexe chaud et dur qui la cherchait, la voulait.

La trouva.

Glissant entre ses jambes toutes lisses de savon, il la pénétra d'un seul coup de reins. Elle était chaude et humide, d'eau et de désir. Les seins plaqués contre son torse, elle tendit son visage aux mille aiguilles du jet d'eau en gémissant.

Son sexe dur et chaud vibrant en elle, il crut un instant qu'il allait manquer de souffle, et tenta désespérément de reprendre ses esprits.

C'était exactement comme la toute première fois, quand il avait fait l'amour sans trop savoir que faire parce que son corps affolé, débordé de pulsions, affamé de jouissance et de sensations, l'avait dépassé. Il crut qu'il allait jouir. Les mamelons de Susannah qui roulaient sur sa poitrine… Sa bouche chaude, avide, insatiable, qui fouillait la sienne… Ses cuisses, son ventre, son pubis qu'elle frottait contre lui… Et elle qui ondulait, ondulait, ondulait…

Il grogna de nouveau. Son corps n'était plus qu'un réseau de nerfs à vif.

Il tenta de reprendre ses esprits, de penser, mais il avait passé le point de non-retour. Il ne la désirait plus, il était le désir. Il n'éprouvait plus rien que le supplice atroce et exquis infligé à son sexe serré entre ses jambes.

Sans prévenir, elle s'arracha à ses lèvres, le regarda droit dans les yeux pendant de longues secondes et, s'écartant de lui, prit son sexe entre ses doigts.

Il poussa un cri. C'était plus qu'il ne pouvait supporter.

— Non, dit-il. Attends…

Mais elle n'attendit pas. Elle savait ce qu'elle allait faire. Doucement d'abord, elle le caressa. En avant, en arrière, encore et encore, de plus en plus vite, le regardant gémir de plaisir. De nouveau il poussa un cri et il recula. Mais la cabine de douche était trop petite.

C'était intenable. Il essaya de se rappeler ce qu'il pouvait faire… ce qu'il pouvait faire pour la…

Mais il ne pensait plus. Il n'était plus un homme. Il n'était qu'un lambeau de chair brûlante entre les mains habiles d'une femme.

Quand elle s'agenouilla et le prit dans sa bouche, il

gémit de soulagement et empoigna ses cheveux à pleines mains pour garder l'équilibre.

— Susannah ! s'exclama-t-il d'une voix rauque.

Et il jouit, incapable de contenir plus longtemps la formidable explosion qui ravageait son corps tout entier.

Elle ne se hâta pas. Bien au contraire. Le temps s'arrêta. Quand les derniers soubresauts du plaisir s'arrêtèrent, elle se releva enfin, et s'écarta de lui.

Sans dire un mot.

Sans même un regard.

Elle tendit alors son visage et sa poitrine au jet d'eau, et se rinça longuement. Puis elle sortit de la douche, et attrapa le drap de bain suspendu au porte-serviettes.

— Maintenant, dit-elle, tu sais ce que ça fait.

Chapitre 9

La veille de la fête des Pêches, qui avait lieu tous les ans à la même date, Susannah mit son réveil à sonner à l'aube.

Elle avait beau détester manier la serpillière et le balai, il fallait absolument qu'elle fasse un grand ménage aujourd'hui. La maison, de la cave au grenier, était dans un état lamentable. Elle n'avait pas eu une minute à elle, ces trois dernières semaines, et la cuisine en particulier, avec toutes les conserves et confitures qu'ils avaient confectionnées, ressemblait à un véritable champ de bataille.

— Ça suffit, marmonna-t-elle en éteignant pour la troisième fois la sonnerie trépidante du réveil.

Elle se retourna dans son lit, prit son oreiller et le plaqua sur sa tête.

— Non ! J'y vais pas !

Elle avait mal aux bras, au dos, aux jambes, et pouvait à peine bouger. Toujours ces maudites courbatures. Comment allait-elle faire pour tout briquer en une journée ?

Elle avait trente-six heures devant elle avant la fête. Peut-être qu'en téléphonant aux gens maintenant…

Non, ce n'était pas son genre de décommander comme ça à la dernière minute.

Elle devait assumer.

Trente ans plus tôt, le jour même de sa naissance, son grand-père avait lancé cette fameuse fête des Pêches d'Everly. Et depuis, c'était devenu une institution. Pour l'époque, il avait un sérieux sens des affaires, son grand-père ! Il avait compris l'intérêt de profiter d'une fête familiale pour en faire une opération de relations publiques.

Depuis lors, année après année, la tradition avait été respectée. Il avait même refusé de planter une nouvelle variété de pêches, des Lorings, sous prétexte qu'elles auraient été à point pour la cueillette juste à ce moment-là.

Cette fête était l'une des rares choses qu'ils aimaient tous les deux, et pour rien au monde ils ne l'auraient rayée de leur calendrier. C'était, pour eux, une manière de perpétuer le souvenir de la famille. Une cérémonie sacrée. Un rite.

Quand son fils et sa belle-fille étaient décédés, Arlington Everly l'avait organisée en leur honneur. Quand il avait commencé à perdre la tête, Susannah l'avait organisée en son honneur.

Evidemment, du temps de son grand-père, trois domestiques s'occupaient de la maison. Elles frottaient et récuraient tout des sols aux plafonds ; elles faisaient les vitres, astiquaient les pampilles en cristal des lustres, polissaient l'argenterie et les cuivres, frottaient les commodes en acajou jusqu'à ce qu'elles brillent comme un miroir. Deux chefs s'activaient en cuisine, mettant leur point d'honneur à surprendre et émerveiller les papilles des invités, même des plus blasés, en créant des recettes originales, toutes destinées à mettre en valeur la saveur fondante et absolument unique des pêches d'Everly, assurant ainsi la réputation des vergers pour l'année suivante.

L'année dernière, il restait encore une domestique à la maison. Et Nikki. Malgré ses grognements dès lors qu'il s'agissait de se mettre au travail, Nikki avait apporté une aide non négligeable. Cette année, Susannah était seule, et les amis au grand cœur prêts à lui donner un coup de main seraient les bienvenus.

Chase et Josie lui avaient déjà sauvé la vie la semaine dernière en l'aidant à faire des tartes, des sorbets et des glaces, des confitures et des compotes dont ils avaient trouvé les recettes dans le nouveau livre de cuisine édité par l'association des grands brûlés de l'hôpital, livre qui serait proposé à la vente à la soirée. Et elle savait qu'ils seraient aussi là le lendemain soir pour la soutenir. Mais elle ne pouvait pas toujours les solliciter.

Elle se força à s'asseoir dans son lit et poussa un gémissement ; ses reins n'étaient plus qu'une barre de douleur.

— Allez, courage, grommela-t-elle.

Elle bascula d'un seul coup sur le côté et se retrouva les jambes ballantes, les muscles des cuisses en feu. Même ses orteils étaient douloureux ! Le résultat d'un mois de cueillette de pêches non stop, de l'aube au coucher du soleil ! Dans quel état serait-elle à la fin de l'été ?

Soudain, un drôle de bruit surgit du couloir, une espèce de ronflement derrière sa porte.

Intriguée, elle se leva, oubliant un instant ses douleurs.

On aurait dit un aspirateur. Mais jusqu'à preuve du contraire, les aspirateurs ne se mettaient pas en marche tout seuls.

Elle tira sur son T-shirt pour se couvrir au moins les fesses, traversa sa chambre en boitillant et ouvrit la porte.

Une liane blonde moulée dans un jean outrageusement serré se tenait au fond du couloir, devant la porte de la chambre de son grand-père, devenue la chambre de Trent, et traînait derrière elle un énorme aspirateur.

L'apercevant, elle se pencha pour éteindre l'appareil.

— Je suis désolée, dit-elle. J'espère que je ne vous ai pas réveillée.

Susannah cligna plusieurs fois des yeux. Derrière la jeune femme, une autre jeune femme s'affairait. Un chiffon à la main, elle dépoussiérait les pieds chantournés de la table demi-lune du couloir. Eberluée, Susannah commença par se dire qu'elle devait dormir debout et rêver. Un rêve bien plaisant, d'ailleurs.

La jeune femme blonde, empêtrée dans le fil de l'aspirateur qui s'était enroulé autour du pied d'une chaise, s'excusa de nouveau.

— C'est bête. On m'avait dit que je pouvais commencer à passer l'aspirateur à partir de 7 heures.

— Qui ça, *on* ? demanda Susannah.

— Je ne sais pas, moi. Enfin, si, eux, à Home-Maid Harmony. On travaille pour eux.

Elle regarda Susannah, l'air de penser qu'elle avait une malade mentale devant elle.

— Ben vous savez bien. La société à qui vous avez demandé qu'on vienne.

— Mais je n'ai rien demandé à personne, rétorqua Susannah.

— C'est bon, Susannah. Je vais t'expliquer.

Trent les rejoignit et sourit à la blonde incendiaire qui troqua aussitôt sa moue boudeuse contre un sourire qui ne laissait planer aucun doute sur l'effet qu'il produisait sur elle.

— C'est moi qui leur ai demandé de nous envoyer du personnel, précisa-t-il.

Susannah se sentit brusquement idiote avec son T-shirt trop court, ses jambes et ses pieds nus, et surtout sans culotte !

De nouveau, elle tira sur son T-shirt dans l'espoir de l'allonger.

— Tu as fait appel à une société de nettoyage ? demanda-t-elle.

— Oui. J'ai pensé que ce ne serait pas mal que tu sois un peu aidée.

— Merci, mais je n'avais besoin de personne.

Trent avança vers elle et lui prit le menton entre le pouce et l'index comme l'aurait fait un mari amoureux.

« Quelle comédie ! » se dit-elle.

Depuis l'épisode de la douche, trois semaines plus tôt, elle avait réussi à l'éviter, ce qui n'avait pas été simple. Il lui était même arrivé de repartir dans les vergers, un jour où elle avait aperçu sa voiture garée devant la maison.

Non, cela n'avait pas été simple du tout compte tenu qu'ils travaillaient ensemble et vivaient sous le même toit, et elle avait abordé la situation comme elle aurait résolu un problème de logique.

Vous avez une chèvre, un loup et un chou, et vous devez leur faire traverser la rivière dans une barque qui ne peut pas les contenir tous les trois. Le loup ne doit jamais rester seul avec la chèvre, et la chèvre ne doit pas rester seule avec le chou. Comment allez-vous vous y prendre ?

Après l'avoir laissé dans la douche ce fameux soir, elle avait trouvé le contrat qui stipulait qu'elle lui offrait cent vingt mille dollars déchiré sur son lit.

Le contrat déchiré plus l'impudence avec laquelle il avait revendiqué ses droits de mari, le message était clair : il ne voulait pas de son argent mais il voulait son corps. Et il se sentait en droit de le prendre aussi souvent qu'il en aurait envie.

Au début, elle avait été plutôt fière de la façon dont elle avait géré l'épisode de la douche. Elle lui avait rendu la monnaie de sa pièce et donné une leçon.

Mais le lendemain, quand elle l'avait vu dans le verger, il ne lui avait pas du tout semblé humilié. Il lui avait souri, de ce sourire en coin qui n'appartenait qu'à lui et dans lequel elle avait cru discerner un zeste d'ironie amusée.

Fallait-il qu'elle soit bête pour avoir un seul instant imaginé qu'il serait gêné ! Aucun homme, jamais, n'avait été gêné parce qu'une femme lui avait fait des gâteries.

Le pire, c'est que depuis, elle ne pensait plus qu'à ça... Tout le temps. Comme après l'épisode dans le cellier. De toute sa vie, elle n'avait jamais ressenti cela. Elle était excitée. N'avait plus que ça en tête. Elle avait même peur, s'il l'approchait de trop près, qu'il n'entende le feu crépiter en elle.

Elle s'était donc jetée à corps perdu dans le travail, s'agitant comme une folle pour calmer ses pulsions. Curieusement, elle avait l'impression qu'il comprenait son trouble et ne cherchait pas à en profiter.

Le soir, il restait tard dans le verger, passait des heures au Double C d'où il ne revenait qu'à la nuit tombée. Peut-être rencontrait-il Missy Snowdown ? Mais elle savait qu'il n'en avait guère le temps. Elle s'entretenait régulièrement avec Chase et Alexander et tous les faits et gestes de Trent, la nuit et le jour, lui étaient rapportés.

— La fête a lieu demain, dit-il. Tu ne pensais quand même pas que j'allais te laisser faire tout le travail toute seule ?

Si, c'était exactement ce qu'elle avait pensé, mais elle garda cela pour elle.

— Je te remercie mais ce n'était pas nécessaire, marmonna-t-elle.

Elle eut un mouvement de recul qui obligea Trent à lâcher son menton.

— Je peux me débrouiller seule.

Voyant sûrement son chèque s'envoler, l'une des employées de Home-Maid Harmony intervint :

— On a organisé toute notre journée en fonction de vous. On est là toutes les six et…

— Quoi ? Et vous êtes six, en plus ? s'exclama Susannah en roulant des yeux effarés.

Trent soupira.

— Cela fait combien de temps que tu n'as pas mis les pieds dans la cuisine ? lança-t-il. Si tu voyais dans quel état elle est. Elles ne seront pas trop de six, crois-moi.

Elle se tut. Il avait raison et elle le savait. Mais elle n'avait pas d'argent à dépenser pour ça, et elle ne voulait pas que ce soit lui qui paie.

— Trent, je…

— Vous voulez bien nous excuser, dit-il aux femmes de ménage.

Sans lui demander son avis, il lui prit la main et l'emmena dans la chambre dont il referma la porte.

L'estomac de Susannah se contracta, son cœur se mit à battre très fort. Où voulait-il en venir ? Un geste et il lui ôtait son T-shirt, dix pas et ils se retrouvaient sur le lit et alors…

Elle le fusilla du regard. Faible défense, mais elle ne trouva rien de mieux ; elle n'était pas bien sûre… d'avoir envie de lui résister.

Contrairement à ce qu'elle imaginait, il n'avait pas de mauvaises intentions, et il la regarda avec une certaine tendresse. D'un geste très doux il lui remit une mèche de cheveux derrière l'oreille comme elle le faisait souvent elle-même quand ils n'étaient pas nattés.

— Sois gentille, Susannah. Pour une fois ne fais

pas de caprice. Disons que c'est un cadeau pour ton anniversaire.

— Tu sais très bien que l'on ne se fait pas de cadeau d'anniversaire.

Sa réponse était idiote et puérile, et totalement fausse qui plus est. Autrefois, ils ne manquaient jamais un anniversaire, elle le savait très bien.

Elle essaya de chasser ces souvenirs. En vain.

Pour rien au monde ils n'auraient raté un anniversaire, à l'époque. C'était l'occasion de cueillir des bouquets de marguerites, d'organiser des pique-niques, de s'offrir des disques, des livres, des petites breloques en or, de se dire des mots doux.

— Réfléchis un peu, insista-t-il. Tu n'as pas assez de temps devant toi pour tout faire toute seule. Laisse donc les filles faire leur travail. J'ai jeté un coup d'œil à ta liste de courses dans la cuisine. Habille-toi et viens. On va aller les faire ensemble.

Faire les courses ensemble ? Tous les deux ?

Elle sentit quelque chose se desserrer dans sa poitrine. Elle soupira. La journée qui s'annonçait cauchemardesque serait peut-être moins désastreuse qu'elle ne l'avait prévu. C'était inespéré. Depuis le temps qu'elle rêvait d'une journée tranquille et relativement sereine…

Elle n'avait qu'une chose à faire : dire « oui ». Gentiment, poliment, avec un sourire et un merci.

Mais qu'allait lui demander Trent en retour ?

— Je… je ne sais pas…

— Ça suffit, Susannah ! Arrête de faire l'imbécile, tu

commences à m'énerver. On va aller au supermarché, à la banque. Je ne vois vraiment pas ce qui peut t'arriver.

Elle sentit qu'elle rougissait. Il avait compris ce qu'elle redoutait.

— Ecoute-moi, poursuivit-il. Voilà comment je vois les choses. Pour l'instant nous avons fait match nul. 1 à 1. En conséquence de quoi, je te propose de faire la paix. Au moins jusqu'à ce que la fête des Pêches soit passée. Qu'en dis-tu ?

Il lui tendit la main.

— Allez, viens. Nous sommes trop fatigués l'un et l'autre pour faire la guerre *ou* l'amour pour l'instant.

Sidérée, elle inspira une grande bouffée d'air et le dévisagea. Apparemment il n'y avait pas de sous-entendus dans ses propos. Son regard était sincère. Pas d'éclat sarcastique. Ni de lueur étrange. Alors pourquoi chercher la petite bête là où elle n'était pas ?

Elle pouvait refuser, bien sûr. Mais cela aurait été stupide. Dire non, pourquoi ? Cela n'aurait pas eu de sens.

Finalement, au lieu de répondre, elle lui tendit simplement la main.

Et elle fit en sorte de ne pas sentir ce que cette main qui serrait la sienne avait d'affolant.

Trent devait bien en convenir, Susannah était une femme organisée. Tel un général avant la bataille, elle avait tout planifié. Elle avait regroupé ses achats géographiquement pour ne pas perdre de temps dans les rayons.

Quand cela se révélait nécessaire, elle se renseignait auprès du personnel. Tel produit était-il disponible ? Tel autre avait disparu des rayons : étaient-ils en rupture de stock ? Quand seraient-ils réapprovisionnés ?

Avec beaucoup de diplomatie elle réussissait à se débarrasser des bavardes impénitentes qui l'arrêtaient dans les allées pour faire la causette. Trent était émerveillé par son tact. Elle ne négligeait personne, ne repoussait personne, et accordait à chacun le minimum d'attention que requièrent la courtoisie et le savoir-vivre en société. Vraiment, c'était du grand art.

Nell Bollinger avait eu droit à trois minutes de conversation, le Dr Blanchet à deux. Elle avait discuté trente secondes avec la femme de Bucky Sizemore dont tout le monde s'accordait à dire que c'était une sale bonne femme.

Elle agissait avec tellement de gentillesse et d'intelligence que personne ne semblait froissé, à l'exception, peut-être, de Stephen Breslin qu'ils avaient croisé sur le parking du magasin. Stephen, qui n'avait eu droit qu'à un petit signe de la main, avait foudroyé Trent du regard, lui faisant ainsi comprendre qu'il l'estimait responsable du peu de cas que Susannah faisait de lui.

Vers 15 heures, ils s'arrêtèrent pour manger un petit quelque chose à la terrasse d'un café. Ils avaient à peu près rayé tous les mots de la liste de courses et, miracle, ils ne s'étaient pas disputés une seule fois.

Six heures de cessez-le-feu. Un miracle depuis le décès de Paul.

Mais combien de temps encore cette paix pourrait-elle durer ?

Susannah se laissa tomber sur la chaise en fer en soupirant.

— Je n'en reviens pas. Je ne pensais vraiment pas avoir le temps de m'arrêter pour déjeuner aujourd'hui, dit-elle. Je me disais que je me rabattrais sur une pêche en rentrant et c'est tout.

Il déposa les paquets qu'il avait dans les bras entre leurs deux chaises. Elle avait fait livrer la plupart des achats à Everly où Alexander n'aurait qu'à signer le bon de livraison.

— Franchement, je préférerais crever de faim que manger une autre pêche, déclara-t-il en riant. J'ai envie d'un hamburger géant.

— Je suis comme toi, répondit-elle en consultant le menu. Je meurs de faim, mais je n'ai pas envie d'un hamburger, plutôt de quelque chose qui me…

Elle s'interrompit et releva la tête.

Harrison Archer et son fils, Sean, venaient de s'arrêter à leur table.

La bonne humeur de Trent s'envola aussitôt. Il jeta un coup d'œil à Susannah et constata qu'elle aussi était tendue.

Combien de mots Harrison et elle avaient-ils échangés depuis dix ans ? Cinq ? Quinze ? Sûrement pas beaucoup plus. Peut-être même aucun. Pourquoi Harrison s'était-il arrêté ? Il avait tout sauf la tête d'un homme heureux de rencontrer des amis pour bavarder un peu.

— Désolé de vous interrompre, dit-il sèchement.

— Pas de problème, répliqua Susannah. Nous n'avons pas encore passé notre commande.

Harrison resta de marbre pendant quelques secondes.

Trent reposa le menu pour avoir les mains libres au cas où… Mais depuis que Harrison avait fondé une nouvelle famille, son chagrin s'était visiblement apaisé, et son désir de vengeance aussi.

Cependant Trent ne voulait prendre aucun risque, d'autant que Harrison avait un comportement étrange : il semblait ailleurs, avait le visage tendu, des poches sous les yeux qui laissaient à penser qu'il n'avait pas dormi depuis plusieurs jours.

Peut-être après tout avait-il des soucis, comme tout le monde. C'était aussi l'époque de la cueillette au ranch Bull's Eye. Avec tous les hectares dont il était propriétaire, il y avait toujours une récolte en cours chez eux.

— Susannah, je voulais te remercier pour l'invitation à la fête des Pêches, dit-il enfin.

Il posa la main sur l'épaule de son fils.

— Je sais que tu nous invites tous les ans parce que ton grand-père le faisait et j'apprécie, mais je voulais te dire que, cette année, Nora et moi, nous viendrons.

Susannah ne put cacher sa surprise.

— C'est formidable, dit-elle avec un sourire aussi naturel que possible. Je suis ravie.

— Tu sais, poursuivit Harrison après quelques hésitations, depuis tout ce temps, je crois qu'il faut passer à autre chose.

Susannah hocha doucement la tête.

— Je suis très heureuse que vous veniez, répondit-elle simplement. Oui, cela me fait très plaisir.

— C'est bien, alors, dit Harrison.

Il les salua d'un rapide signe de tête et s'éloigna, tirant son fils par la main.

Etonné par cette conversation pour le moins inattendue, Trent les suivit des yeux jusqu'à ce qu'ils regagnent un gros 4x4 gris métallisé, garé le long du trottoir, et que la voiture disparaisse au bout de Main Street. Aussitôt une petite voiture qui ressemblait comme une sœur à celle de Peggy Archer déboucha d'un peu plus bas, et se lança à sa poursuite.

— Mais... ce n'est pas la voiture de Peggy Archer qui vient de passer ? demanda Susannah, intriguée.

— Il m'a semblé, oui, mais c'est peut-être parce que l'on vient de parler avec Harrison que l'on pense à elle. Il y a des millions de Honda aux Etats-Unis. Mais dis-moi, tu sembles préoccupée. Que se passe-t-il ?

Susannah continua de fixer Main Street.

— Je ne sais pas... C'est sans doute parce que je sais que Peggy vient rarement à Eastcreek. Je suis juste surprise, c'est tout.

C'était étrange, en effet, songea Trent. Il savait que Peggy avait coupé les ponts avec tout le monde ou presque, et qu'elle ne voulait plus voir personne ici. Elle s'arrangeait d'ailleurs pour ne jamais revenir dans cette ville, sauf pour se rendre sur la tombe de Paul. Même son médecin traitant, le Dr Marchant, ne la soignait plus ; elle en avait choisi un autre.

Préférant ne pas remuer tout cela, Trent cherchait

quelque chose de neutre à dire quand son téléphone portable sonna. Il avait dit au personnel du Double C de se débrouiller sans lui aujourd'hui, mais un des nouveaux lads, complètement névrosé, s'imaginait que la Terre allait cesser de tourner si un des chevaux hennissait ou refusait son avoine. Ce devait être lui.

Il décrocha. C'était Blanche Scovel, sa voisine. Bibliothécaire à la retraite, Blanche était une voisine de rêve, discrète, intelligente, et qui ne fourrait jamais son nez dans les affaires des autres.

Quand il avait déménagé pour remplir son rôle de jeune marié à Everly, il lui avait donné son numéro de portable, sachant qu'elle ne l'ennuierait pas avec des coups de téléphone intempestifs. Si elle l'appelait, c'est que c'était important.

— Bonjour, Blanche. Tout va bien ?

Affichant un visage impassible, Susannah consultait de nouveau le menu. Il se demanda si elle ne s'imaginait pas qu'il parlait avec Missy Snowdown en employant un code qu'ils auraient mis au point en secret. Il hésita à lui dire qui était en ligne mais y renonça. Il n'avait aucune envie d'avoir à se justifier à chaque coup de fil.

Il écouta ce que Blanche avait à lui dire et referma son portable d'un geste sec.

— Excuse-moi mais il faut que j'y aille, dit-il d'une voix grave. C'était ma voisine. Elle vient de me dire que ma maison a été vandalisée. Peux-tu me ramener pour que je prenne ma voiture ?

— Non, répondit-elle. Je t'accompagne.

— Mais non, tu sais bien que tu n'as pas le temps.

— Trent…

Elle posa la main sur son bras, l'y laissa quelques secondes et la retira brusquement.

— Mais si, j'ai du temps maintenant. Grâce à toi. Donc je t'accompagne.

Il ne discuta pas. De toute manière, il n'avait ni l'envie ni le temps de discuter.

Blanche ne lui avait pas donné beaucoup de détails, et il ne savait pas ce qu'il allait trouver en arrivant. Avec un peu de chance ce ne serait pas trop grave. Il était assuré contre les actes de vandalisme, et l'assurance paierait. Mais il n'aurait pas une minute dans les semaines à venir pour superviser les travaux.

Ils ne mirent pas longtemps à arriver. Comme ils s'engageaient dans sa rue, Trent se demanda si Susannah se rappelait encore laquelle était sa maison.

Les Fugitive Four n'avaient jamais passé beaucoup de temps ici. Ce n'était pas par snobisme qu'ils évitaient cet endroit mais parce qu'une minuscule maison plantée sur un minuscule terrain n'offrait pas beaucoup de cachettes pour échapper à la surveillance étroite du père de Trent. Dix mille hectares, en revanche, procuraient aux adolescents travaillés par leurs hormones qu'ils étaient toute l'intimité dont ils avaient besoin.

Trent avait acheté la maison à son père quelques années plus tôt, quand ce dernier avait émis le souhait de finir ses jours dans une maison de retraite. Chacun y avait trouvé son compte. En fait, en guise de maison de retraite, le père de Trent avait commencé à courir le monde. Quant à Trent, il avait réalisé l'opération financière de sa vie. En quelques années, le prix des maisons du bord de l'eau avait grimpé de façon spectaculaire, même si le cours d'eau en question n'était qu'un maigre ruisseau qui était régulièrement à sec en été.

Trent descendit rapidement de la voiture et jeta un coup d'œil inquiet à sa maison.

De la rue, tout semblait normal, et il ne remarqua aucun dégât.

Blanche était sur son perron. Il nota qu'elle avait commencé à faire repeindre ses volets en bleu lavande.

Il n'y aurait bientôt plus que lui à avoir des boiseries foncées, qui n'étaient plus du tout tendance. Le must en matière de décoration était aujourd'hui aux nuances pastel, gorge de pigeon ou coquille d'œuf, taupe ou tourterelle. Chez lui, les murs étaient chaulés et les volets noirs, comme du temps de son père. Alan Maxwell laissait aux fleurs et aux légumes qui poussaient dans son minuscule jardin le soin d'apporter à sa maison leurs notes de couleurs. Et le résultat était assez original.

Mais plus rien ne poussait maintenant. Plus rien ou presque. Trop occupé, Trent avait laissé le jardin à l'abandon. Et, très honnêtement, cela ne le traumatisait pas. Pour lui, sa maison n'était rien de plus qu'un toit pour dormir.

Susannah, qui l'avait rejoint, contempla le jardin en friche.

— Où sont passés les rosiers ? demanda-t-elle, déçue. Je n'en vois plus un seul.

— Je n'avais pas le temps de m'en occuper alors ils sont morts. Les voisins en ont déplanté quelques-uns avant qu'ils ne soient complètement desséchés. Quant aux autres, ils n'ont pas survécu au départ de papa.

— C'est dommage.

Quand Blanche les aperçut, elle leur fit un petit signe de la main et s'approcha de la barrière.

— Bonjour, Trent. Susannah. C'est derrière que ça s'est passé. Ce n'était pas comme ça hier, j'en suis sûre. Ça a dû arriver cette nuit, ou ce matin quand je suis allée faire mes courses.

— Merci de m'avoir prévenu, Blanche. On va jeter un coup d'œil.

— Quand j'ai vu ça, je n'en croyais pas mes yeux. Oui, je peux dire que ça m'a toute retournée. C'est pas Dieu possible de faire une chose pareille.

Le regard de Blanche passa plusieurs fois de Trent à Susannah. Elle semblait mal à l'aise, ce qui ne lui ressemblait pas. D'ordinaire, Blanche Scovel était une femme solide, sûre d'elle, une femme dont les idées semblaient parfaitement organisées comme l'était d'ailleurs toute sa vie. Blanche Scovel ne s'embarrassait ni de doutes ni d'incertitudes.

— En tout cas, dit-elle finalement, si je les attrape, ceux qui ont fait le coup, je leur tords le cou !

Après l'avoir de nouveau remerciée, Trent et Susannah firent le tour de la maison.

— Allons voir ça, dit-il sans même proposer à Susannah d'entrer dans la maison.

Il habitait là pour habiter quelque part, mais il n'avait jamais eu le temps — ou l'envie — de personnaliser l'intérieur, ne sachant pas vraiment s'il allait s'installer là un jour.

L'extérieur était plus engageant. Le peu de végétation, des plantes vivaces essentiellement, qui avait survécu à l'absence de traitements était en fleurs. Pour un jardin dont personne ne s'était occupé, cela aurait pu être pire.

De toute manière, soins ou pas soins, le plumbago était increvable, son père le disait toujours. Et ses fleurs bleues supportaient les fortes chaleurs de l'été sans roussir. Le myrte couleur de melon d'eau commençait à s'épanouir, et le massif de lantanas en bordure du ruisseau avait presque doublé depuis la dernière fois qu'il était venu. Ses pétales jaune d'or égayaient ce jardin par ailleurs bien délaissé et s'harmonisaient à ravir avec le bleu-mauve du plumbago, et le bleu lavande des volets de chez Blanche.

— Comme c'est joli ! s'exclama Susannah en tournant à l'angle de la maison.

En passant, elle s'arrêta devant le buisson d'aubépine tout blanc et se pencha pour en respirer le parfum.

— J'avais oublié que cela ne sentait rien, dit-elle en riant. Tu as toujours la bignone ? Et les clématites ?

Elle se redressa et, la main en visière au-dessus des yeux, fit l'inventaire du jardin.

— Je ne vois plus les cœurs de Marie, dit-elle, l'air désolé. Ni les pivoines.

Trent regarda autour de lui. Ce n'était pas les fleurs qu'il cherchait à inventorier mais ce qui avait pu déclencher un tel émoi chez l'imperturbable Blanche Scovel, que rien, d'ordinaire, ne démontait jamais.

Ils le virent en même temps.

Trent réussit à dissimuler un peu son émotion mais Susannah réagit violemment.

— Oh ! s'écria-t-elle, horrifiée, en plaquant la main sur sa bouche. Oh non !

Le mur avait été tagué. La peinture blanche immaculée bombée de traînées rouge sang. On aurait dit que la maison avait été attaquée au cutter, un cutter géant qui l'aurait entaillée d'immenses balafres. C'était récent. La peinture, à peine sèche, brillait dans le soleil.

« SALAUD », avait écrit le vandale, en lettres majuscules, à gauche de la porte laquée noire.

Et, sur la droite, en lettres encore plus grandes comme pour souligner le message : « ASSASSIN ».

Chapitre 10

Quand Everly ressemblait à ça, avec ses carreaux étincelants de propreté, son argenterie éclatante et ses meubles cirés brillant de cent ans de patine et de soins attentifs, Susannah savait pourquoi elle était si attachée à cette propriété. Elle savait pourquoi elle se battrait jusqu'au bout pour garder cette vieille grande dame de pierres et de souvenirs.

La fête des Pêches battait son plein et semblait être un franc succès. La blonde sulfureuse et ses collègues que Trent avait engagées pour nettoyer la maison de fond en comble s'étaient révélées des femmes de ménage hors pair. Quand ils étaient rentrés, ce soir-là, après avoir déposé plainte pour vandalisme auprès du shérif, Everly brillait comme un sou neuf.

Ce matin, Imogène, la gouvernante de Chase, véritable génie des fleurs coupées, avait fait livrer une douzaine d'arrangements floraux composés de marguerites, de roses et de toutes les variétés que le Texas offrait à cette période de l'année.

Quant au buffet, c'était un triomphe. Une heure après le début de la fête, les invités, une centaine au moins, bourdonnaient devant les tables qui croulaient sous les canapés et les petits fours. Susannah en avait fait installer à l'intérieur de la maison et dehors, sous des tentes en toile rayée vert et blanc qu'elle avait fait monter pour l'occasion, face aux vergers.

La pêche était à l'honneur, bien sûr. Des montagnes de tartes, fruits confits et autres friandises sucrées s'offraient à la gourmandise des convives qui, s'excusant de parler la bouche pleine, mais incapables de réfréner leur plaisir, félicitaient l'hôtesse pour cette fête si réussie, et son chef d'exploitation pour la saveur rare des fruits.

La préférence, cette année, semblait aller à la tourte aux pêches Bourdaloue, une recette qui avait fait ses preuves depuis longtemps que l'on se passait de mère en fille chez les Bryanston — Susannah l'avait retrouvée dans les cahiers de cuisine de sa mère.

— Grandiose ! lança Richard Doyle en s'approchant, une flûte de champagne dans chaque main. Et vous êtes superbe, Susannah. Comme toujours. Si nous portions un toast à cet anniversaire ?

En souriant, elle accepta et la flûte et le compliment qui ne pouvait qu'être mensonger vu son état de fatigue, et les cernes qu'elle avait sous les yeux.

— Merci, Richard. Je suis désolée, je n'ai pas encore eu le temps de bavarder avec vous. Même quand on croit que tout est prêt, il reste encore mille détails à régler.

Elle avait longuement hésité, compte tenu de l'état déplorable de ses finances, mais elle avait fini par louer les services de plusieurs serveurs et d'un barman, et elle ne le regrettait pas ; si elle avait dû s'en charger elle-même, elle ne s'en serait pas sortie.

Elle balaya des yeux le salon, aperçut de nouveaux

invités qui avaient dû arriver pendant qu'elle était dans la cuisine.

— Avec tous ces amis, ajouta-t-elle, je me dois de dire un petit mot à chacun. Il y a là des personnes que je n'ai pas revues depuis l'année dernière. Parfois je m'en veux, mais il y a tant à faire ici, et je suis si souvent débordée…

— En tout cas, c'est un grand succès. Vraiment. Vous avez réuni une belle assemblée. Je vous félicite.

Le regard posé sur la foule qui se pressait dans les salons, Richard Doyle but une gorgée de champagne et hocha la tête en connaisseur.

— Délicieux votre champagne, ma chère Susannah.

— Merci.

Il sourit en montrant l'assistance d'un geste ample de la main.

— Votre grand-père serait fier de vous.

Elle l'observa par-dessus le bord de sa flûte de cristal. Il avait un certain charme ; les traits énergiques de l'homme qui sait ce qu'il veut, les cheveux blonds, bien coupés, et une élégance dans les manières que l'on ne retrouvait pas chez les cow-boys texans. Oui, il avait du chic. Un certain chic.

Elle avait compris qu'elle ne lui était pas indifférente le jour où elle s'était présentée à son étude pour la lecture du testament de son grand-père. Elle était même allée jusqu'à se demander si, quand ils avaient discuté, quelques mois plus tard, des modalités extravagantes de ce testament, il n'avait pas songé, un instant, à se proposer comme mari…

Ce qui lui avait semblé aller contre l'éthique de sa profession. Quoi qu'il en soit, il était hors de question qu'elle épouse un homme qu'elle connaissait à peine. C'était trop risqué. Même le contrat de mariage le mieux blindé pouvait tourner au cauchemar lorsqu'un divorce s'annonçait. Alors, dans un cas comme le sien, elle osait à peine penser aux complications.

Plus important encore, Richard Doyle ne lui faisait ni chaud ni froid. Elle aurait pu rester des heures près de lui sans éprouver le moindre émoi. Avec lui, pas de crainte de flageoler sur ses jambes, pas de risque que son cœur s'affole, pas de joues en feu. Rien. Un mannequin en papier mâché ou la silhouette en carton d'une salle de tir lui aurait fait le même effet.

— Je vous demande pardon, Richard, dit-elle en apercevant Harrison et Nora Archer dans le hall d'entrée. Je vous abandonne.

Harrison et Nora semblaient mal à l'aise et sur le point de repartir.

— Je dois aller accueillir quelqu'un. Mais je vous en prie, servez-vous. Vous me direz des nouvelles de ma tourte Bourdaloue.

Et elle s'éclipsa, heureuse de cette occasion.

En passant près du buffet, elle déposa sa flûte à moitié vide et se dirigea vers l'entrée.

— Monsieur Archer ! s'exclama-t-elle. Nora. Je suis vraiment très heureuse que vous ayez pu venir.

Elle sourit à Nora qui devait être plus proche de son

âge que de celui de son mari. Ce soir, la différence d'âge du couple était plus frappante que d'habitude. Les cheveux de Nora tombaient en boucles rousses sur ses épaules laiteuses alors que Harrison, avec sa tignasse grise et terne et sa moue affligée, avait tout du vieux monsieur défraîchi et amer.

Cette fois encore, Susannah se dit que Nora était le portrait de Peggy, en plus jeune. C'en était presque gênant, et elle se demanda combien de temps Nora accepterait d'être la pâle copie de Peggy.

— Bonjour, Susannah.

Malgré les sourires qu'ils affichaient poliment, ni Nora ni Harrison n'avaient bougé d'un pouce, comme s'ils craignaient d'entrer dans la fosse aux lions. Visiblement nerveuse, Nora n'arrêtait pas d'interroger Harrison du regard, comme pour lui demander s'il comptait s'en aller ou rester.

Refusant de les voir partir, Susannah prit Nora par le bras et l'éloigna de la porte.

— Venez avec moi, Nora. Je voudrais que vous me fassiez le plaisir de goûter quelques-unes de nos spécialités. Nos pêches sont particulièrement savoureuses cette année. Vous m'en direz des nouvelles. Et puis, tenez, j'aperçois Fred Bollinger là-bas. Je sais qu'il sera enchanté de vous voir, monsieur Archer.

Harrison et Fred étaient de vieux amis, une amitié qui remontait à de longues années en arrière quand ils avaient fait un malheur en achetant des terrains au sud de la ville, alors que tout le monde les prenait pour des fous.

Comme elle l'avait espéré, dès que Harrison aperçut Fred, son visage se détendit et ses épaules retombèrent. Décontracté et rassuré par cette présence amicale, il se dirigea droit sur Fred.

— Merci, murmura Nora, suivant du regard son mari qui traversait la pièce. Je me suis demandé jusqu'à la dernière minute s'il viendrait. C'est une épreuve pour lui, vous savez. Un obstacle qu'il a du mal à franchir. Tout ce passé, il le traîne comme un boulet. C'est dur de faire table rase, je sais, mais il le faut pourtant si l'on veut avancer.

Susannah ne répondit rien. Elle connaissait ce discours par cœur. Elle l'avait entendu mille fois dans la bouche des gens qui l'entouraient. Il faut faire table rase du passé. Il faut pardonner et oublier. Avancer. Tourner la page. Des lieux communs. Toujours la même litanie de lieux communs. Mais qui étaient-ils, tous ces donneurs de conseils ? Pour qui se prenaient-ils ? Avaient-ils seulement idée du chagrin, du sentiment de culpabilité, de la colère qui tourmentaient sans répit ? Et ces élancements dans la poitrine, ces palpitations qui vous donnaient l'impression d'avoir un deuxième cœur ? Non, ils ne savaient pas. Ils ne savaient rien de la peine qui ronge et flétrit, et que rien ni personne ne peut apaiser.

— C'est un homme bien, poursuivit Nora de sa voix douce. Il mérite d'être heureux.

Susannah ne connaissait pas bien Nora, et elle s'était souvent demandé si son mariage avec Harrison reposait vraiment sur un amour mutuel. Harrison était le type même du faux brave type, avec ses jambes arquées et ses pectoraux bombés. Enfant, elle allait souvent chez lui, et elle savait mieux que personne qu'il était colérique, tyrannique, et qu'il n'était jamais content.

— Nora, puis-je vous proposer du champagne ? dit-elle, désireuse de changer de sujet.

Susannah chercha des yeux un garçon avec un plateau de flûtes pleines.

— Je serais heureuse de…

La porte d'entrée que l'on poussait attira son attention, et elle s'interrompit au milieu de sa phrase. Tous ses invités n'étaient donc pas encore là ? Effectivement, elle n'avait pas encore vu Jimmy Stilling, qui plaidait à l'extérieur. Peut-être Dave Stanley et sa fille avaient-ils finalement décidé de venir ?

Mais ce ne furent ni Stanley ni Stilling qui entrèrent. C'était quelqu'un qui aurait dû se trouver à des kilomètres d'ici.

— Nikki ? murmura Susannah.

Mue par un sixième sens, Nikki se tourna aussitôt vers elle et la défia du regard, visiblement prête à se lancer dans un de ces combats dont elle avait le secret.

L'école où Nikki faisait son stage se trouvait à quatre-vingts kilomètres d'ici. Comment s'était-elle débrouillée pour venir ? Avait-elle fait du stop ? Avait-elle pris le car ? Ou un taxi ? Dans ce cas, où avait-elle trouvé assez d'argent pour payer la course ?

Elle était maquillée à outrance, évidemment. Elle s'était coupé les cheveux presque à ras, et le peu qu'il lui restait, raidi par un pot, au moins, de gel ultra-fort, se dressait sur sa tête comme une crête. Sa jupe écossaise jurait avec la chemise d'homme à rayures froissée et trop grande pour elle qu'elle portait par-dessus. Même dans une guerre des gangs, elle aurait semblé « spec' », pour employer un mot qu'elle adorait. Dans un cocktail un peu guindé comme celui-ci, elle était tout simplement déplacée.

Folle de rage mais s'efforçant de rester calme, Susannah se précipita.

— Qu'est-ce que tu fais là, Nikki ? Et comment as-tu fait pour venir ?

Elle prit sa sœur par le bras et l'entraîna sous l'escalier, pour ne pas rester à la vue de tout le monde.

— Ne me dis pas que tu as fait du stop ? gronda-t-elle le plus bas qu'elle put pour ne pas attirer davantage l'attention sur elles.

Affichant ostensiblement son exaspération, Nikki haussa les épaules.

— Non, je n'ai pas fait de stop.

— Que fais-tu ici ? Ton école de design ne finit que dans un mois, et je t'ai dit que…

— Que quoi ? Qu'on ne voulait pas de moi ici ? Que je n'avais pas le droit de venir pour l'anniversaire de ma grande sœur ?

Susannah ne sut que répondre.

Profitant de cet instant de faiblesse, Nikki contre-attaqua.

— Je n'ai jamais manqué une fête des Pêches de ma vie, Susannah. Ni ton anniversaire. Je ne vois pas pourquoi j'aurais raté celui-là. Il n'y a pas de raison.

Susannah crut voir des larmes au bord de ses yeux, et

elle se radoucit. Malgré ses seize ans en pleine révolte, Nikki, à cet instant, avait tout de la petite fille qui ne comprend pas pourquoi on la gronde.

— Qu'est-ce que tu vas faire de moi, grande sœur? Me jeter dehors?

Susannah comprit qu'elle était vaincue. Jetant un coup d'œil par-dessus son épaule, elle vit que ses invités ne semblaient pas prêter attention à elles.

Elle réfléchit quelques secondes.

— O.K. Puisque tu tiens tellement à être de la fête, tu peux rester. Mais tu montes illico te changer. Je veux que tu aies l'air de quelque chose. Et je ne te le dirai pas deux fois. C'est bien compris? Quant à ta fugue de l'école, on en reparlera demain matin.

Un sourire radieux s'épanouit sur le visage de Nikki qui l'embrassa sur les deux joues.

— D'accord, Suzie!

Sans perdre une seconde, elle pivota sur les gros talons de ses godillots de soldat et fila vers l'escalier.

— Au fait! lança-t-elle en se retournant. Il y a un type dehors qui a besoin de cent cinquante dollars. Tu le reconnaîtras facilement, il est dans une grosse bagnole jaune.

Une grosse bagnole jaune? Avec un compteur qui devait continuer de tourner…

Susannah sentit une bouffée de colère la submerger. Cette fois, sa sœur dépassait les bornes. Mais que faire? Lui courir après et lui administrer devant les invités une correction dont elle se souviendrait toute sa vie? Elle avait passé l'âge. La traîner dehors jusqu'au taxi qui attendait qu'on lui paie sa course et offrir un million de dollars au chauffeur pour qu'il l'emmène au diable ? L'idée était tentante…

Cent cinquante dollars ? Nikki se rendait-elle compte de la quantité de pêches qu'il fallait cueillir pour gagner cent cinquante dollars ? Avait-elle conscience de la somme de courbatures, de douleurs dans les doigts, de raideur dans la nuque que l'on devait supporter pour gagner cent cinquante dollars ?

Trent la rejoignit, et elle lui expliqua la situation en deux mots.

— J'ai de l'argent sur moi, dit-il. Comme j'avais prévu qu'il faudrait des taxis après tout le champagne qui sera bu ce soir, j'ai pris les devants. On n'a qu'à commencer tout de suite en payant le taxi de Nikki.

— Tu es drôlement prévoyant, dit-elle. Mais cela m'ennuie. As-tu compté le nombre de fois où tu m'as sauvé la vie, ces deux derniers jours ?

— Je ne sais pas compter. Et moi, cela ne m'ennuie pas.

Il lui fit un clin d'œil et lui offrit son bras.

— Si on allait négocier le prix de la course contre une part de ces succulentes tourtes Bourdaloue ? lui proposa-t-il en souriant.

L'arrivée imprévue de sa sœur l'avait mise de mauvaise humeur, mais Trent avait dédramatisé la situation. Elle glissa la main sous son bras.

— Allons négocier ! répondit-elle en lui rendant son sourire.

Elle le laissa aller régler la course de Nikki.

Elle savait qu'elle aurait dû rester à l'intérieur avec ses invités, mais elle avait besoin d'être un peu seule. Seule avec Trent, peut-être ? Les invités étaient soit dans les salons, soit sous les tentes qui avaient été dressées sur les pelouses, derrière la maison. Elle avait accroché des lampions aux branches des pêchers les plus proches de la maison, et leur lumière tamisée nimbait les vergers d'un voile féerique.

Elle contempla un instant les vergers et soupira. Elle pouvait bien s'accorder une ou deux minutes de liberté. Ses invités ne s'en apercevraient même pas.

Elle alla s'adosser à l'un des poteaux qui soutenaient l'auvent de la terrasse et regarda le taxi s'éloigner.

Trent la rejoignit.

— C'est quelque chose, cette gamine ! déclara-t-il. Rien ne l'arrête.

— Je crois que je ne réussirai jamais à l'apprivoiser, répondit Susannah en soupirant. Elle n'a aucun sens de rien. Le danger, elle ne connaît pas. Elle prend des risques inconsidérés et, un de ces jours, il va lui arriver des bricoles, j'en suis sûre. Quand elle veut absolument quelque chose, elle ne réfléchit pas une seule seconde. Elle prend. Qu'importe la suite, ce n'est pas son problème. Quant à l'argent, elle n'en a pas la moindre notion. C'est peut-être un peu facile…

— Peut-être. A moins que ce ne soit ce que l'on appelle le courage ! lança-t-il.

— Si l'on veut… En tout cas, ce n'est pas ce que l'on appelle la sagesse.

— Tu ne penses pas qu'on en rajoute un peu à propos de l'insécurité ?

— Pas en ce qui concerne Nikki.

Elle leva les yeux vers la fenêtre de la chambre de sa sœur qui était éclairée pour la première fois depuis six semaines.

— En ce qui concerne personne, en fait, ajouta-t-elle d'une voix sourde.

Trent ne répondit pas. Il savait ce qu'elle voulait dire, évidemment. Il était là quand la nouvelle de l'accident de voiture de ses parents était tombée. Il était là aussi durant les années qui avaient suivi, des années difficiles où elle avait dû endosser le rôle ingrat de mère à quinze ans. Elle avait souvent été dépassée, Nikki n'ayant jamais été une petite fille modèle et prenant un malin plaisir à faire comprendre à sa sœur qu'elle n'avait aucun droit sur elle, qu'elle n'était pas sa mère. Il l'avait regardée se débattre dans les problèmes sans pouvoir réellement l'aider.

Et puis il y avait eu la mort de Paul, et leur vie à tous qui avait basculé.

Allait-elle un jour oublier ce drame ? se demanda-t-elle. Ou tout au moins ne pas y revenir chaque fois que sa vie lui apparaissait comme une somme d'erreurs et de difficultés ?

Mais les injures qui s'étalaient en lettres capitales sur le mur blanc de la maison de Trent avaient rouvert la blessure, même si Trent n'avait fait aucun commentaire à ce sujet.

Qui avait bien pu faire ça ?

L'eau avait coulé sous les ponts depuis cette terrible affaire, mais personne à Eastcreek ne l'avait oubliée, et la main accusatrice pouvait être celle de n'importe qui. Pourtant, l'image de Peggy ne la quittait pas. Impossible de se sortir de la tête Peggy et son regard fuyant. Peggy et sa voix pâteuse lui disant : « Je te surveillais. »

Mais Trent, lui, n'avait pas semblé trop ennuyé. Il avait simplement fait remarquer qu'il n'était pas surprenant que leur mariage soulève certaines réactions. Calmement, il avait pris son portable et téléphoné au shérif, puis il avait appelé le Double C et demandé qu'un homme à tout faire vienne nettoyer.

Elle s'assit sur la première marche du perron, et Trent s'installa à côté d'elle. Elle ne se poussa pas, ne bougea pas, pas même quand il ôta d'une main légère une corolle de jasmin de ses cheveux.

Même quand il prit son visage dans ses mains et le tourna vers la lumière, elle le laissa faire.

— Tu as vu ta tête ? dit-il.

— Je suis moche ? répliqua-t-elle en riant. J'ai pourtant mis ma plus belle robe !

Elle souleva le bas de sa robe et froissa la soie entre ses doigts. Des paillettes brillèrent dans le tissu sous les rayons de la lune.

— Tu n'aimes pas le lamé or ? ajouta-t-elle.

Cela faisait sept ans au moins qu'elle avait acheté cette robe et qu'elle la portait dans les grandes occasions. Elle lui allait tellement bien qu'aucun homme ne remarquait jamais qu'elle était un peu démodée.

Elle laissa retomber la robe et la lissa doucement autour de ses genoux.

— Pourtant, enchaîna-t-elle en riant, Richard Doyle m'a dit que j'étais… Quel adjectif a-t-il employé déjà ? Ah oui, que j'étais *superbe*. Je crois que c'est ça.

— Doyle n'est qu'un serpent visqueux, laissa tomber Trent avec mépris. Un ver de vase qui vous glisse entre les doigts. Ta robe est très belle et tu le sais. Ce sont tes yeux, Susannah. Tu as l'air au bout du rouleau. Vivement que la fête se termine et que tu puisses te reposer.

— Encore trois jours, dit-elle. Dans trois jours ce sera fini, ensuite commencera la cueillette des Redglobes.

— Ce n'est pas possible, s'insurgea-t-il.

Il posa la main sur son épaule nue et ajouta :

— Laisse-moi engager du personnel pour te remplacer et oublie le verger. Je veux que tu te reposes.

Elle hocha la tête et lui sourit tristement.

— Je sais que ça part d'un bon sentiment mais ce n'est même pas envisageable, Trent. Il faut que je sois sur le terrain pour motiver mes troupes. Sinon, ça n'avancera pas. En plus, si un problème se présente, il faut que je puisse le résoudre rapidement. Alexander tout seul ne peut pas prendre de décisions. Moi je sais ce qu'il faut faire.

— Susannah… Ecoute…

Elle posa sa main sur la sienne et l'interrompit.

— Ne te tracasse pas, ça va aller. C'est tous les ans la même chose, j'ai l'habitude. C'est de la folie pendant quelque temps mais c'est ma vie. J'adore ces vergers, et le travail ne m'a jamais fait peur.

— Mais je veux…

Il ne termina pas sa phrase. Son regard s'était posé sur sa bouche, et elle sentait ses doigts sur son épaule la serrer plus fort.

Aussitôt son pouls s'accéléra.

Il pencha la tête vers elle sans quitter ses lèvres des yeux. Le cœur battant de plus en plus fort, elle le laissa faire, revoyant d'un coup ce qui s'était passé dans la cave à vins… Et sous la douche…

L'impression qu'elle était un baril de poudre posé près d'une flamme la fit frémir.

— J'ai envie de toi, Susannah, murmura Trent en lui caressant tendrement la joue.

Il était si proche d'elle qu'elle sentit la chaleur de son haleine sur sa peau. Elle se rapprocha de lui…

— Salut, vous deux !

Susannah se leva d'un bond, horrifiée, comme si on l'avait prise en flagrant délit de meurtre, alors qu'elle ne faisait que s'apprêter à embrasser son mari. Sans trop savoir pourquoi, elle rougit. Pourtant, ce n'étaient que Chase et Josie.

— J'ai comme l'impression qu'on dérange, non ? lança Chase en riant. Dites-moi, vous n'étiez pas en train de… ?

— Chase ! l'interrompit Josie. Tu vas te taire ?

— C'est bon, Chase, s'exclama Trent en se levant à son tour. Tu vas devenir lourd. Explique-nous plutôt pourquoi vous arrivez si tard.

***

Il était 1 heure du matin quand le dernier invité se décida enfin à partir. Trent, qui avait eu soin d'appeler un taxi, le poussa à l'intérieur et claqua la portière.

Chase et Josie ne comptaient pas comme invités, évidemment. Ils faisaient partie du *fonds de roulement*, comme ils se plaisaient tous les quatre à le dire. Ils restèrent donc une heure de plus pour aider à débarrasser. Au bout d'une heure, voyant que Josie commençait à montrer des signes de fatigue, Chase décida qu'il était temps de rentrer.

A 2 h 30, le plus gros ayant été rangé, Trent alla inspecter les lieux. Qui sait ? Certains invités avaient pu abuser du champagne et des petits fours et s'être écroulés, ivres et repus, sur le gazon ou dans les buissons. Mieux valait s'en assurer.

Il fit un rapide tour des abords proches de la maison et ne trouva rien d'anormal.

Rassuré, il décida de rentrer.

Comme il passait près de la grange, quelque chose d'indéfinissable l'alerta. Il faisait sombre et tout était silencieux.

Les mains dans les poches, perplexe, il s'arrêta. Il y avait dans l'air comme…

Du feu. Oui, c'était ça. Il flottait autour de lui une odeur de brûlé. Une odeur redoutée entre toutes par les ouvriers travaillant dans les ranchs. Celle-ci était très faible, ce n'était donc pas un incendie. Mais un mégot mal éteint pouvait se consumer pendant des heures avant de communiquer le feu à un local et l'embraser.

Il allait de nouveau inspecter les environs lorsqu'il

entendit tout d'un coup des gloussements qui ne pouvaient provenir que de la grange. Puis il reconnut le bruit caractéristique d'une allumette que l'on gratte, puis, très vite, l'odeur d'une cigarette.

Sans attendre davantage il s'avança vers le bâtiment et entra, prêt à dire ce qu'il pensait à l'inconscient qui fumait dans une grange.

Les rayons de lune éclairèrent brusquement un couple enlacé.

Bon sang ! C'étaient Nikki et Stephen Breslin.

— Tiens donc ! lança Trent. Quelle surprise !

Nikki recula et le regarda avec une certaine crainte.

Pas gêné pour deux sous, Stephen le nargua avec tout l'aplomb du voyou qu'il était, et poussa même l'insolence jusqu'à tirer une bouffée de sa cigarette.

Nikki reboutonna vivement sa chemise de nuit. Jusqu'où seraient-ils allés tous les deux s'ils n'avaient pas été interrompus ?

Dire que Susannah était si contente, ce soir, quand sa sœur était redescendue douchée, les cheveux lisses, et les lèvres à peine soulignées d'un trait de gloss rose. Elle avait même poussé le zèle jusqu'à passer une petite robe jaune qui lui couvrait pudiquement les genoux. La sainte-nitouche ! Comme Susannah allait être déçue, elle qui avait été si fière de sa petite sœur toute la soirée. Elle qui l'avait présentée à tout le monde comme un modèle…

Pour l'heure, avec ses brins de paille piqués dans les cheveux, sa chemise de nuit de travers et son rouge à lèvres qui avait bavé, elle avait l'air de tout sauf d'une jeune fille de bonne famille.

D'une pichenette, Stephen fit tomber la cendre de sa cigarette par terre puis le regarda.

— Que peut-on faire pour vous, monsieur Maxwell? lança-t-il avec insolence.

— Rentrer chez vous, rétorqua Trent sans ciller. La fête est finie.

— Pour vous peut-être, ricana Stephen. Mais pour nous, ça ne fait que commencer. Comme je n'ai pas été invité, j'ai bien envie de me rattraper maintenant. Vous y trouvez quelque chose à redire ?

Il saisit une bouteille de bière posée près de lui et en but une longue gorgée sans le quitter des yeux.

Trent réfléchit rapidement. Stephen était vexé de ne pas avoir été invité à la soirée. De plus, il avait vraisemblablement bu un certain nombre de bières. Il était donc possible qu'il ait plus envie de se servir de ses poings que de son cerveau, si toutefois il en avait un. Et Trent avait autre chose à faire que se battre.

Visiblement embarrassée par le manque de respect de son amoureux, Nikki le regarda par en dessous et se tourna vers Stephen.

— Je crois qu'il vaut mieux que j'y aille, marmonna-t-elle.

— Eh bien, vas-y, laissa tomber Stephen, méprisant. Mais c'est pas ton père, que je sache. Y va rien te faire.

— Si, le dire à ma sœur.

— Ooooh, s'exclama Stephen d'un ton moqueur.

Le dire à ta sœur ? Mais t'es qu'un bébé, ma parole ! Un bébé qui a de super nichons ! Dommage que t'aies pas autant de cran que de monde au balcon !

Trent sentit la moutarde lui monter au nez, et serra les poings.

Ce gamin méritait une leçon.

En d'autres temps, il n'aurait pas hésité à lui donner la correction qu'il méritait. Mais le drame d'il y a onze ans lui avait servi de leçon. Le moindre geste de violence, le plus petit emportement, même s'il était justifié, pouvait aboutir à un désastre et coûter la vie à quelqu'un. Plus jamais il ne voulait connaître cela.

Plus jamais il ne commettrait cette erreur. Il se l'était juré.

Sans savoir comment, il réussit à garder son calme. Mais pour combien de temps ?

— Susannah est dans la cuisine, Nikki, dit-il comme si de rien n'était. Si tu entres par la porte de devant, elle ne te verra pas.

Nikki ne bougea pas. Peut-être ne voulait-elle pas passer pour une poule mouillée aux yeux de Stephen. Peut-être craignait-elle de croiser Susannah si elle rentrait maintenant. Ou bien elle ne voulait pas obéir trop vite, pour bien lui faire comprendre que l'homme qui avait épousé sa sœur pour honorer une clause de testament n'avait aucun droit sur elle.

Il n'insista pas, conscient qu'en le faisant il risquait d'obtenir le résultat contraire de ce qu'il espérait et aggraver la situation. De toute manière, le vrai problème, ce n'était pas Nikki.

— Voilà ce que je te propose, Stephen, reprit-il. De toute façon, tu n'as pas le choix.

Il sortit son téléphone de sa poche.

— Je te donne trente secondes pour prendre ta bouteille et ta cigarette et quitter cette grange. Je te donne trente secondes en plus pour passer le portail de la propriété, et quelques minutes supplémentaires pour faire tes bagages et débarrasser Eastcreek de ta présence.

Stephen cracha sur ses doigts et éteignit sa cigarette entre le pouce et l'index, un geste qu'il avait dû perfectionner pendant des mois pour impressionner les filles.

— Et si je refuse ?

Trent ouvrit son portable.

— Si tu refuses, tu vas avoir affaire à moi, et je ne suis pas du genre cool et sympa. Ni patient. Et tu vas très vite voir ce qui arrive aux mecs de plus de dix-huit ans qui posent leurs sales pattes sur des filles mineures.

— Ah bon ? Parce qu'elle voulait pas, peut-être ?

— Ce n'est pas le sujet. Alors ? Que décides-tu ?

Stephen le fixa sans rien dire.

— Je vais t'aider à te décider, ajouta Trent en composant un numéro sur son portable. Je vois que ton cerveau fonctionne au ralenti.

Alexander répondit quasiment sur-le-champ, comme tout bon chef d'exploitation doit le faire.

— Salut, c'est Trent. Pouvez-vous venir à la grange une minute ? Stephen Breslin s'en va et il a besoin de quelqu'un pour l'aider à trouver sa route jusqu'à l'arrêt de bus. Il a bu et, comme vous le savez, même quand il est à jeun, ce n'est pas une lumière. J'ai peur qu'il se perde en chemin.

C'était plus que Stephen ne pouvait en entendre. Mortifié, sans même un coup d'œil à Nikki, il fila vers la porte, bousculant Trent au passage.

Et il disparut dans la nuit.

Trent ne chercha pas à l'arrêter. Alexander se ferait un plaisir de s'en occuper. Trent n'avait aucune inquiétude à avoir : Stephen serait dans le bus avant l'aube.

Il se tourna vers Nikki.

— Maintenant, Nikki, tu vas m'écouter. Je sais que cela fait longtemps que l'on ne s'est pas vus tous les deux, et je me doute que tu ne me portes pas dans ton cœur. Je veux seulement que tu saches une chose, ta sœur est extrêmement fatiguée et a des soucis par-dessus la tête. Elle n'a pas besoin, en plus, de tes âneries. Tu m'entends ?

Nikki fixa le sol sans répondre.

— Tu entends ce que je te dis ? insista-t-il.

Elle ne broncha pas.

— Nikki, tu m'as compris ?

— Oui ! Mais tu ne vas rien dire à ma sœur ? demanda-t-elle d'une petite voix, les yeux toujours baissés.

Il sourit. Nikki avait perdu toute son insolence. Peut-être n'était-elle pas la gamine infernale qu'elle voulait paraître.

— Entendu, répondit-il. Je ne lui dirai rien. Mais ne te figure pas que c'est pour te rendre service ou pour te faire plaisir ; c'est uniquement parce qu'elle est trop fatiguée pour que j'en rajoute.

Elle haussa les épaules.

— C'est ça, hausse les épaules, Nikki. Si je m'écoutais je te flanquerais une correction dont tu te souviendrais toute ta vie. Tu te moques du monde ?

— C'est pas ça, marmonna Nikki, c'est seulement que ma sœur est tout le temps trop fatiguée. Pour tout. Et surtout pour s'occuper de moi. C'est pour ça qu'elle m'a envoyée dans cette école de design. Pour se débarrasser de moi. Je le sais bien.

— Epargne-moi tes commentaires de petite fille incomprise, s'il te plaît. Si tu veux que ta sœur fasse attention à toi, essaie de te mettre un peu à sa place. Fais ce qu'elle fait. Monte sur une échelle et cueille les pêches. Sors une calculatrice et aide-la à tenir les livres de comptes. Mieux, si tu veux, va chercher un torchon et aide-la à essuyer la vaisselle.

Nikki se décida enfin à lever les yeux.

— Il est 3 heures du matin et elle fait encore la vaisselle ? s'exclama-t-elle en ouvrant de grands yeux.

— Qu'est-ce que tu crois ? Que la maison va se ranger toute seule ?

Tripotant les bretelles de sa chemise de nuit, Nikki hésita une minute puis hocha la tête.

— D'accord, je vais aller l'aider.

Il la regarda sortir et se diriger en traînant les pieds vers la porte de la cuisine.

La soirée ne se terminait pas si mal, dans le fond.

Chapitre 11

Trent s'écroula sur son lit mais ne dormit pas beaucoup. Vers 5 heures du matin, Alexander lui envoya un texto dans lequel il lui disait qu'il avait lui-même conduit Stephen à Austin et qu'il l'avait fait monter de force dans un car qui allait le ramener chez lui, à El Cajon.

Bon débarras !

Malgré cette bonne nouvelle, Trent se sentait nerveux, envahi par le sentiment étrange que quelque chose lui avait échappé, qui restait dans l'ombre.

Mais il avait beau réfléchir, il ne voyait aucune raison logique à l'espèce de fébrilité qui le tenait éveillé. Bien sûr, une succession d'événements l'avait contrarié, mais rien qui justifie qu'il s'inquiète à ce point.

Quand enfin le soleil embrasa l'horizon, promesse d'une nouvelle belle journée, il conclut qu'il était ridicule. Pourquoi faire des montagnes d'événements insignifiants ? Du travail l'attendait au Double C, il n'avait qu'à y aller et s'y atteler au lieu de rester là à se faire du mauvais sang pour rien. Les problèmes trouvaient souvent leur solution dans l'action.

En quittant la propriété, il s'arrêta au bureau d'Alexander pour lui demander de bien vouloir surveiller ce qui se passait à Everly. Alexander, par chance, ne lui demanda pas la raison de son inquiétude. De toute façon il n'aurait pas su quoi lui répondre. Il voulait être sûr que tout allait bien se passer aujourd'hui, c'était tout.

Vers 7 heures, il arrivait au Double C et arrêtait sa voiture devant son bureau. Là, sans savoir pourquoi, il soupira d'aise. Peut-être était-ce le lieu qui était rassurant ? Le ranch était un ensemble de beaux bâtiments de brique qu'ombrageait une couronne d'arbres centenaires. Un havre de paix malgré le travail harassant qu'il demandait chaque jour tout au long de l'année.

Le Double C était le ranch le mieux tenu de tout le centre du Texas non grâce à lui, même s'il était reconnu comme un excellent contremaître, mais parce que les Clayton étaient riches à millions et pouvaient s'offrir du bon matériel et tout ce qui était nécessaire à la bonne marche d'une exploitation de cette envergure.

Comme il sortait de sa voiture et cherchait sur son trousseau la clé qui ouvrait la porte de son bureau, il entendit quelqu'un l'appeler.

Il jura tout bas.

Etait-ce trop demander que de vouloir qu'on lui fiche la paix quelque temps ? Il n'avait pas envie de faire des ronds de jambe au vétérinaire, il n'avait pas envie d'arbitrer une dispute entre deux ouvriers et encore moins que tout, il n'avait pas envie d'écouter le blabla d'un représentant de commerce venant lui vendre le dernier modèle d'imprimante ou de télécopieur, tellement plus performant que le sien.

Lorsqu'on l'appela de nouveau, il reconnut la voix de Missy Snowdown…

Seigneur, non! Pas à 7 heures du matin…

De là où il se trouvait, elle était plutôt pas mal avec sa ligne de nymphette et sa masse de cheveux blonds soigneusement décoiffés. On aurait dit qu'elle venait de tomber du lit… et ne demandait qu'à y retourner. Avec lui.

Comme elle approchait en se déhanchant comme elle le faisait si bien pour aguicher les hommes, il se rendit compte que de près… elle était beaucoup moins bien.

Pauvre Missy! Le temps ne l'avait pas épargnée. Evidemment, une dizaine d'années avaient passé depuis la dernière fois qu'ils s'étaient vus. Les gens vieillissaient, c'était inévitable. Personne, pas même Susannah, ne pouvait espérer traverser le temps sans prendre une ride.

Mais là, c'était autre chose.

La peau de Missy était tendue et brillante comme si elle l'avait poncée à outrance. Le résultat — le Botox, sûrement — était affligeant. Missy Snowdown n'avait plus figure humaine, elle avait l'air d'un mannequin de plastique. Ses lèvres généreuses qui avaient fait sa réputation n'étaient plus sensuelles, elles étaient… comiques. Tristement comiques.

L'effet était désastreux, tellement artificiel que la très désirable Missy… n'avait plus rien de désirable. Bien au contraire.

— Coucou! lança-t-elle en balançant son sac par-dessus son épaule.

Elle portait des jodhpurs et une chemise blanche, nouée négligemment à la taille.

Elle avait énormément maigri, remarqua-t-il, mais ses seins, eux, semblaient avoir doublé de volume.

Malgré lui il éprouva un sentiment de pitié. La Missy qu'il avait connue était belle et provocante, pleine de charme. La Missy qu'il voyait là était toujours aussi provocante, mais ridicule.

— Salut, Missy. Comment vas-tu ? Ça fait longtemps.

— Tu l'as dit.

Elle passa la langue sur ses lèvres.

— Mais on peut arranger ça…

— Missy…

— Ça te dirait une balade à cheval ? Le chemin de halage le long du ruisseau… C'est discret par-là. Ce serait l'occasion de… de… de se connaître mieux. De se retrouver, plutôt…

— Tu as oublié que je suis marié ? Si je monte, ce sera avec ma femme.

— Avec elle ? Ou sur elle ?

Elle éclata de rire, un rire qu'il trouva vulgaire. Etait-elle aussi vulgaire autrefois ? Peut-être. Lui-même n'était pas un monument de politesse et de bonnes manières.

Il lui répondit d'un sourire poli et nota qu'il flottait autour d'elle une forte odeur de…

Whisky !

Elle était ivre. Ivre à 7 heures du matin…

Il essaya de ne pas montrer qu'il était dégoûté mais ne put s'empêcher de reculer d'un pas.

Elle s'approcha et ramena ses cheveux du même côté

en un geste qui, dans d'autres circonstances, aurait eu sa charge d'érotisme, et gloussa.

— T'es devenu un vrai bonnet de nuit, ma parole! lança-t-elle. Si cette peau de bique est tout ce que tu as à mettre dans ton lit, mon pauvre chéri, tu ne dois pas prendre ton pied tous les jours.

Oui, il s'en souvenait à présent, elle avait toujours été vulgaire. Et il n'allait pas commencer à s'en émouvoir aujourd'hui. D'autant qu'autrefois, il était loin d'être choqué par son vocabulaire qui empruntait autant à la perversité qu'à la vulgarité, ce qui n'était pas pour lui déplaire. Ces mots-là, dans sa bouche en bouton de rose, l'excitaient plutôt. Lui et ses copains en redemandaient même, lui faisant croire que les reines de beauté qui se conduisaient comme des gourgandines étaient le fin du fin de l'érotisme.

— Ecoute-moi, Missy. Je veux que les choses entre nous soient claires une fois pour toutes. Je ne vais pas jouer au chat et à la souris avec toi. J'ai trompé Susannah une fois, avec tous les dégâts que cela a occasionnés, et je n'ai pas l'intention de recommencer.

Elle ferma à demi les yeux, et pencha la tête de côté.

— Tu as oublié comme tu aimais ça, Trent?

— Non, mais…

Sans qu'il ait pu prévoir son geste, elle prit son visage entre ses mains et l'embrassa goulûment.

Elle se frotta contre lui quelques instants, ondula comme une chatte dans l'espoir de le faire réagir, et glissa la langue dans sa bouche.

Sans la brusquer, il la repoussa. Il ne voulait pas la blesser mais ne voulait pas non plus qu'elle croie qu'elle avait ses chances avec lui.

— Missy, arrête. Tu ne sais plus ce que tu fais. Je suis sûr que ce n'est pas ce que tu veux.

Sans qu'il voie rien venir, elle leva le bras et le gifla avec une force qui l'étonna.

— Comment oses-tu ? s'écria-t-elle. Tu t'es vu, avec tes airs de curé défroqué ? Ça te va bien de faire la morale ! Voyez-vous ça ! Monsieur joue les petits saints maintenant ! T'étais bien content de t'envoyer en l'air avec moi, avant, non ?

Ses yeux lançaient des éclairs. Sa voix vibrait de colère.

— Comment peux-tu me dire ce que je veux ? Qu'est-ce que tu en sais ? Si, justement, c'est ça que je veux.

Elle reprit son souffle et poursuivit :

— Je veux quelqu'un, tout le monde veut quelqu'un. Et ce n'est pas…

Elle s'interrompit brusquement et, aussi brusquement qu'elle s'était mise en colère, se mit à pleurer. De vraies larmes. Un vrai chagrin.

Trent la regardait sans savoir que faire. Il voulait à tout prix éviter de la prendre dans ses bras pour la consoler, comme il l'aurait fait pour une amie, une femme normale. Missy n'était pas une femme normale.

Il entendit du bruit autour d'eux et vit que le ranch commençait à s'animer. Les cow-boys et les ouvriers agricoles commençaient à aller et venir de leur logement aux étables pour vaquer à leurs tâches quotidiennes. Même le maudit représentant de commerce, le vendeur de photocopieurs dont Trent avait anticipé la venue, était là, appuyé contre le capot de sa Dodge, l'air perplexe devant cette scène pour le moins inédite à cette heure et en ce lieu.

Missy se colla contre lui et versa toutes les larmes de son corps en sanglotant assez fort pour que tout le monde en profite.

— Il ne manquait plus que ça ! marmonna-t-il.

Il soupira et tenta de réfléchir.

« La situation n'est pas désespérée, se dit-il. Il y a toujours une solution à tout. »

D'un geste de la main, il fit signe au représentant de commerce de s'en aller, puis il repoussa doucement Missy et se dirigea vers son bureau en la soutenant.

Comme il arrivait à la porte, il aperçut Josie qui descendait l'allée, une cafetière et un paquet de muffins à la main. Sans doute avait-elle aperçu sa voiture. Ils prenaient souvent le petit déjeuner ensemble ces temps derniers, ce qui lui permettait de la mettre au courant du fonctionnement du ranch.

A trois mètres du bureau, elle s'arrêta, interloquée par le spectacle de Missy qui sanglotait avec autant d'énergie.

Intriguée, elle s'approcha, mais Trent lui fit signe de rester où elle était. Missy n'avait jamais aimé les autres femmes et ne semblait pas avoir fait de progrès en ce sens. Il ne voulait pas qu'en voyant Josie, elle se mette à l'injurier.

Elle s'arrêta donc et l'interrogea du regard.

— Appelle Chase, dit-il tout bas par-dessus la tête de Missy en articulant bien pour qu'elle comprenne.

Priant le ciel qu'il ne soit pas en train de faire la deuxième plus grosse erreur de sa vie, il fit entrer Missy dans son bureau et referma derrière eux.

Une demi-heure plus tard, après que Chase eut chargé Missy dans sa camionnette, et quitté le ranch, Trent poussa un soupir comme il n'en avait jamais poussé de sa vie.

Missy était partie et il n'y avait eu aucune catastrophe. Chase avait su trouver les mots justes pour lui parler. Il avait même été tellement charmant qu'à la fin, elle pleurait dans sa chemise, mais cette fois au sujet de Trent et de ses déboires sentimentaux !

Au moment de partir, regonflée à bloc par un café noir et le talent sans pareil de Chase pour raconter n'importe quoi pour rapiécer les cœurs en miettes, elle s'était excusée de l'avoir embrassé et lui avait souhaité bonne chance pour la suite de sa vie de couple.

Du grand art de la part de Chase. Un miracle.

Trent alluma son ordinateur et avala une gorgée de café en attendant qu'il ait fini toutes ses mises à jour.

Quel dommage qu'il n'ait jamais eu le doigté de Chase ! Ses problèmes avec Susannah se seraient envolés depuis longtemps déjà.

Mais il n'était pas Chase. Et Susannah n'était pas aussi simple que Missy. Avec Susannah, tout était toujours très compliqué et empruntait des chemins qu'il ne pouvait même pas imaginer en rêve.

De plus, il était encore trop tôt pour dire ce qu'allait faire Missy une fois rentrée chez elle, lorsqu'elle serait loin des ondes bénéfiques de Chase. Quelques nouveaux whiskies, et personne ne pouvait prédire ce qui lui passerait par la tête. Peut-être que ce soir, à minuit, elle serait de nouveau là pour reprendre sa petite scène là où elle l'avait laissée.

Si ce n'est que, cette fois, elle poursuivrait sans doute Chase de ses assiduités ! Cette idée le fit sourire.

Il travailla pendant un moment, et oublia peu à peu son début de journée pour le moins agité.

Soudain il entendit un petit bruit, comme un frottement, et sentit un mouvement près de ses pieds.

Il y avait quelque chose sous son bureau.

Instinctivement il s'immobilisa. C'était une chose qu'il avait apprise et retenue : ne jamais s'agiter quand quelque chose d'anormal survenait. Le bruit cessa. Plus rien ne bougea.

Osant à peine tourner la tête, il scruta la pièce en quête d'une arme. Quelque chose de long, une pelle serait parfaite. Il espérait se tromper mais il pensait savoir ce qui remuait à ses pieds.

Un serpent.

Un serpent parfaitement innocent peut-être, un serpent noir venu chercher un peu de fraîcheur ? Ou un garter snake, bestiole inoffensive qui avait pris le renfoncement sous le bureau pour une grotte ?

Ce pouvait être aussi un serpent à sonnette, ou une

vipère cuivrée, horrible trigonocéphale à tête orange cuivré, avec ses crochets pleins de venin, et toujours prêt à attaquer.

Deux espèces mortelles qui ne laissaient aucune chance à leurs proies.

Trent fouilla du regard chaque recoin de la pièce. Mais son bureau ne ressemblait pas à celui d'Alexander. Aucun outil n'attendait là une quelconque réparation. Son bureau était le bureau d'un administratif, propre et civilisé, et le seul objet qui pouvait ressembler à une arme était un presse-papiers en quartz que son père lui avait offert quand il était revenu de Californie.

Parfait pour frapper un homme à la tête et le tuer, à la rigueur, mais totalement inoffensif contre un serpent qui lui aurait planté les crochets dans les mollets avant qu'il ait eu le temps de lancer son caillou ridicule.

Il n'avait pas le choix, ou plutôt, il n'en avait qu'un et le résultat n'était pas garanti, loin de là. Et plus les secondes passaient, moins il était garanti…

Il n'attendit donc pas une seconde de plus.

Il respira à fond puis, tout doucement, vraiment imperceptiblement, recula sa chaise.

Il s'arrêta. Rien ne semblait bouger à ses pieds. Personne ne lui avait encore planté ses crochets dans le mollet.

Quand il fut complètement dégagé du renfoncement sous le bureau, il se leva de sa chaise et recula toujours aussi lentement, toujours sans faire de bruit, sans cogner de meuble, sans froisser de papier, jusqu'à se trouver à trois mètres au moins de la chose qui avait remué.

Là il reprit une respiration normale et sortit son portable

de sa poche pour appeler les étables. Tout doucement, il dit à l'ouvrier qui avait décroché de lui envoyer Boss Johnson avec un filet et un pieu pour serpent.

Alors seulement il sortit de sa poche une torche dont il dirigea le faisceau sous le bureau.

Son sang se glaça. Il avait vu juste. Un de ces reptiles à tête jaune-orangé était enroulé. Une redoutable vipère de quelque soixante centimètres de long, qui agitait la queue. Il n'était pas heureux, l'animal, mais l'extrême prudence dont Trent avait fait preuve l'avait empêché de trop s'énerver et d'attaquer.

Après quelques secondes, la porte s'ouvrit et Boss Johnson passa la tête.

— Où est-il?

— Sous le bureau.

— C'est quoi?

— Une vipère cuivrée.

Boss Johnson fit doucement le tour du bureau tandis que Trent éclairait de nouveau l'endroit où se trouvait le serpent.

Boss Johnson siffla et regarda Trent avec des yeux tellement plissés qu'ils n'étaient plus que deux fentes.

— Tu étais assis là, mon gars?

— Oui.

— Je sais pas comment t'es encore en vie.

— La chance sourit aux innocents.

Trent prit le pieu que Boss tenait à la main. Ils avaient eu la peau d'une bonne douzaine de serpents depuis que Trent travaillait au Double C, et ils formaient une bonne équipe tous les deux.

— T'es prêt ?

Les yeux de Boss étaient toujours aux trois quarts fermés. Il scruta la pièce comme Trent l'avait fait avant lui mais il ne cherchait pas une arme, il cherchait par où l'animal avait pu entrer. Un carreau cassé ou une porte en ruine, une latte de bois pourri ou un conduit d'aération.

Mais rien de tout cela n'existait au Double C.

— Bon sang ! marmonna Boss. Comment ce bon Dieu de bestiau a-t-il bien pu entrer ici ?

Trent ne répondit pas. Il aurait bien aimé le savoir, lui aussi.

Susannah dut faire des pieds et des mains pour que le directeur de l'école de design accepte de reprendre Nikki. C'était maintenant à Nikki d'y mettre du sien.

— Plus qu'un mois, lui dit Susannah en se glissant au volant de sa voiture. Ce n'est pas la mer à boire.

Elle mit le contact et abaissa sa vitre.

— Sois un peu raisonnable. Fin juillet, tu es de retour à la maison.

Les mains posées sur le rebord de la portière, Nikki se pencha vers elle.

— Un mois, c'est long…

Elle donna un coup de pied par terre, faisant voler la poussière de l'allée.

— Dépêche-toi de rentrer, la supplia Susannah après avoir regardé l'heure à sa montre. Ta côte de popularité n'est pas au plus haut en ce moment.

Nikki était désespérante. Elles s'étaient promenées toutes les deux dans les jardins de l'école en bavardant, et Susannah avait espéré que sa sœur cesserait de faire la tête et reprendrait les cours sans faire d'esclandre. Elle n'était pas disposée à laisser des centaines de dollars ne servir à rien. Elle ne tenait pas non plus à ramener Nikki à Everly compte tenu de la tension qui y régnait depuis que Trent s'y était installé. Elle avait donc réussi à convaincre sa sœur de terminer son stage, et l'avait raccompagnée. Elle avait fait la connaissance de quelques-uns de ses amis, et passé au moins une heure à feuilleter son book, qu'elle avait trouvé très intéressant d'ailleurs. Il contenait des croquis de meubles, des portraits à la mine de plomb, des huiles, des aquarelles... Certaines des aquarelles représentaient des paysages d'Everly, vus davantage avec le cœur qu'avec des yeux objectifs. Nikki avait beaucoup enjolivé. Mais ce qui avait surtout étonné Susannah, c'est qu'elle n'aurait jamais cru que sa sœur aimait suffisamment le domaine pour pouvoir le peindre de mémoire.

Les chênes allongeaient maintenant leur ombre sur les bâtiments de l'école. Si Susannah ne quittait pas les lieux avant une demi-heure, elle n'arriverait pas avant la nuit, et elle avait mille et une choses à faire au ranch.

En soupirant, elle se passa la main dans les cheveux.

— Il y a un an, Nikki, tu tapais du pied pour intégrer cette école.

— Et tu m'avais dit qu'on n'avait pas les moyens.

— C'est vrai. Mais je me suis débrouillée pour trouver

de l'argent parce que *tu* as dit que tu ne voulais pas rester à la maison pour assister à ce mariage *répugnant*. Je ne fais que reprendre tes propres mots.

Embarrassée, Nikki regarda ailleurs, ce qui ravit Susannah. Pour une fois, sa sœur faisait profil bas.

— Mais j'ai payé maintenant et je ne serai pas remboursée, reprit-elle. Alors tâche de tirer un maximum de ton école. Profites-en pour apprendre quelque chose, que ce ne soit pas du gâchis.

— Et puis zut ! bougonna Nikki.

Susannah regarda sa sœur, et se rendit compte qu'elle avait les yeux humides.

— Zut quoi ? demanda-t-elle.

— Rien !

C'était toujours pareil avec Nikki. Il lui arrivait parfois d'entrouvrir une petite porte pour la laisser entrer dans sa vie, mais elle la refermait aussitôt. Arriveraient-elles un jour à se comprendre ? A partager quelque chose ? Ou leur relation était-elle marquée à jamais par le rôle de mère que Susannah avait dû endosser bien malgré elle ?

Elle était lasse de ces éternels combats d'où elle ressortait souvent blessée et emplie d'un sentiment de culpabilité qui mettait des jours à s'estomper, sans toutefois disparaître entièrement. Et particulièrement en ce moment.

Nikki avait promis de rester jusqu'à la fin des cours, et elle, elle allait retourner à Everly où l'attendait une montagne de problèmes en tous genres. Il était là, son avenir immédiat, et elle ne voulait pas regarder trop loin devant elle. A chaque jour suffisait sa peine.

Son téléphone portable se mit à sonner. Elle jeta un coup d'œil à l'écran, espérant y lire un numéro commençant par le code de la région d'Austin. Elle avait laissé un message à une centrale d'achats d'Austin, Superpantry, dans l'espoir de lui vendre son surplus de pêches.

Il lui fallait impérativement une réponse positive. Sinon, qu'allait-elle faire de sa production ? Cette année, il y avait des fruits en grande quantité. C'était triste à dire, mais c'était un désastre.

De la réponse de Superpantry dépendrait son salut. Ou la faillite.

Mais ce n'était que Nell Bollinger. Sa mauvaise conscience la taquina aussitôt. Josie, Nell et elle avaient prévu de préparer des paniers de pêches pour en faire cadeau aux maisons de retraite et aux hôpitaux de la région. Cela ne rapporterait pas un cent dans les caisses d'Everly, mais c'était une cause qui en valait la peine.

L'esprit encombré par les histoires de Nikki, elle avait complètement oublié l'engagement qu'elle avait pris et n'avait pas téléphoné pour annuler. Bien que s'en voulant de sa lâcheté, elle ne décrocha pas. Nell n'aurait qu'à laisser un message. Nikki, qui se plaignait toujours de ne jamais pouvoir parler cinq minutes tranquillement avec elle sans être interrompue par un problème à Everly, ne pourrait pas l'accuser, cette fois-ci, de la traiter par-dessus la jambe.

— Nikki, il va vraiment falloir que j'y aille maintenant.

Nikki hocha la tête.

— Je sais mais…

Elle serrait tellement fort les doigts sur la portière que ses articulations étaient toutes blanches.

— … j'ai mauvaise conscience, dit-elle après quelques hésitations. Tu as un tas de problèmes avec les pêches et je te cause en plus plein d'ennuis. Et puis je crois que tu dirais pas non si je venais t'aider.

Susannah lui sourit. Elle savait mieux que personne que Nikki détestait cueillir les fruits et qu'elle déployait toujours des trésors d'imagination pour échapper à cette corvée, au moins neuf jours sur dix.

— Nikki, tu sais bien que la cueillette et toi…

— Je te promets que cette année, je t'aiderai ! C'est juré !

Susannah posa la main sur celle de sa sœur.

— C'est gentil de me le proposer, mais je tiens vraiment à ce que tu termines ton stage. Mais il y aura abondance de Jersey Queen cette année. Alors crois-moi, il y aura encore à faire quand tu reviendras. Je garde ta promesse sous le coude.

Nikki hocha de nouveau la tête, consciente qu'elle était à court d'arguments pour repousser l'inévitable. Les épaules un peu crispées, elle se pencha à l'intérieur de l'habitacle et déposa un baiser rapide sur sa joue.

Les larmes aux yeux mais refusant de montrer qu'elle était émue, Susannah tapota son volant négligemment. Cela faisait des lustres que sa sœur ne l'avait pas embrassée. Un miracle était-il en train de se produire ?

Elle faillit dire à Nikki qu'elle l'aimait, mais pensa

que ce serait peut-être trop. Et puis elle ne voulait pas risquer de briser ce fragile équilibre qu'elles venaient de trouver.

Elle fit un dernier signe de la main à sa sœur et quitta la cour de l'établissement.

Comme elle s'engageait sur la voie rapide, elle se mit à chantonner. Cela faisait des mois qu'elle ne s'était pas sentie aussi légère.

Bien sûr, il y avait une ribambelle de choses à faire à Everly, des millions de factures à payer et autant de problèmes à régler, mais elle s'en sortirait. Elle s'était toujours débrouillée dans les difficultés.

Les arbres qui défilaient ressemblaient à ceux que Nikki avait peints sur ses aquarelles, contours flous et couleurs chatoyantes des frondaisons sous les rayons du soleil couchant. C'était une journée divine comme il y en avait peu dans une année.

Elle jeta un coup d'œil au téléphone posé à côté d'elle. C'est vrai ! Tout n'était pas parfait dans le meilleur des mondes. Il fallait encore qu'elle appelle Nell.

Elle prit son portable et écouta le message.

Contrairement à ce qu'elle avait cru, Nell Bollinger ne semblait pas fâchée.

Soulagée, elle soupira. Elle n'allait pas recevoir la volée de bois vert qu'elle redoutait. Nell n'avait pas l'habitude de mâcher ses mots. Quand elle était en colère, elle était capable d'incendier quelqu'un avec un vocabulaire à faire rentrer sous terre l'ouvrier agricole le plus grossier.

— Susannah, c'est Nell. J'espère que tout va bien ? Josie et moi t'avons attendue pendant un bon moment et… voyons… comment te dire ? Quand je suis allée chercher Josie au Double C, je…

Il y eut un silence puis de la friture sur la ligne puis un autre bruit. C'était Nell qui se grattait la gorge avant de reprendre :

— Tant pis, je te le dis quand même. Quand je suis allée chercher Josie au Double C, donc, j'ai vu Trent. Il était avec Missy Snowdown. Tu sais, l'aînée de Roger Snowdown, la fille vulgaire ? Oui, bon. Tu sais. Et je… enfin, je trouve qu'il faut que tu le saches, mais il embrassait cette fille à pleine bouche.

Chapitre 12

Il lui fallut des heures avant de retrouver Trent.

Elle commença par aller voir au Double C, mais ne voyant pas sa voiture, elle ne s'arrêta pas. Elle ne tenait pas à tomber sur Chase. Fidèle en amitié, ce dernier inventerait n'importe quelle explication pour justifier la conduite de son meilleur ami.

Et elle en avait par-dessus la tête des excuses.

Elle décida d'aller chez les Snowdown, à une vingtaine de kilomètres de là, ce qui ne l'arrangeait pas. Il commençait à se faire tard. La nuit, comme un gros nuage noir, avait déjà recouvert presque tout le ciel, laissant juste à la lumière du jour une fine bande claire sur l'horizon.

La demeure des Snowdown, imposante au sommet de sa colline, dominait une succession de paddocks d'un joli vert tendre. L'allée principale contournait une fontaine qui glougloutait joyeusement. Les voitures des Snowdown, de luxueuses berlines étrangères, toutes noires, étaient stationnées tout autour. On aurait dit des étalons le nez dans l'abreuvoir.

La voiture de Trent n'était pas là non plus. Elle s'en voulut d'éprouver un semblant de soulagement.

Etait-elle suffisamment stupide pour espérer encore que ce que lui avait raconté Nell était faux ?

Dans un mouvement de colère elle fit demi-tour, quitta la somptueuse villa des Snowndown et reprit la route en sens inverse, ne tenant absolument pas compte des panneaux de limitation de vitesse.

Dès son arrivée à Everly, la première chose qu'elle vit fut la voiture de Trent. Il était donc revenu ? Pourquoi pas, après tout ? Il ne devait pas savoir qu'elle était au courant de son infidélité.

Avant qu'elle ne sorte de sa voiture, Alexander s'approcha, essuyant les premières grosses gouttes de pluie sur son front.

— J'allais rentrer chez moi, dit-il. J'ai mis deux types de plus au boulot dans les vergers aujourd'hui et tout a été cueilli. Ce qui reste n'est pas mûr. On va peut-être échapper à la pluie mais même si on y a droit, je ne pense pas qu'elle fasse beaucoup de dégâts.

— Merci, Alexander.

C'était une bonne nouvelle, mais le cœur n'y était pas. Il pouvait arriver n'importe quoi à ses pêches, c'était le cadet de ses soucis. C'était aussi la première fois que le sort de ses pêches lui était totalement indifférent.

— Alexander, vous avez vu Trent ?

— Oui. Il nous a aidés une bonne partie de l'après-midi. Et puis après, je crois qu'il est parti par là-bas.

D'un geste de la main, il désigna l'ouest.

Ce n'était pas ce qu'elle s'attendait à entendre.

— Pour quoi faire ? demanda-t-elle.

— Elaguer les arbres. Je croyais que j'avais mal

entendu mais je vois qu'il a pris les clés de la remise. Il n'est toujours pas revenu. Vous vous êtes engueulés ou quoi ? Il a été d'une humeur massacrante toute la journée, et il a passé son temps à me demander si je vous avais vue.

Elle renonça à l'envie de lui dire de s'occuper de ses affaires, au risque de le mettre en colère. Elle était suffisamment en colère pour deux.

— Tout va bien, Alexander. Merci.

Là-bas, à l'ouest, en limite de propriété, un rideau d'arbres hauts et épais faisait office de coupe-vent du temps où la moindre parcelle de terre était exploitée, ce qui n'était plus le cas aujourd'hui. Aujourd'hui, il y avait beaucoup de terrains en jachère.

Elle mit le contact, manœuvra pour reculer et prit la direction de l'ouest, sous le regard éberlué d'Alexander.

Quelque chose lui échappait. Pourquoi Trent avait-il décidé d'entreprendre un tel travail si tard dans la journée ? Elle savait que la plupart des frênes étaient très vieux et qu'ils avaient besoin, tout comme les chênes et les ormes, d'être élagués, mais aucune personne sensée ne se serait lancée dans pareille aventure à cette heure tardive après avoir cueilli des pêches, en pleine chaleur, une grande partie de la journée. Trent ne devait pas être dans son état normal.

Ou alors il avait vraiment envie d'être seul.

Enfin, seul… C'était encore à prouver.

Elle grogna de rage, et dans sa colère donna un coup de volant brutal qui la fit déraper sur la terre battue.

Si Trent avait osé donner rendez-vous à Missy sur *sa* propriété, et qu'il était en train de lui faire l'amour sous *ses* arbres, il allait entendre parler du pays !

Elle s'arrêta devant un petit bâtiment délabré où l'on rangeait du vieux matériel.

Le cœur battant, elle descendit de voiture pour aller regarder à l'intérieur. Il n'y avait rien d'intéressant, une vieille tondeuse, une pelle à moitié cassée et deux sacs d'engrais organique qui empestait.

Ce n'était pas l'endroit idéal pour un rendez-vous galant.

Elle ressortit et prit la direction du bosquet d'arbres, ces fameux arbres qui avaient *absolument* besoin d'être élagués ce soir.

Comme elle approchait, un bruit de branches qui craquent lui fit dresser l'oreille. Elle hésita un instant, se demandant ce qu'elle allait trouver. Un renard ? Un daim ? Ou plus prosaïquement et pire que tout, Trent en flagrant délit d'infidélité ?

Prenant son courage à deux mains, elle s'avança plus avant. Qu'importe ce qu'elle allait trouver ; maintenant qu'elle était là, elle irait jusqu'au bout. De toute manière, vu son humeur, si elle tombait nez à nez avec un ours brun, ce serait l'ours qui détalerait.

Soudain elle vit Trent. Il se démenait avec les branches d'un vieux pin mort, à cinq mètres du chemin.

Là, les branches formaient une voûte si épaisse que l'on ne voyait même plus le ciel. Trent avait ôté sa chemise et, dans la lumière qui baissait, on ne voyait que la couleur cuivrée de sa peau.

La tronçonneuse était posée par terre, près de l'arbre. Il avait coupé une grande branche qu'il traînait vers un tas de bois mort assez important, preuve qu'il travaillait là depuis un certain temps déjà.

Missy n'était pas là. Elle devait être partie, se dit-elle. A l'idée que Trent et elle avaient pu, quelques minutes plus tôt, batifoler là, elle sentit son estomac se contracter.

Furieuse, elle se dirigea vers Trent.

— Qu'est-ce que tu fais là ? lança-t-il d'une voix peu aimable. Il y a un problème ?

Elle croisa les bras sur sa poitrine, et planta son regard dans le sien.

— Oui, un gros problème même ! Et je suis sûre que tu sais de quoi je parle !

Il déposa la branche qu'il traînait sur le tas, et s'essuya les mains sur son jean.

— Explique-toi, Susannah. Que veux-tu dire ? Quelque chose ne va pas ? Tu as un problème ?

C'était le comble ! Il fallait qu'il ait un drôle de toupet pour oser lui poser cette question !

— Tu te fiches de moi ? Tu sais très bien ce que je veux dire.

— Parle, bon sang ! s'écria-t-il. C'est pénible à la fin cette manie que tu as de parler par énigmes !

Elle le fusilla du regard.

— Tu veux peut-être aussi que je te donne des détails ? s'exclama-t-elle.

Il la dévisagea, l'air perplexe, et lentement, essuya une goutte de sueur sur son front.

— Ecoute-moi, Susannah. Je viens de passer une

journée abominable, alors excuse-moi, mais je ne suis pas d'humeur à jouer. Tu parles par sous-entendus, je ne comprends rien à ce que tu racontes. Si tu as quelque chose à me dire, vas-y, parle. Mais clairement.

— D'accord, dit-elle. Je vais parler. Clairement.

Bien campée sur ses jambes, elle prit une longue inspiration.

— Ce qui ne va pas…

Elle s'arrêta.

En venant ici, elle s'était interdit de pleurer ; ce n'était pas dans son caractère. Mais maintenant qu'elle était en face de Trent, son courage faiblissait.

— … ce qui ne va pas, poursuivit-elle, c'est que tu as recommencé à voir Missy Snowdown. Je le sais, tu la vois en cachette. Enfin, en cachette, façon de parler puisque tout le monde t'a vu. Tu m'as humiliée, Trent, c'est ça qui ne va pas. Tu te figures peut-être que je vais te laisser me tromper au vu et au su de tout le monde, comme tu l'as fait il y a onze ans, avec cette espèce de moins-que-rien de Missy ? Tu me prends pour qui, Trent ?

Il écouta sa tirade sans broncher, affichant une totale indifférence à sa colère. Quand elle eut terminé, il hocha lentement la tête, se courba légèrement en avant et fit quelques mouvements pour détendre les muscles de son cou et ses épaules, puis il se redressa et lui fit un sourire en coin.

— Le téléphone arabe fonctionne toujours aussi bien dans la région, à ce que je vois ! lança-t-il avec ironie.

J'aimerais bien savoir laquelle ou lequel de tes charmants amis a colporté cette rumeur ?

— Qu'est-ce que ça peut bien te faire, de savoir qui me l'a dit ? marmonna-t-elle.

Ses yeux se mirent à piquer, et elle battit plusieurs fois des paupières. Il n'était pas question qu'elle pleure devant lui.

— En tout cas, tu ne dis pas non, ajouta-t-elle.

Il haussa les épaules.

— Cela servirait à quoi ? De toute façon, tu ne me croirais pas.

— C'est juste. Pas une seconde. Pas un millionième de seconde. De toute manière je ne suis pas venue ici pour savoir si tu allais nier ou pas, je suis venue te dire qu'il fallait que ça cesse.

— Ah bon ? Vraiment ?

Il sourit, feignant toujours l'indifférence, mais sous son sourire se cachait quelque chose qui lui fit presque peur.

Elle se crispa.

— Vraiment. On a passé un marché, Trent. Je tiendrai ma parole jusqu'au bout et il n'est pas question que toi, tu ne la tiennes pas jusqu'au bout aussi. Je te donne…

Son regard se porta machinalement sur son torse nu où des copeaux de bois étaient restés collés.

— Je te donne…, reprit-elle, le cœur battant un peu plus vite.

— Quoi ?

Il se frotta les mains l'une contre l'autre puis essuya les gouttes de transpiration qui roulaient sur sa poitrine sans se soucier de ce que ce geste revêtait de puissance érotique.

— Alors ? Qu'est-ce que tu me donnes ? insista-t-il, presque avec colère.

— Je te donne tout ce que tu as demandé, dit-elle très vite.

Elle serra ses bras très fort sur sa poitrine comme pour se protéger de lui.

— Je te donnerai tout ce que tu voudras, ajouta-t-elle. Je ne peux pas dire mieux.

— Tout ce que je voudrai ?

Il partit d'un éclat de rire qui résonna étrangement aux oreilles de Susannah.

— Evite de dire cela, Susannah, car ce n'est pas possible. En plus, je te l'ai déjà dit tout à l'heure, je ne suis pas d'humeur à plaisanter.

— Je te donnerai tout ce que je peux, rectifia-t-elle.

Elle frissonna en s'entendant parler, et sa propre voix lui fit peur.

— Pourquoi devrais-je faire confiance à un individu aussi répugnant que toi ? laissa-t-elle tomber avec mépris.

Elle attendit, effrayée de la réaction qu'elle allait sûrement provoquer. Elle avait bien conscience d'avoir dépassé les limites, mais cela avait été plus fort qu'elle. Il fallait que Trent comprenne que son comportement était odieux.

— Pourquoi ? répéta-t-il, le regard noir de colère. Je vais te le dire moi, pourquoi !

Sans que rien ne le laisse prévoir, il lui saisit le poignet et l'attira à lui sans aucun ménagement.

Indifférent au fait qu'il était sale et qu'il transpirait, il la serra un peu plus fort et l'embrassa dans le cou avant de descendre vers sa gorge.

Le cœur battant, elle essaya de le repousser. En vain. Il ne lui avait laissé aucune liberté de mouvement.

— Tu le feras parce que je suis un répugnant personnage et que tu as envie de moi, dit-il d'une voix dure.

Elle sentit qu'elle perdait pied.

La peau nue de Trent sentait le bois, la résine, la sueur ; le danger. Et elle aimait ça.

— Ce… ce n'est pas vrai, bafouilla-t-elle. Je n'ai pas envie de toi.

— Disons que tu n'as pas *envie* de moi, grommela-t-il entre ses dents, mais que tu as *besoin* de moi. Il n'y a parfois pas grande différence. Et le résultat est le même.

Il attrapa un pan de son chemisier, et d'un seul geste, en défit tous les boutons-pression. Puis, sans aucune douceur, il empoigna un de ses seins qu'il malaxa avec une sorte de rage.

— Tu as autant besoin de moi que moi de toi, dit-il. Alors assez joué comme ça. Nous ne sommes pas là pour savoir qui va marquer le plus de points. Il n'est plus question de Missy Snowdown entre nous aujourd'hui. Il n'est plus question de Paul non plus. Plus question du passé. Ce soir, il ne s'agit que de toi et moi. Ce soir, c'est l'heure de vérité.

Elle ouvrit la bouche pour protester mais pas un son ne

s'en échappa. Elle ne fut capable que de laisser échapper un petit cri lorsque Trent s'empara de ses lèvres.

Ce fut plus qu'un baiser. Ce fut du feu. La passion à l'état pur. La folie. Elle sentit son désir grandir en même temps qu'elle sentait gonfler le désir de Trent. Il lâcha sa bouche pour reprendre son souffle et la reprit avec plus de fougue encore. Il caressa ses seins, les palpa, les malaxa, et s'aventura avec la même violence sur tout son corps qui se tordit bientôt de plaisir.

Elle ne tenta pas de l'arrêter. Ne chercha pas à fuir. Elle avait l'impression de se trouver en bordure d'une forêt en feu, et d'attendre, avec un mélange de peur et d'excitation, que le feu la prenne tout entière.

Les arbres et la pluie qui tombait maintenant à grosses gouttes semblaient vouloir les enfermer dans leur pénombre humide.

Sans rien dire, Trent lui prit la main et l'entraîna vers un endroit dégagé où un tapis d'aiguilles vertes fraîchement tombées recouvrait le sol.

Sans hésiter, elle s'étendit par terre, brûlante de désir et prête à tout lui donner, sans frein et sans honte.

Tandis qu'il la déshabillait, elle défit son pantalon de ses doigts fébriles.

Enfin nus l'un et l'autre, ils recommencèrent à se caresser. Leurs mains couraient partout, tantôt hésitantes, tantôt sûres d'elles. La voyant frissonner, il s'allongea au-dessus d'elle, en équilibre, sans la toucher, s'arrêtant à quelques centimètres de son corps. Comme il embrassait sa poitrine, elle se cambra dans une prière muette.

Il se plaqua alors contre elle, pesant de tout son poids,

puis se redressa légèrement, recommença, ignorant ses gémissements et son regard qui le suppliait de la pénétrer.

— Oui ? dit-il d'une voix rauque.

Ses yeux brillaient comme ceux d'un fauve prêt à bondir.

— Oui, répondit-elle. Oh, oui…

Il empoigna fermement ses hanches et d'un seul coup de reins plongea en elle.

Elle poussa un cri qui fit s'envoler quelques oiseaux qui s'étaient réfugiés dans un arbre proche.

Il attendit un peu, lui laissant le temps de l'accueillir pleinement mais très vite, elle se colla à lui avec autorité. Il commença à aller et venir en elle, doucement d'abord, puis plus vite.

Elle enroula ses jambes autour de ses reins et le serra de toutes ses forces contre elle pour qu'il la pénètre plus profondément encore, pour abolir l'espace qui séparait leurs deux corps.

Il était en elle, il lui appartenait, il était sien. Elle songea soudain à tout ce temps qu'ils avaient perdu mais qui lui revenait.

Le passé, comme par enchantement, avait disparu, et elle se sentit de nouveau pleine et entière.

— Aime-moi, Trent…

Il lui répondit avec son corps. Son rythme était maîtrisé, il savait ce qu'il faisait, où il allait, ce qu'elle voulait et comment l'y mener.

Elle se mit à haleter et gémir sans pouvoir s'arrêter.

— Oui…, murmura-t-elle comme il lui mordillait les seins.

Il accéléra la cadence, l'accéléra encore…

Soulevant ses jambes, haut, plus haut encore, elle les noua autour de son cou. Elle s'entendit gémir, se cambra, encore et encore, à se briser.

Et chaque parcelle de son corps explosa enfin en flammes magnifiques.

Les oreilles bourdonnantes, le cœur battant, elle reprit doucement ses esprits. Le feu qui incendiait son corps, quelques instants plus tôt, perdit de son intensité, de sa chaleur, et finit par s'éteindre, la faisant frissonner malgré elle.

Allongé sur le dos à côté d'elle, Trent reprenait lui aussi ses esprits, respirant longuement. Elle fixa les cimes des pins et, à travers les branches et les nuages, aperçut loin, très loin dans le ciel, une étoile. Elle clignotait pour elle, songea-t-elle, émue.

Elle la contempla un instant sans rien dire.

A son côté, Trent était toujours silencieux et immobile. Il avait pourtant recouvré une respiration normale maintenant. Elle attendit encore. Son étoile disparut derrière un nuage. L'humidité de la terre sous son dos la fit frissonner.

C'était normal qu'il ne parle pas, se dit-elle, le cœur brisé. Logique. Il avait gagné. Après toutes les résistances qu'elle lui avait opposées, après les contrats absurdes, les tentatives pathétiques et les demi-mesures pour l'apaiser à moitié, il était parvenu à faire tomber ses défenses, il était venu à bout de ses refus.

Il l'avait forcée à faire ce qu'elle s'était juré ne jamais faire.

Forcée ? Non, pas tout à fait. Elle l'avait voulu. Toute sa vie elle en avait rêvé. Toute sa vie elle l'avait désiré.

Elle tourna la tête de côté. Elle ne voulait pas risquer de croiser son regard, ne voulait pas le voir hausser les sourcils, l'air narquois. Elle redoutait de voir son air triomphant.

— Susannah…, dit-il enfin.

Il s'interrompit, et elle sentit qu'il prenait une longue inspiration.

— Je suis désolé, Susannah.

Elle ferma les yeux.

— Ne dis pas ça. Ne dis rien, tu veux bien ?

Il se releva sur un coude et la regarda.

— Ecoute, je sais que tu ne…

— Non ! Je t'en prie, ne dis rien, répéta-t-elle.

— J'aimerais bien que l'on parle, pourtant.

Ne sachant ni que dire ni que faire, elle se leva.

— C'est arrivé comme ça. C'est tout. Tu as gagné. Bravo. Il n'y a rien à ajouter, dit-elle très vite.

Espérant qu'il ne la regardait pas, elle ramassa ses vêtements et se rhabilla. Puis elle lissa ses cheveux. Quelques aiguilles de pin s'étaient fichées dedans. Elle les arracha, ce qui la fit grimacer, puis essuya ses mains sur son pantalon que l'herbe avait taché de vert.

Alors, sans même lui jeter un regard, elle disparut dans la nuit qui était maintenant bien avancée.

*
* *

Elle passa cette nuit-là dans un hôtel d'Austin. Elle n'avait jamais fui devant une difficulté, un défi, une menace, ou un homme, son grand-père y compris, mais ce soir, elle avait fui, et elle n'en éprouvait aucune honte.

Elle ne fuyait pas uniquement parce qu'elle avait perdu la bataille contre Trent ni parce qu'elle lui avait laissé voir qu'elle le désirait physiquement, après onze années de solitude, d'absence, de colère…

Non. Elle fuyait parce qu'elle avait pris conscience qu'elle l'aimait toujours.

S'en était-il rendu compte, lui qui se rendait toujours compte de tout ? se demanda-t-elle.

A l'hôtel, elle commença par prendre une douche pour effacer toute trace de ses caresses et de son corps sur sa peau.

Mais cela ne l'apaisa pas, bien au contraire.

Enroulée dans une serviette rugueuse, elle s'assit au bord du lit et resta là une bonne partie de la nuit, puis elle s'adossa contre l'oreiller et réfléchit. Impossible de penser à autre chose qu'à ce qu'elle avait fait.

Comment pouvait-on être aussi fortement soumise à une passion ? Pourquoi cette passion était-elle aussi intense, folle, irraisonnée, aussi impossible à combattre ?

Le décès tragique de Paul n'avait pas détruit cet amour. Pas plus que le brusque départ de Trent et sa longue absence qui l'avaient laissée seule et désespérée. Il n'était pas mort non plus quand Trent avait épousé une autre femme. Son indifférence, ses sarcasmes, ses démonstrations de pouvoir, rien de tout cela ne l'avait tué.

Si son amour pour lui avait survécu à tout cela, elle était perdue, condamnée à une vie de misère sentimentale. Elle traînerait un espoir vain tout le restant de ses jours. Un vide immense que rien ne pourrait combler. Elle resterait seule, elle vieillirait seule. Car son amour serait comme un écran entre elle et toute possibilité d'aimer.

La nuit s'étira, interminable. Quand l'aube se leva enfin, rien n'avait changé. Debout devant la fenêtre de sa chambre, elle regarda dehors. La ville se réveillait. Dans les rues d'Austin, on commençait à circuler et elle, elle avait mal partout. Elle n'avait pas éprouvé une telle solitude, un tel désarroi depuis… ?

Et brusquement elle sentit le froid s'insinuer en elle…

Aujourd'hui était le jour anniversaire de la mort de Paul.

Chapitre 13

Elle passa à Austin la plus grande partie de la matinée. Après s'être acheté une robe en soldes chez McManus, l'un des plus grands magasins de la ville, elle mit son pantalon taché d'herbe dans le sac de la robe et le jeta d'un geste de colère dans le coffre de sa voiture. Mal dans sa tête, dans son corps, elle trompa son angoisse en faisant du shopping comme une boulimique.

Puisqu'elle était là, elle en profita pour aller demander à Superpantry s'ils avaient pris une décision concernant l'achat de ses pêches. Comme si tout le monde s'était donné le mot pour entretenir son humeur maussade, sa visite se solda par un échec. A Superpantry, ils avaient déjà acheté leur quota de pêches pour l'année.

Elle ne chercha ni à les convaincre qu'elle produisait les meilleures pêches de la région ni à les faire changer d'avis. Elle n'en avait pas la force. Ni l'envie.

Cela l'amusa presque.

La veille encore, un refus lui aurait paru aussi dramatique que la fin du monde. Aujourd'hui, cela avait glissé sur elle comme de l'eau sur les plumes d'un canard.

Elle appela Nikki. Acheta des outils neufs. Se renseigna sur de nouveaux seaux pour la cueillette des pêches. Finalement, à court de prétextes pour repousser le moment de rentrer chez elle, elle regagna sa voiture et reprit la direction d'Everly.

Trent n'était pas là quand elle arriva. Il devait être au Double C. Il avait un peu laissé tomber Chase, ces temps derniers, pour se consacrer à Everly, mais il ne fallait pas qu'il néglige son vrai travail.

En plus il ne devait pas tellement tenir à la voir.

La maison était calme. Du courrier l'attendait, elle y jeta un coup d'œil dégoûté.

— Que des factures, grogna-t-elle.

Elle ouvrit le réfrigérateur mais rien ne lui plaisait. Il ne contenait que des pêches, des pêches et encore des pêches. Sous une forme ou sous une autre. Elle en avait par-dessus la tête, des pêches !

Ne sachant que faire, elle décida de prendre une autre douche. Ses cheveux devaient encore sentir la résine des aiguilles de pin, et la terre, et les herbes mouillées par la pluie. Sans compter que Trent sentait la sueur…

Elle respira lentement mais sentit toutefois son cœur s'emballer. Elle revoyait Trent allant et venant en elle, sentait son sexe chaud et dur fouiller son intimité avec une rage presque désespérée…

C'était insupportable.

Elle monta l'escalier qui menait au premier étage et se dirigea vers sa chambre. Elle était fourbue. A croire que les efforts fournis ces dernières semaines pour cueillir les pêches l'avaient meurtrie jusqu'aux os. C'était tout juste si elle pouvait encore bouger.

Son lit était fait, bien net, avec sa housse de couette gonflée de plumes que les rayons de soleil zébraient de jaune. Elle fronça les sourcils en apercevant un morceau de papier posé sur l'oreiller.

Bizarrement elle pensa tout de suite aux graffitis qu'une main odieuse avait écrits sur le mur de la maison de Trent. Glacée, elle frissonna. Cela avait-il un rapport avec l'anniversaire de la mort de Paul ?

Elle se mit à trembler. Non, c'était ridicule de se mettre dans cet état.

Elle prit la feuille de papier. C'était un courriel adressé à Trent et qu'il avait imprimé. En haut, il y avait les coordonnées de l'expéditeur. Il s'agissait d'une certaine Catherine Overland, de Fresh Olive Markets, à San Antonio, une société dont Susannah n'avait jamais entendu parler.

Apparemment, cette Catherine Overland se disait prête à s'entretenir avec Susannah Everly de ses pêches, si elles étaient véritablement de la qualité que Trent lui avait vantée. Non, elle n'avait pas encore signé avec d'autres producteurs, et il était possible, compte tenu du nombre de magasins à approvisionner, qu'elle ait besoin de toute la production du ranch Everly si Mme Everly et elle se mettaient d'accord sur les conditions.

Suivait un numéro de téléphone où la joindre. Elle ajoutait qu'elle attendait son appel.

N'en croyant pas ses yeux, Susannah relut plusieurs fois le message. Elle pensait qu'elle avait exploré toutes les pistes pour écouler sa production, et franchement, n'avait pas imaginé une seule seconde que Trent se donnerait tant de mal pour elle.

Et peut-être même avait-il réussi un miracle.

Au bas de la feuille, sous le texte imprimé, Trent avait écrit de son écriture en pattes de mouche :

« Dis-moi si tu es d'accord. Ne te fatigue pas trop aujourd'hui.

T. »

Et puis, dessous encore, comme s'il avait cédé à une pulsion, il avait ajouté :

« Personne n'a gagné, Susannah. Il faut d'abord que l'on se parle. »

— Sûrement, murmura-t-elle, mais pas maintenant.

Elle voulait laisser un peu de temps s'écouler. Réfléchir. Ou oublier.

Elle décida d'appeler Catherine Overland.

Celle-ci décrocha tout de suite, ce qui l'étonna. Une femme avec de telles responsabilités devait être très occupée. La propriétaire de Fresh Olive Markets semblait vraiment intéressée par la production d'Everly. En réalité, elle était même très impatiente. Si impatiente, d'ailleurs, qu'elles prirent rendez-vous pour se rencontrer dès le lendemain afin de négocier directement.

Cela ressemblait à un rêve. A un conte de fées. Susannah essaya de ne pas s'emballer. Une négociation n'était pas un contrat signé, même si Catherine Overland avait déjà avancé des chiffres et des dates de livraison.

Pendant quelques minutes elle resta assise au bord de son lit. Le soleil qui entrait par la fenêtre lui chauffait le dos, caresse sensuelle à souhait, bonheur simple et réconfortant.

Elle fixa son téléphone portable qu'elle serrait encore dans sa main comme pour se convaincre qu'elle avait bien pris rendez-vous pour négocier un gros marché qui sauverait Everly de la faillite.

Il fallait qu'elle téléphone à Trent. Qu'elle le remercie.

« Tout compte fait, se dit-elle, un courriel serait peut-être aussi bien. »

Non ! Les courriels, c'était l'expression des lâches, de ceux qui n'osent pas dire en face ce qu'ils ont à dire. La langue des peureux, des fuyards. Un moyen de s'en sortir sans affronter les autres.

Lentement, elle composa le numéro de son téléphone portable et attendit, retenant son souffle. La chance était de son côté. Son appel bascula sur la boîte vocale après la cinquième sonnerie.

— Ouf! soupira-t-elle en souriant presque.

« Trent Maxwell. Je ne suis pas disponible pour l'instant mais si vous me laissez un message, je vous rappellerai. »

Quel ton ! Courtois mais sec. Un véritable homme d'affaires. Cela aurait dû être plus facile pour elle et pourtant…

Elle inspira profondément et se lança :

— Bonjour, Trent. Je voulais te dire que j'avais trouvé ton mot sur mon oreiller. Je viens d'avoir Catherine Overland au téléphone. Elle a l'air intéressée. On doit se rencontrer demain. Merci beaucoup de t'en être occupé. Salut.

C'était peut-être un peu bref, un peu sec, et ses remerciements un peu maigres compte tenu du service rendu. Elle aurait pu se montrer plus enthousiaste. Plus chaleureuse.

Elle hésita trente secondes et décida de recommencer.

— Allô, Trent ? C'est Susannah. Je ne m'attendais pas à un rebondissement pareil pour les pêches. C'est génial ! Mille fois merci. Je suis aux anges.

Voilà, c'était nettement mieux. Mais elle n'avait pas parlé de son post-scriptum… Elle aurait peut-être dû ? Mais que lui dire ?

Elle réfléchit et, finalement, raccrocha.

Elle allait prendre une douche ; cela lui permettrait de se changer les idées.

Elle resta sous le jet deux fois plus longtemps qu'à l'accoutumée. Quand elle en sortit, les joues rouges, elle s'entortilla dans une serviette, se sécha succinctement et passa sa sortie de bain en éponge. Elle s'entortilla une serviette sèche autour de la tête et machinalement, se dirigea vers la fenêtre de sa chambre.

Elle aperçut la camionnette de Chase garée devant le perron.

Presque aussitôt elle entendit un bruit en bas, ce qui l'étonna. D'ordinaire, Chase ne se permettait pas d'entrer chez elle comme ça.

— Susannah ? Susannah ?

Elle entendit des pas précipités dans l'escalier. Quelque chose de grave avait dû arriver.

Elle se précipita hors de sa chambre et se trouva nez à nez avec Chase.

— Ah ! Tu es là ! s'exclama-t-il, visiblement soulagé.

Et soudain, furieux, il la prit par les épaules et la secoua.

— Mais qu'est-ce que tu fabriquais, bon sang ? Tu veux me tuer ou quoi ? Ta voiture est dehors, tu n'ouvres pas la porte quand on frappe et tu ne décroches pas le téléphone ! Tu le fais exprès ou quoi ? Et où étais-tu cette nuit ? Tu n'as pas pensé que l'on pouvait s'inquiéter ?

Suffoquée, elle posa la main sur sa poitrine et le repoussa gentiment.

— Dis donc, Chase, d'abord je découche quand je veux sans forcément te tenir au courant, et ensuite depuis quand dois-je te prévenir quand je prends une douche ?

— Aujourd'hui, c'est particulier. Tu te rappelles quel jour on est ?

— Evidemment !

Elle resserra la ceinture de sa sortie de bain.

— Je ne sais pas ce qui se passe cette année, dit-elle, mais tout le monde a l'air plus crispé que d'habitude à cause de cet anniversaire. C'est parce que la maison de Trent a été vandalisée ?

Chase marmonna quelque chose d'incompréhensible, ce qui la surprit. Chase était un homme d'ordinaire rayonnant qui voyait toujours le bon côté des choses.

Elle ne lui avait jamais vu ce visage renfermé. Elle s'inquiéta.

— Qu'est-ce qui se passe, Chase ?

Se rappelant brusquement l'attitude crispée de Trent quand elle était arrivée dans le bois, hier soir, elle insista :

— Parle, bon sang !

Hier soir, elle avait trouvé Trent étrange. Ce n'était pas le Trent des grands jours. Il semblait sur ses gardes, comme s'il s'attendait à une mauvaise nouvelle ou à un ennui.

— Ce qui se passe ? répéta Chase. Trent ne t'a pas dit ?

— Non. Dis-moi, il est encore arrivé une catastrophe ?

— Il ne t'a rien dit ? insista-t-il.

— Je te dis que non ! Tu vas parler ou non ?

Il hésita.

— Il ne voulait peut-être pas te…

Inquiet, il jeta un coup d'œil en haut de l'escalier.

— Je n'ai pas vu sa voiture dehors, dit-il. Il est là ou il est déjà reparti ?

— Non, il n'est pas là. Je croyais qu'il était au Double C. Il ne travaille pas avec toi, aujourd'hui ?

— Si, il était là mais il y a une heure, il a dit qu'il revenait ici. Il voulait voir si tu étais rentrée. C'est vraiment moche ce que tu as fait hier soir, soit dit en passant. Disparaître sans dire où tu allais, sans laisser un mot. C'est bête et méchant. Et indigne de toi. Tu aurais pu dire à quelqu'un que tu partais et où tu allais.

Franchement, ce n'est pas malin d'inquiéter tout le monde !

Il avait raison. Mais elle n'avait aucune envie de le reconnaître.

— C'est comme ça, marmonna-t-elle néanmoins. Mais ce qui est fait est fait.

— Un peu facile, Susannah.

— Je sais mais c'est que… c'est qu'il… que nous…

Elle essaya de lire sur le visage de Chase pour tenter de deviner ce qu'il savait réellement, mais il était impénétrable.

— T'a-t-il dit ce qui s'était passé hier soir ? s'enquit-elle d'une petite voix.

— Oui et non. Il ne m'a donné aucun détail. Il m'a simplement dit que tu étais folle furieuse et qu'il t'avait proprement envoyée balader.

Oui, on pouvait voir ça comme ça.

— Il t'a parlé de Missy Snowdown ? demanda-t-elle.

— Il n'en a pas eu besoin. J'étais là. La pauvre fille ! Si tu l'avais vue ! C'est triste. Excuse-moi de parler d'elle de cette façon et de m'apitoyer, je sais que tu la détestes, mais elle était complètement soûle et très excitée.

Mais Susannah ne l'écoutait plus qu'à moitié. Que Missy soit excitée, ce n'était pas un scoop, ni qu'elle soit ivre. En revanche, la première partie de la phrase de Chase l'intriguait.

— Qu'est-ce que tu veux dire par « j'étais là » ? voulut-elle savoir.

— Tout simplement que j'étais là. Quand Missy est

arrivée au bureau de Trent, complètement ivre, il m'a envoyé un SOS désespéré. J'ai réussi à calmer Missy et je l'ai raccompagnée chez elle. Tu l'aurais vue, elle s'est même excusée de son attitude. Un scoop !

Repensant sans doute à la scène dont il avait été le témoin involontaire, il se mit à rire mais retrouva vite son sérieux.

— Attends un peu, Susannah… Tu ne t'es quand même pas imaginé que…

Elle croisa les bras sur sa poitrine et ne répondit pas.

Si, *elle s'était imaginé que*, justement ! Et elle se sentait à présent ridicule. Et Chase la regardait avec un regard de juge prêt à sermonner un voleur à la tire pris en flagrant délit.

— Ne me dis pas que Trent et toi vous êtes disputés à cause d'elle ? grommela-t-il. Tu perds la tête ou quoi ? Missy Snowdown ! Non, je rêve ! Ma pauvre Susannah, à quoi tu penses !

— Ce… ce ne serait pas la première fois ! lança-t-elle, vexée. Trent l'a embrassée, Chase. Nell Bollinger les a vus et elle m'a téléphoné pour me le dire. Elle estimait qu'il fallait que je le sache.

— Nell Bollinger aurait mieux fait de tourner sa langue sept fois dans sa bouche avant de décrocher son téléphone ! C'est une sale bonne femme qui fourre son long nez partout et qui n'y voit pas toujours très clair. Une puritaine qui ferait mieux de s'occuper de ses affaires que des affaires des gens qui ne lui demandent rien. S'il y a eu des baisers, c'est Missy qui s'est jetée sur Trent, et pas l'inverse. Elle était complètement ivre, elle ne savait plus ce qu'elle disait et encore moins ce qu'elle faisait. Trent l'a aussitôt repoussée et… Et je me demande pourquoi j'essaie de t'expliquer tout ça ! Tu es bornée !

Il se passa la main dans les cheveux, visiblement déçu qu'elle se soit laissé abuser de la sorte.

— Très franchement, Susannah, tu devrais commencer à savoir qui est Trent.

— Justement !

— Ne parle pas comme ça de lui. Trent n'est ni un menteur ni un tricheur. Je sais qu'il t'a trompée autrefois mais c'est vieux ça. Onze ans, Susannah. L'eau a coulé sous les ponts depuis. Laisse toutes ces âneries de côté maintenant et…

— Parce que tu appelles cela des *âneries* ? Pas moi !

— Appelle cela comme tu voudras. Tout ce que je te demande c'est d'oublier. De pardonner. Onze ans ! On a tous changé depuis. On n'est plus les mêmes. Toi non plus, que tu le veuilles ou non.

— Moi je n'ai…

— Si ! Même toi ! *Surtout* toi, Susannah. Trent est un homme aujourd'hui, ce n'est plus un gamin. Il était immature à l'époque et, pour ne rien arranger, il n'avait pas confiance en lui. Il n'est plus comme ça aujourd'hui. Il faut que tu te réveilles, que tu te secoues et que tu comprennes avec qui tu es mariée. Avant qu'il ne soit trop tard.

Les paroles de Chase lui firent l'effet d'une douche froide.

Elle le regarda, les yeux humides. Chase était son ami depuis toujours, depuis plus longtemps que Trent, même. Il ne lui avait jamais menti. Elle avait confiance en lui.

Et elle ne demandait qu'à le croire.

Elle ferma les yeux un instant et respira lentement.

Chase avait raison.

Elle le croyait. Oui, elle le croyait. Vraiment.

Elle ne pensait pas réellement que le Trent d'aujourd'hui puisse être menteur ou infidèle. C'était un homme intelligent et honnête. Et même si elle avait du mal à le reconnaître, elle devait admettre qu'elle ne l'avait pas choisi comme mari par hasard. Elle l'avait choisi parce qu'elle était convaincue que, de tous les hommes susceptibles de remplir ce rôle, c'était le seul en qui elle avait confiance après Chase, le seul qui la traiterait décemment.

Elle l'avait choisi aussi parce que dans le fond de son cœur, elle l'aimait toujours, le désirait comme au premier jour, se languissait de devenir un jour sa femme, même pour une année seulement.

Pourquoi n'avait-elle pas voulu ouvrir les yeux avant ? Pourquoi ces œillères ? Finalement, la seule personne en laquelle elle n'avait pas confiance, c'était elle.

Elle pensait ne pas être une femme digne de Trent.

Et si elle craignait tant qu'il la trompe aujourd'hui, c'était pour la même raison qu'autrefois : parce qu'elle ne se croyait pas capable de le satisfaire.

Lui faire endosser tous les torts possibles et imaginables

était plus facile que de se remettre en cause et de mettre à plat tous ses défauts.

Elle dénoua la serviette qu'elle avait enroulée autour de ses cheveux et les laissa retomber sur ses épaules. Un jour, elle dirait tout cela à Trent, du moins l'espérait-elle. Mais pour l'instant, il y avait plus urgent.

— Chase, tu m'as bien dit que Trent a quitté le Double C il y a une heure pour venir ici ?

Il hocha la tête et sortit son téléphone mobile de sa poche.

— Trent, peux-tu me rappeler ? Susannah va bien mais c'est toi qui as disparu maintenant et on se fait du souci. Rassure-nous, dis-moi où tu es.

Le cœur de Susannah battait à tout rompre quand il raccrocha.

— Il est encore sur messagerie ? s'enquit-elle.

— Oui, et je n'aime pas ça. Trent est quelqu'un qui décroche toujours, où qu'il soit et quoi qu'il fasse. Il a peut-être eu une urgence. Bon Dieu ! Je n'aime pas ça. As-tu idée d'un endroit où il peut être ?

— Non, il ne me dit pas grand-chose, tu sais. Il s'absente quelquefois pendant les week-ends, mais il ne me dit jamais où il va.

— Il va chez Peggy. Presque tous les week-ends il va bricoler chez elle. Il l'aide. Il y a toujours plein de choses à faire dans une maison. Mais je ne pense pas que ce soit là qu'il soit allé aujourd'hui.

— Tu parles de Peggy Archer ? Trent va tous les week-ends chez Peggy Archer ? Mais tu délires !

Chase pencha la tête de côté et la fixa un instant,

les yeux plissés comme s'il scrutait le visage d'une inconnue.

— Comment ? Mais vous ne vous parlez donc jamais, tous les deux ? Je comprends maintenant que tu ne saches pas quel homme il est !

Il remit son téléphone dans sa poche et se dirigea vers l'escalier qu'il descendit lentement, en silence. Arrivé en bas, il s'arrêta et se retourna pour la regarder.

— Susannah, Trent est parti une fois parce que tu refusais de lui pardonner. Je sais que ce n'était pas facile pour toi, mais as-tu pensé à ce que son départ nous a fait, à nous ? Tu sais combien on l'aimait. On a été privés de lui pendant des années et maintenant… Non, Susannah. S'il est de nouveau parti à cause de toi…

Il laissa sa phrase en suspens. Il était inutile de poursuivre.

Elle avait compris.

— On va le trouver, dit-elle. Et surtout, si tu le retrouves avant moi, laisse-lui un message de ma part, s'il te plaît.

— Oui. Lequel ?

— Dis-lui que je suis prête à discuter.

La demi-heure de route jusqu'à chez Peggy Archer à Darlonsville parut interminable à Susannah. Elle avait gardé son téléphone sur les genoux et alternait les appels chez Peggy ou sur le portable de Trent. Mais, chaque fois, elle tombait sur sa boîte vocale.

Elle reçut un appel de Chase. Les nouvelles étaient

inquiétantes. Il était allé partout, avait fouillé tous les coins et recoins, Trent restait introuvable. Chase s'était même rendu au cimetière, sur la tombe de Paul, mais il n'était pas là non plus, et il était difficile de dire si quelqu'un y était venu ou pas. Le plus angoissant, c'est qu'il ne rappelait pas.

Quand enfin elle se gara devant une petite maison blanche, elle laissa le moteur tourner tandis qu'elle vérifiait l'adresse.

Elle n'avait encore jamais vu la nouvelle maison de Peggy, et elle lui sembla bien modeste pour une femme qui avait présidé, autrefois, à la destinée d'une demeure de près de deux mille mètres carrés plantée au cœur d'un ranch de cinq mille hectares.

Peggy n'avait-elle pas été dédommagée lors de son divorce ? Ne recevait-elle aucune pension alimentaire ? Harrison en avait largement les moyens pourtant.

Susannah resta un long moment à contempler la maison, retardant le moment d'entrer. Bien sûr qu'elle était devant la maison de Peggy. Une Honda or métallisée était stationnée sous un préau et si ce n'était pas celle de Peggy, quelle coïncidence !

La vérité, c'est qu'elle redoutait d'affronter Peggy. Mais s'il y avait la moindre chance pour qu'elle sache où pouvait se trouver Trent…

Elle coupa le moteur et, prenant son courage à deux mains, grimpa les marches du perron et frappa à la porte.

Comme personne ne venait ouvrir, elle se demanda si Peggy ouvrait quelquefois ou si, aujourd'hui, elle avait décidé qu'elle n'ouvrirait pas. A moins qu'elle ne soit vraiment pas là puisqu'elle n'avait pas non plus décroché le téléphone. Peut-être était-elle sortie avec une amie, dans une autre voiture ?

Susannah eut un moment de panique. Son cœur cognait très fort dans sa poitrine. Où pouvait-elle aller maintenant ?

A cet instant, comme par miracle, la porte s'ouvrit sur Peggy. Cette dernière avait l'air très fatiguée, et ses cheveux avaient grand besoin d'une sérieuse coupe et d'un brushing. Elle avait les yeux cernés, les paupières gonflées. Elle avait dû pleurer, ce qui était inhabituel.

Susannah se dit qu'elle-même ne devait pas avoir meilleure mine. Elle était sortie les cheveux encore mouillés, pas maquillée, et elle avait passé le premier T-shirt et le premier jean qui lui étaient tombés sous la main.

— Madame Archer, je suis désolée de vous ennuyer mais est-ce que, par hasard, vous auriez vu ou parlé à Trent aujourd'hui ?

Peggy la regarda fixement sans répondre. Le silence ne dura sûrement pas plus de quelques secondes, assez cependant pour la déstabiliser.

— Trent me téléphone toujours le jour anniversaire de la mort de Paul, dit-elle lentement.

Peggy parlait avec difficulté, comme si elle était sous l'effet de somnifères ou d'antidépresseurs. Elle semblait avoir les paupières tellement lourdes…

— Toujours. Le matin à la première heure, précisa-t-elle.

Autrement dit, plus qu'elle ne l'avait fait, pensa Susannah, qui prit cela comme un reproche. C'était curieux. Bien qu'elle ait toujours reproché à Trent de s'être sauvé pour mettre de la distance entre lui et le drame qu'ils avaient vécu, c'était en fait elle qui avait fui.

Bien sûr elle était restée à Eastcreek, mais émotionnellement, elle s'était retranchée dans la forteresse de glace qu'elle avait dressée dans son cœur pour se protéger. Elle n'avait partagé aucun sentiment, aucune émotion avec personne, elle avait pleuré Paul mais seulement en face d'elle-même. Toute seule. Son chagrin lui appartenait.

Trent, lui, avait trouvé le courage de sortir de lui-même, d'extérioriser sa peine. Et partager un chagrin était loin d'être un acte d'égoïste.

— Et depuis son coup de téléphone, vous n'avez pas eu de nouvelles de lui ? voulut-elle savoir.

— Non. Maintenant, si tu veux bien m'excuser…

— S'il vous plaît, madame Archer, encore une minute. Je me fais du souci pour Trent. Chase aussi. Nous ne savons pas où il est et il ne répond pas au téléphone. Nous sommes très inquiets.

Les coins des lèvres de Peggy Archer se relevèrent en un rictus sardonique.

— Il n'a peut-être pas envie de te parler…

Qu'avait bien pu lui dire Trent à propos de leur mariage ? se demanda Susannah. A bien y réfléchir, il n'avait pas pu lui dire grand-chose de très flatteur.

— C'est possible, laissa-t-elle tomber. Mais il ne répond pas non plus à Chase, et il s'est passé des choses bizarres ces temps derniers. Je suis… je suis inquiète.

Le visage de Peggy se durcit.

— Quel genre de choses ? demanda-t-elle.

— Rien d'extraordinaire en fait, rien qui ne puisse avoir une explication logique. Il a été victime d'un accident alors qu'il travaillait à Everly, une échelle qui s'est brisée. Cela ne m'aurait pas interpellée si, il y a deux jours, quelqu'un n'avait tagué le mot « assassin » sur le mur de sa maison. Chase m'a dit aussi que Trent avait trouvé une vipère cuivrée sous son bureau.

A l'énoncé de tous ces événements, elle frissonna. Le tout mis bout à bout n'était pas vraiment rassurant, à bien y réfléchir.

— Ce ne sont peut-être que des coïncidences, mais avouez tout de même que c'est assez troublant, ajouta-t-elle.

— Seigneur ! s'exclama Peggy en s'appuyant au chambranle de la porte. Seigneur Dieu ! Je l'aurais juré…

— Quoi, madame Archer ? Quoi donc ?

Peggy lâcha le montant de la porte et entra dans la maison.

— Entre, Susannah, entre ! Il faut qu'on téléphone tout de suite.

Affolée, Susannah suivit Peggy.

Arrivée dans la cuisine, cette dernière saisit un téléphone sans fil et composa un numéro à toute allure.

— Qui appelez-vous, madame Archer ? Vous savez où est Trent ?

— J'espère me tromper, répondit Peggy d'une voix grave.

Le premier numéro ne répondant pas, elle en essaya un deuxième puis, visiblement paniquée, un troisième. A l'autre bout de la ligne, quelqu'un décrocha enfin.

— Nora ? C'est Peggy. Pourrais-je parler à Harrison ? Et où est-il ? Très exactement ? Ah bon. Et cela fait combien de temps qu'il est parti ? J'ai besoin de savoir, Nora. C'est important. Pourquoi ? Parce que c'est l'anniversaire de la mort de Paul aujourd'hui et qu'il a eu un comportement bizarre ces temps-ci. J'aimerais être sûre qu'il ne va pas faire quelque chose de stupide.

L'angoisse qui étreignait Susannah décupla. Que savait Peggy de Harrison pour être si sûre que ce soit chez lui qu'il fallait téléphoner ? Et que lui racontait Nora maintenant pour que son visage pâlisse de la sorte au fur et à mesure ?

— Seigneur..., murmura Peggy d'une voix blanche.

— Peggy, qu'est-ce qui se passe ? demanda Susannah, de plus en plus affolée.

— Seigneur ! répéta encore une fois Peggy. Mon Dieu ! Nora, je suis désolée. Vraiment.

Nora continua de parler car Peggy se tut de nouveau.

Susannah vit de grosses larmes couler sur ses joues, des larmes discrètes, silencieuses.

— C'est bon, Nora, écoutez-moi. Voilà ce que je vous demande de faire. Vous allez appeler Harrison sur son portable. Même s'il ne répond pas, continuez d'appeler. Peut-être que, comme ça, il se rappellera que vous existez vous aussi. On se tient au courant, d'accord ?

Au comble de l'angoisse, Susannah commença à manquer d'air. Tournant la tête vers la fenêtre, elle remarqua la présence d'un coq en porcelaine bleu et blanc sur une étagère. Elle se souvenait très bien de ce coq, il était déjà dans la maison quand elle allait jouer avec Paul au ranch. A part ce bibelot, elle ne reconnaissait aucun objet de l'ancienne demeure.

Un jour, ils avaient environ dix ans, Paul avait pris un des fusils de son père et visé le coq en faisant semblant de le tuer. Sans savoir pourquoi, Susannah se mit à trembler comme si ce souvenir lui faisait peur.

Soudain, alors qu'elle ne cherchait pas à comprendre, l'explication surgit. Ce n'était pas le coq qui lui avait fait peur, mais le fusil.

— Non, Nora, poursuivit Peggy. Je ne peux pas affirmer formellement qu'il est allé là-bas mais ce n'est pas impossible.

Peggy se tut un instant et hocha la tête.

— Oui, un pressentiment. Quelque chose me dit qu'il doit être là.

Elle lissa ses sourcils d'une main tremblante, mais sa voix était ferme. Sans doute voulait-elle éviter d'alarmer davantage Nora ?

— Oui, je pense qu'il sera allé à l'étang, à la piscine comme ils disaient... Non, je sais, vous ne savez pas où c'est. C'est un endroit où il allait pêcher avec Paul. Non, je ne tiens pas à ce que vous y alliez. Si vous êtes chez votre mère, vous êtes beaucoup trop loin, de toute manière. Appelez-le sur son portable. Susannah et moi allons aller voir à la piscine.

Susannah empoigna son sac et farfouilla dedans pour prendre ses clés. Elle en avait assez d'attendre sans rien faire. Il fallait qu'elle bouge. Peggy avait parlé d'aller à Green Fern Pool. Elles allaient s'y rendre. Trent y était ; elle le pressentait. Ce qu'il y faisait, elle n'en savait rien. Mais il ne lui disait pas tout. Comme Chase le lui avait si bien fait remarquer tout à l'heure, Trent et elle ne se parlaient pas. Elle ne le connaissait pas ; elle ne connaissait pas l'homme qu'il était devenu et continuait à le juger comme l'adolescent qu'il avait été.

Peggy raccrocha enfin et se tourna vers elle, les larmes aux yeux.

— Que se passe-t-il, Peggy ? Qu'est-il arrivé ? Pourquoi pleurez-vous ?

— Harrison va mourir, dit-elle dans un souffle. Nora vient de m'annoncer qu'il avait un cancer du pancréas. Il n'y a rien à faire. Il est condamné. Les médecins lui ont dit qu'il lui restait quelques semaines à vivre. Il n'ira pas…

Sa voix se brisa.

— Il n'ira pas jusqu'au prochain anniversaire de Paul.

Abasourdie, Susannah essaya de digérer la nouvelle. C'était injuste. Peggy ne méritait pas ça.

— Je suis désolée, madame Archer, dit-elle, consciente de la futilité de ses condoléances.

Mais le chagrin de Peggy l'intriguait.

Après avoir été malheureuse une partie de sa vie auprès d'un mari difficile, après avoir été abandonnée, comment pouvait-elle s'apitoyer à ce point sur son sort ?

Susannah n'était pas particulièrement insensible mais elle ne comprenait pas. L'amour avait des facettes cachées qu'elle ne connaissait visiblement pas.

A moins que ce chagrin cache autre chose… Quelque chose qui avait un lien avec Trent…

— Il faut que nous allions à Green Fern Pool, décréta Peggy.

— Je vais conduire, proposa Susannah. Expliquez-moi quelque chose, madame Archer, parce que je ne comprends pas. En quoi le fait que Harrison soit malade concerne-t-il Trent ?

Peggy plongea son regard dans le sien, et Susannah vit qu'elle avait déjà repris ses esprits.

— En quoi ? Je vais te le dire. Tu sais sûrement que Harrison n'a jamais pardonné à Trent et qu'il a toujours dit qu'il lui ferait payer pour la mort de Paul. Toute sa vie, il s'est juré de se venger un jour.

Non, Susannah ne savait pas. Elle croyait même que Harrison s'était très vite remis et que, dorénavant, il n'y avait plus que sa nouvelle famille qui comptait pour lui. Mais apparemment, elle s'était trompée.

— Il y a autre chose que je ne comprends pas, madame Archer. Si votre mari voulait se venger de Trent, pourquoi avoir attendu si longtemps ? Et pourquoi avoir attendu aujourd'hui en particulier ?

— Tu ne vois pas ? C'est le jour que Harrison attendait.

— Le jour ?

— Oui. *Le* jour. Il n'a plus rien à attendre de la vie. Il n'a plus rien à perdre.

Chapitre 14

Green Fern Pool était probablement le plus bel endroit d'Eastcreek, mais il était si bien dissimulé dans la verdure, si secret, que même les habitants de la région ne le fréquentaient pas.

Géographiquement, il se trouvait sur le Double C, en limite du ranch, à un endroit si reculé que l'on avait l'impression d'être à des années-lumière du monde réel lorsqu'on y pénétrait.

Il se présentait comme une enclave dans les méandres de Clayton Creek. Ce ruisseau, à cet endroit de son cours, contournait la propriété pour ressortir quelque dix mètres plus bas où il formait une pièce d'eau, la fameuse piscine, avant de ressortir et de reprendre sa course paresseuse vers le comté voisin.

Il était presque impossible de s'y rendre en voiture. Les Fugitive Four y allaient à pied, en général à partir de chez Chase, mais c'était une longue balade. Aujourd'hui, ignorant si le temps pressait, Susannah décida de ne pas traîner en y allant à pied. Elle prit donc le raccourci qui passait près de l'endroit où elle avait changé le pneu de Peggy.

— Le jour où vous m'avez dit que vous me surveilliez, madame Archer…

— Je surveillais Harrison, la coupa Peggy. Il me faisait peur. Je savais qu'il n'allait pas bien. Et je savais qu'il te suivait.

Susannah sentit un long frisson la parcourir. Harrison la suivait ? Et Peggy n'avait alerté personne ?

— Vous le saviez depuis longtemps ? demanda-t-elle.

— Enfin, je ne le savais pas vraiment.

Peggy ferma les yeux et passa une main lasse sur son front.

— Je m'en doutais juste, poursuivit-elle. Je n'avais aucune preuve. Mais maintenant j'ai peur. Ça, je le sais. Et j'espère que je me suis trompée.

Susannah ne pouvait que la comprendre. En venant ici, elles avaient toutes les deux essayé de se convaincre mutuellement que leur peur était infondée, que Trent était seulement en colère et qu'il s'était un peu éloigné pour qu'on le laisse tranquille.

Susannah avait téléphoné à Chase, mais son appel avait aussitôt basculé sur sa boîte vocale comme s'il était déjà en ligne. Elle avait laissé un message bref, dans lequel elle disait simplement que Harrison était gravement malade et que Peggy et elle allaient à Green Fern Pool pour voir…

Le connaissant, elle était certaine qu'il lirait entre les lignes et viendrait les rejoindre le plus vite possible.

S'il avait retrouvé Trent, ils s'y retrouveraient tous. Et plus tard, beaucoup plus tard, ils repenseraient à cet épisode en se moquant d'eux-mêmes. Oui, c'était comme cela que ça allait se passer.

Peut-être qu'en croyant très fort à une fin joyeuse, l'histoire se terminerait bien ?

Elle se tourna vers Peggy.

— Quand on sera arrivées, je partirai devant vous parce que je marche plus vite. Vous n'aurez qu'à me rejoindre à votre rythme. Vous êtes d'accord ?

— Absolument. Et je vais même te dire une chose, j'ai tellement mal à la jambe que je crois que je vais rester à t'attendre.

Elles arrivèrent enfin. Susannah contempla un instant le chemin qui descendait vers le plan d'eau.

— Je ferais mieux d'y aller, marmonna-t-elle, soudain beaucoup moins enthousiaste.

— S'ils sont là, il n'y a que moi qui pourrai raisonner Harrison, murmura Peggy, comme pour elle-même.

Sa tristesse toucha Susannah, et elle posa sa main sur son bras.

— Ils ne seront peut-être pas là, dit-elle comme elles l'avaient répété cent fois en route.

— Harrison ne veut de mal à personne, tu sais. Il veut seulement que son chagrin cesse.

Susannah hocha la tête sans répondre. Elle descendit de voiture et se dirigea vers le sentier sablonneux, heureuse d'avoir mis des tennis, les premières chaussures qui lui étaient tombées sous la main quand elle s'était habillée.

Mais même avec des tennis, elle glissait et devait parfois se retenir aux branches pour descendre. La végétation, qui formait comme un immense paravent tout autour de la grande cuvette, l'empêchait de voir ce qui se passait en bas. Y avait-il quelqu'un ? Trent ? Trent et Harrison ?

Essayant de garder son sang-froid, elle continua de descendre. Arrivée près des hévéas noirs qui formaient ce qu'ils appelaient autrefois « la Porte du Paradis », elle glissa brusquement sur les galets et dévala la pente jusqu'en bas en poussant un cri de frayeur.

— N'approchez pas ! lança une voix masculine.

L'homme était visiblement très en colère.

— Qui que vous soyez, n'approchez pas ! répéta-t-il.

Terrorisée, Susannah s'arrêta, la main sur le cœur. La voix était altérée par l'émotion, mais elle aurait juré que c'était celle de Harrison Archer.

Refusant de se laisser impressionner, elle écarta les branches qui la gênaient et dévala les quelques mètres qui la séparaient de la pièce d'eau où elle déboucha, rouge et hors d'haleine.

Un cauchemar n'aurait pas été pire. Devant ses yeux se jouait le scénario exact qu'elle avait imaginé depuis qu'elle avait quitté Darlonsville.

A environ six mètres devant elle, debout sur un rocher, tournant le dos à l'eau, se trouvait Trent. Des rayons de soleil qui s'entrecroisaient l'éclairaient ponctuellement comme s'il avait été sur une scène, acteur d'une pièce dont il aurait été le héros.

Harrison Archer était à quelques mètres au-dessus, au bord de la falaise de calcaire. Il tenait à la main un fusil, un fusil long et noir qu'il pointait sur Trent...

— Susannah, va-t'en, dit Trent d'une voix calme.

Il tourna à moitié la tête pour la voir sans pour autant quitter Harrison des yeux.

— Il n'essaiera pas de t'arrêter, ajouta-t-il. Va-t'en.

— Non !

— Reste où tu es, Susannah ! lui ordonna Harrison sans baisser son fusil.

Elle ne fit pas un geste, pas un pas. Tout le monde à Eastcreek savait que Harrison était une fine gâchette, un chasseur aux nerfs d'acier, et qu'il détenait tous les records d'adresse au tir.

Elle avait commis une erreur en venant ici, mais il était trop tard pour faire machine arrière. Si Harrison décidait que Trent, ou elle, ou tous les deux devaient mourir aujourd'hui, elle ne voyait pas qui pouvait lui faire entendre raison.

Allons ! Elle délirait ! Personne n'allait mourir.

Il faisait trop beau pour mourir. L'eau était trop bleue, trop pure avec tous ces éclats de lumière qui clignotaient à sa surface comme des milliards de diamants à portée de la main. Il y avait aussi le vent dans les arbres, les parfums de la nature, les chants des oiseaux.

Comme en contre-chant au gazouillis d'un pinson, la sonnerie d'un portable troubla le silence.

Elle interrogea Trent du regard.

— Dans l'eau, dit-il doucement.

Elle comprit. Harrison avait jeté, ou l'avait obligé à jeter son téléphone portable dans l'eau.

C'était donc celui de Harrison qui sonnait.

C'était sans doute Nora qui suivait les instructions de Peggy à la lettre.

Harrison ne répondit pas. Mais Nora rappellerait sûrement.

Pourvu que Peggy ait bien joué, pensa Susannah. Pourvu que sa tactique soit la bonne. Rappeler à Harrison qu'un autre monde existait, un monde où des gens avaient besoin de lui et l'aimaient autant que Paul l'aimait, l'empêcherait peut-être d'appuyer sur la détente.

Quand le téléphone cessa de sonner, Harrison regarda de nouveau Trent et lui parla comme s'il reprenait la conversation là où elle avait été interrompue :

— Sais-tu de quoi nous avons parlé, la dernière fois que j'ai vu Paul ? De toi. C'est pas de l'humour, ça ? Nous étions ici, juste là où tu te trouves, et je lui ai demandé pourquoi il ne réussissait pas à avoir de meilleures notes en classe. Comme toi.

Un grognement douloureux, comme une plainte d'animal blessé, s'échappa de sa gorge.

— C'était la dernière fois que je voyais mon fils comme il était *avant*, et je lui ai dit de faire des efforts parce que je voulais qu'il soit comme toi.

Son téléphone portable sonna de nouveau.

Le cœur battant, Susannah pria pour qu'il décroche. En vain.

Quand la sonnerie s'arrêta, Harrison se mit à sangloter sans retenue.

— Va-t'en, Susannah.

La voix de Trent ne s'était pas départie de son calme, mais le ton était devenu insistant.

— Tout de suite. Va-t'en.

Elle le regarda.

— Non. Je ne te laisse pas, dit-elle d'une voix tout aussi calme.

— Taisez-vous ! s'écria Harrison.

Il respirait mal, et entre deux inspirations profondes, laissait échapper un sanglot.

— Paul… Mon fils. Mon garçon. Il est mort en pensant que je te trouvais mieux que lui.

— Mais non, Harrison, il n'a jamais pensé ça, dit Trent d'une voix douce mais ferme. Il savait que vous l'aimiez, et il vous aimait.

Mais, enfermé dans son cauchemar, Harrison ne l'entendait pas. Le téléphone portable avait recommencé à sonner et il ne répondait toujours pas, se contentant de secouer la tête de droite à gauche comme pour chasser ce bruit qui troublait sa concentration.

Il semblait avoir des difficultés à reprendre le fil de ses pensées.

— Il y a une chose dont je suis sûr aujourd'hui, Maxwell, c'est que tu n'es pas un type bien. Je pense que tu es un assassin. Tu ne mérites pas d'être heureux. Tu n'as pas le droit au bonheur. Tu ne mérites rien, d'ailleurs. Même cette balle sera trop douce pour toi. Je voudrais que tu souffres, tu m'entends ? Que tu souffres autant que mon garçon a souffert.

Le discours un peu décousu conforta Susannah dans l'idée que Harrison n'était plus dans son état normal et qu'aucun raisonnement logique ne pourrait le faire revenir à la raison.

Elle se rappela alors les longs mois où Peggy et Harrison

avaient veillé leur fils, assis à son chevet, sachant qu'il ne se remettrait jamais de ses brûlures mais refusant que les médecins débranchent les machines qui le maintenaient en vie artificiellement. Elle s'était demandé, à l'époque, comment des parents pouvaient survivre à une telle épreuve. Comment ils pouvaient rester sains de corps et d'esprit après cette effroyable expérience.

Elle savait maintenant que l'on ne s'en sortait pas indemne. Harrison était brisé, détruit.

— Monsieur Archer, l'interpella-t-elle brusquement. Paul n'est pas mort à cause de Trent. C'est ma faute. C'est à cause de moi que tout est arrivé.

— Susannah...

— C'est vrai, reprit-elle d'une voix ferme, sans tenir compte de l'intervention de Trent. C'est à cause de moi, parce que je...

Et elle parla et parla, racontant ce qui s'était passé dans ce fameux bistrot le soir du drame, ajoutant des détails du temps heureux des Fugitive Four. Elle parla longtemps d'une voix calme et douce, espérant que Harrison allait revenir à la réalité et se reprendre, qu'il allait répondre au prochain coup de fil de Nora, espérant aussi que Peggy avait eu le temps de les rejoindre, de se rendre compte de la situation et d'appeler la police.

Elle parla, et peu à peu le drame horrible qui avait coûté la vie à Paul perdit de son intensité pour ne devenir qu'un accident regrettable qui les hanterait toute leur vie, certes, mais qui ne détruirait pas d'autres vies.

— Voilà, c'est comme ça que ça s'est passé, monsieur

Archer, conclut-elle. C'est ma faute. Entièrement ma faute.

Elle s'arrêta, inquiète. Comment allait réagir Harrison? Son histoire allait peut-être avoir sur lui l'effet inverse de celui qu'elle espérait? Tout avait débuté à cause d'elle, c'était vrai, mais c'était Trent qui avait mis son poing dans la figure de Paul, provoquant une succession diabolique d'enchaînements.

Ironie du sort, seul le visage de Paul n'avait pas été touché par les flammes. Il avait donc été facile de constater qu'il avait été frappé. Le nez cassé, un œil au beurre noir…

Harrison et Peggy avaient eu le visage meurtri de leur fils sous les yeux tous les jours. Meurtri par le poing de Trent. Qu'avaient-ils ressenti alors? Comment ne pas en vouloir à Trent?

Un père pouvait-il oublier une horreur pareille? Un père pouvait-il oublier qui avait fait cela à son fils?

Harrison, qui pleurait toujours, semblait maintenant écouter. Il tenait toujours son fusil à la main mais le canon n'était plus pointé sur Trent.

— Tout est ma faute, monsieur Archer, reprit-elle. Je n'aurais pas dû chercher à me venger. J'aurais dû aller trouver Trent et lui dire en face ce que je pensais de lui au lieu de me servir de Paul… Mais je… je n'en ai pas eu le courage.

— Tu t'es servie de Paul, dit alors Harrison, articulant chaque mot comme si une nouvelle vérité venait de lui apparaître. C'est ça, tu t'es servie de lui.

Comme s'il s'éveillait d'un rêve, il releva lentement son fusil, mais cette fois, il le pointa sur Susannah.

— Tu n'es qu'une petite salope! hurla-t-il. Tu t'es servie de mon fils et tu l'as tué!

— Elle ment! intervint Trent d'une voix aussi puissante et autoritaire que celle de Harrison. Ne l'écoutez pas, tout ce qu'elle dit est faux!

Harrison dirigea de nouveau son arme sur Trent.

— Tais-toi! hurla-t-il.

— Elle n'a rien à voir dans cette histoire, Harrison, insista toutefois Trent. La bagarre, c'était entre Paul et moi. Et personne d'autre.

— Ne l'écoutez pas, monsieur Archer, intervint Susannah. Je vous…

— La ferme, vous deux!

Le téléphone de Harrison sonna une nouvelle fois. Pris entre les cris et les sonneries, Harrison sembla un instant ne plus savoir que faire.

— Vous ne croyez pas que je me moque de savoir lequel de vous deux l'a tué? lança-t-il d'une voix rauque. Il est mort, c'est tout ce que je vois. Il est mort. Mort!

Comme par miracle, il sembla reprendre ses esprits. Bien concentré, il redressa son arme, pointa le canon sur Trent, et ajusta son tir.

Susannah crut que son cœur allait s'arrêter de battre. Elle ne pouvait pas rester là, spectatrice impuissante. Elle pouvait mourir pour Trent. Elle allait peut-être mourir avec lui. L'un ou l'autre, qu'importe. Elle ne pouvait pas vivre sans lui.

Soudain une cavalcade brisa le silence lourd qui les enveloppait.

— Papa !

Ahuri, Harrison baissa aussitôt le canon de son fusil et regarda autour de lui, l'air égaré, comme si un fantôme l'avait interpellé.

— Papa !

Susannah et Trent se retournèrent.

Sean dégringolait de toute la vitesse de ses petites jambes le sentier qui menait au plan d'eau, et se précipitait vers son père.

— Papa !

Nora Archer le suivait en courant, tenant son second fils fermement par la main.

Quelques mètres derrière, Peggy surgit à son tour.

— Va-t'en, Sean, dit Harrison, la voix tellement étranglée de larmes que l'on aurait cru une langue étrangère. Tu ne peux pas comprendre. Cet homme… il a tué mon fils. Mon Paul.

Le petit garçon s'arrêta à quelques mètres de Trent, littéralement pétrifié, et regarda son père.

— Et moi, papa ? Je suis ton fils, moi aussi.

Harrison regarda l'enfant dont les cheveux roux brillaient dans le soleil. Il laissa échapper un gémissement.

Nora et Peggy s'étaient arrêtées et ne bougeaient plus, regardant Harrison comme si leur regard avait le pouvoir de lui faire entendre raison.

Sarah, elle, ne quittait pas Trent des yeux.

Plusieurs minutes s'écoulèrent dans un silence pesant.

— Sean, murmura enfin Harrison.

Un courant de vent chaud agita les arbres et caressa les joues de Susannah. Elle se rendit compte alors qu'elle pleurait.

Au loin, des sirènes se mirent à hurler.

Harrison baissa la tête. Son fusil glissa de ses mains, rebondit sur le muret de pierre et, dans un mélange d'éclats de lumière et de bruit de métal, dévala la pente jusqu'au plan d'eau.

Chapitre 15

Raconter cette histoire tragique au shérif et la démêler prit beaucoup plus de temps que Trent ne l'aurait cru.

Harrison admettait tout. Il expliqua qu'il avait engagé Stephen Breslin pour vandaliser le cottage mais que Trent l'ayant licencié, il avait dû déposer lui-même le serpent dans son bureau.

Il venait d'apprendre qu'il n'avait plus que quelques semaines à vivre, et le désir de venger Paul était devenu pour lui comme une obsession, sa seule raison de vivre, un hommage à rendre absolument à son fils avant de disparaître à son tour.

Il nia tout quant à l'échelle, et Trent le crut. Le matériel d'Everly était dans un piteux état.

Harrison prit tout son temps pour expliquer d'une voix hachée pourquoi il avait voulu tuer Trent à Green Fern Pool. Son désir de vengeance avait soudain envahi tout son esprit. Il venait de voir son médecin qui avait été plus que pessimiste à son sujet, et il avait alors décidé d'agir. Mais appuyer sur la détente s'était révélé beaucoup plus difficile qu'il ne l'avait cru.

Peggy avait été scandalisée d'apprendre que Harrison avait voulu lui faire porter le chapeau, et qu'il avait réussi.

Il avait en effet attiré Trent à Green Fern Pool en lui faisant croire que Peggy y avait emmené Susannah.

Les policiers leur firent répéter plusieurs fois à chacun le déroulement des événements.

Toutes les personnes impliquées, Trent, Susannah, Harrison, Peggy et Nora, furent interrogées séparément. Seul Sean eut le droit d'être assisté par une tierce personne, sa mère en l'occurrence, à laquelle il resta accroché comme une sangsue.

La police ne voulait pas faire les choses à moitié mais vers minuit, quand Trent croisa Susannah dans le couloir et vit les cernes noirs qu'elle avait sous les yeux, il décida que tout cela avait assez duré.

Il allait la ramener à la maison. Si les policiers voulaient l'entendre encore, ils attendraient le lendemain.

Il prit sa voiture, et ils roulèrent sans un mot. A mi-chemin de la maison, Susannah dormait déjà.

En arrivant à Everly, Trent eut la surprise de voir que toute la propriété était illuminée. Chase et Josie avaient dû se dire qu'après l'abominable journée qu'ils avaient passée, arriver dans une maison noire et froide serait sinistre.

Il ne descendit pas tout de suite de voiture ; l'idée de réveiller Susannah lui était pénible. Et il ressentit soudain le besoin d'un instant de calme et de silence. Il inclina son siège et regarda les étoiles.

Après quelques minutes, Susannah s'étira en faisant ce petit miaulement de chat qu'il adorait.

— On est à la maison ? demanda-t-elle en ouvrant les yeux.

Le cœur de Trent se serra. La maison… La maison de Susannah, oui. Mais la sienne… Pourtant il avait fini par considérer Everly comme sa maison.

Avait-il tort ? Ils n'avaient pas eu une minute à eux depuis l'arrivée des policiers à Green Fern Pool. Ils n'avaient pas échangé un seul mot en privé. Il ignorait donc ce qu'elle pensait. De lui. D'eux. De tout.

Quand il avait vu qu'elle refusait de partir pour rester près de lui malgré le fusil de Harrison pointé sur eux, il avait espéré que peut-être…

Mais il savait que dans des moments pareils les émotions étaient toujours exaltées. La sensation avait été étrange. Confronté à sa mort dans ce lieu féerique, il avait vécu un moment magique. Comme si Merlin l'enchanteur avait tissé autour de Susannah et lui une toile pour éloigner la peur et le danger. Rien n'aurait pu les inquiéter, les atteindre, puisqu'ils étaient ensemble.

La magie n'agissait plus maintenant. Ils étaient de retour dans la réalité. Là, les règles étaient différentes.

— Oui, on est arrivés, répondit-il. Je regardais les étoiles. Le ciel est très beau ce soir, très étoilé. On dirait un dessin d'enfant. Un dessin de Nikki.

— C'est vrai, dit-elle en bâillant. Nikki a toujours adoré tout ce qui brille.

Il posa la main sur son épaule.

— Viens. Tu es épuisée.

Elle acquiesça, en bâillant de nouveau.

— Oui mais c'est mieux que d'être mort.

Sa remarque le fit rire. Malgré sa fatigue évidente, elle semblait avoir survécu à l'épreuve sans trop de mal.

Il avait trouvé qu'elle avait eu beaucoup de sang-froid, d'ailleurs. Mais Susannah était une femme qui montrait rarement ses sentiments.

Lui, il avait eu très peur quand il avait vu Harrison pointer son arme sur elle. Avant qu'elle arrive, Harrison avait tenu son arme braquée sur lui, mais il n'avait jamais cru — *presque* jamais cru — qu'il mettrait son funeste projet à exécution. Il n'en aurait pas le courage. Le tuer ne lui ramènerait pas Paul, Harrison le savait très bien.

— Tu es étonnante, dit-il.

Il faillit la prendre dans ses bras mais n'osa pas.

— Je serais peut-être mort à l'heure qu'il est si tu n'étais pas arrivée. Tu es la femme la plus courageuse que je connaisse !

— Moi ? Je crevais de peur. Tu sais, le pic vert que tu croyais entendre, c'était mes genoux qui s'entrechoquaient !

Elle bâilla de plus belle.

— Trent…

Elle se tourna vers lui, le regard sombre.

— Tu crois qu'il aurait tiré si Sean et Nora n'étaient pas arrivés ?

— Je ne sais pas. J'essayais de me convaincre qu'il ne pouvait pas faire une chose pareille, mais j'ignorais encore qu'il avait un cancer et qu'il n'avait plus rien à perdre.

Ils se turent ; ils pensaient à la même chose. Cela aurait pu tourner à la catastrophe. Mais il n'en était rien. Ils avaient leur vie devant eux.

Et des décisions à prendre.

— Viens, dit-il de nouveau. On rentre.

Cette fois elle descendit de voiture, et ils se dirigèrent vers la maison sans se presser.

— Tu as faim ? demanda-t-il.

— Je ne crois pas. J'ai mangé tellement de ces infâmes crackers au poste... Je crois que j'ai juste envie d'aller me coucher.

— D'accord, répondit-il d'une voix qu'il espérait dégagée.

Il aurait donné n'importe quoi pour passer la nuit avec elle, la tenir dans ses bras pour lui faire oublier le cauchemar qu'elle venait de vivre. Mais pour rien au monde il n'aurait tenté un geste dans ce sens ou fait la moindre réflexion à ce sujet.

Susannah était trop fatiguée.

Peut-être avait-il peur aussi d'essuyer un refus catégorique de sa part ; et ce soir, il n'était pas d'humeur à ça.

Il fit le tour des pièces pour éteindre les lumières que Chase et Josie avaient allumées. Il vérifia aussi les fermetures des portes et des fenêtres.

Bien sûr, il savait que, normalement, tout danger était écarté, Harrison ayant été dirigé vers un établissement psychiatrique où malheureusement, il finirait ses jours vu le peu de temps qu'il lui restait à vivre.

Susannah monta lentement les marches et le rejoignit dans le couloir. Elle s'arrêta devant la porte de sa chambre et se tourna vers lui.

Il lui sourit. Jamais il n'avait eu autant envie de partager son lit.

Il l'aimait. Il devait puiser sa force dans cet amour. Et s'il l'aimait vraiment, il devait la laisser décider, sans la presser.

Il avait essayé de la conquérir par la force, puis de la séduire à sa façon. Et chaque fois il avait échoué.

Il était peut-être temps d'arrêter d'essayer et de la laisser tranquille.

— Bonsoir, Susannah.

Il effleura sa joue du revers de la main.

— Merci de m'avoir sauvé la vie, ajouta-t-il.

Elle parut gênée.

— Je ne t'ai…

— Si.

Il posa un doigt sur ses lèvres.

— Si, tu m'as sauvé la vie.

Elle sourit.

— Ce que j'ai fait était normal, non ? C'était la moindre des choses. Tu m'as sauvée moi aussi. Et Everly avec !

— Alors tout va bien, répondit-il.

Il ne reconnut pas sa voix. On aurait dit celle d'un robot.

Il regarda le couloir sans fin qui menait à sa chambre. Il devait aller se coucher. Et vite.

— Trent…

Elle lui saisit le poignet.

Il frémit.

— Oui ?

— Je pensais que… Enfin, j'espérais que… Je n'ai pas envie de rester seule ce soir.

Il sentit aussitôt son corps réagir.

— Que veux-tu dire exactement par « Je n'ai pas envie de rester seule ce soir » ? Je veux être sûr de bien te comprendre. Que veux-tu exactement ?

— J'aimerais que tu restes avec moi cette nuit, mais…

— Mais quoi ?

Elle hésita à répondre.

— J'ai un papier que je voudrais que tu signes, dit-elle très vite. Je l'ai écrit au poste tout à l'heure.

Il sentit la colère le gagner. Bon sang, elle n'allait pas recommencer avec ses papiers ridicules à signer !

— Tu veux que je signe un papier ? demanda-t-il d'une voix sèche. Il n'en est pas question. Je ne signerai rien. Plus rien. Maintenant, je n'accepte plus de vivre comme je l'ai fait jusqu'à présent, de rôder autour de toi pendant que tu essaies de décider si la punition a assez duré ou non. Je t'aime, Susannah. Et mon amour est sincère. Mais si tu n'es pas capable de faire table rase du passé, alors nous n'avons pas d'avenir ensemble.

Il fit mine de s'en aller mais elle le retint.

— S'il te plaît, dit-elle en fouillant dans sa poche. Lis ça.

Elle lui brandit un morceau de papier sous le nez.

— S'il te plaît, Trent…

Démoralisé, il hocha la tête et prit le papier. C'était un Post-it rose à moitié déchiré.

« Je, soussigné Trent Maxwell, promets d'aimer et de chérir ma femme toute ma vie. »

Il la regarda, éberlué, trouvant la plaisanterie de très mauvais goût.

Elle lui sourit.

— Ce n'est pas tout, dit-elle. Continue.

« Parce que même si elle est orgueilleuse et très critique et… »

Elle avait manqué de place et continué derrière.

« … une vilaine bourrique… »

Son cœur se mit à cogner très fort dans sa poitrine.

« … elle m'aime. »

Il fixa le papier intensément de peur que les mots ne s'effacent brusquement.

Il devait rêver.

Lui avait-elle pardonné ? Lui faisait-elle une déclaration d'amour ?

Il la regarda, essayant de lire dans ses yeux.

— Susannah…

— Non, dit-elle de ce ton ferme et autoritaire qu'elle pouvait avoir parfois. Continue. Tu arrives au passage important.

Il tourna le papier sur le côté où quelques mots encore étaient gribouillés.

« P.-S. : Je promets aussi de rapporter toute visite de cette dévergondée de Missy Snowdown à l'épouse ci-dessus mentionnée qui la mettra dehors à coups de pied dans son vilain petit… »

— Je n'avais plus de papier, dit-elle en souriant. Mais je suis sûre que tu as complété.

— Oui. Sans problème.

Il la regarda, se demandant une nouvelle fois s'il ne rêvait pas, et relut brièvement le papier.

Devant lui, immobile, Susannah l'observait en souriant, quelque peu inquiète toutefois.

Non. Il ne rêvait pas. Ce qu'il avait attendu depuis si longtemps était sur le point de se réaliser. Et il devait faire en sorte que ce moment soit inoubliable.

— Je… j'ai quelques petites idées pour valider ce document en bonne et due forme, dit-il, le plus sérieusement possible.

— Parfait ! Mais il faut que tu te dépêches, alors. Je tombe de sommeil. Et je ne voudrais pas m'endormir pendant que nous…

— Ah, ça non, madame Maxwell ! Il n'en est pas question !

Il la prit dans ses bras en riant.

— Nous avons onze années à rattraper, ma chérie, et je peux t'assurer, par écrit si tu veux, que cette nuit, à Everly, personne ne dormira.

Le 1er Juin

Prélud' n° 206

Comme un papillon sur la neige... - Roz Denny Fox

Parce qu'elle a absolument besoin de ce job, Casey cache sa grossesse à Wyatt Keene quand il l'embauche pour plusieurs mois. Mais Casey ne peut s'aveugler : quand viendra l'hiver, son ventre s'arrondissant, elle ne pourra plus garder son secret...

Prélud' n°207

L'invité inattendu - Kathryn Shay

Alors qu'elle traverse une période difficile, Jayne se réfugie chez ses plus chers amis, à Riverdale. Mais en arrivant, elle essuie deux déconvenues : non seulement ses amis sont en vacances pour quelques jours, mais la maison est occupée par un invité inattendu...

Prélud' n°208

Une saison en Virginie - Anna Adams

Beth s'inquiète : depuis qu'un incendie a ravagé leur maison, son petit garçon vit replié sur lui-même et semble garder pour lui quelque lourd secret. C'est dans ces circonstances que Beth fait la connaissance d'un nouveau voisin, installé en Virginie pour la saison : Aidan Nikolas. Un espoir pour Beth puisque, très vite, son fils sympathise avec Aidan...

Prélud' n°209

Les fleurs de l'Oasis - Carrie Alexander

Trop longtemps, Alice a mis sa vie entre parenthèses. Il est grand temps pour elle de s'offrir les vacances dont elle rêve... et, qui sait, la romance qui ferait enfin battre son cœur. Pour cela, elle choisit l'hôtel luxueux d'une envoûtante oasis au milieu du désert d'Arizona. Dès le premier soir, elle est accueillie par le directeur de l'hôtel, un homme très séduisant – peut-être trop pour elle, si réservée... ?

Prélud' n°210

Fiançailles à Glory's Gate - Susan Mallery

Lexi Tristan est aux abois : elle a trois semaines, pas un jour de plus, pour trouver deux millions de dollars, faute de quoi, elle devra vendre ses biens. Mais vers qui se tourner ? La réponse lui vient de l'homme qu'elle n'imaginait jamais revoir : Cruz Rodriguez, son premier amant, un garçon pauvre et beau comme un dieu. Cruz, devenu entre-temps immensément riche... et qui lui propose un inacceptable marché...

30 € à gagner !

Répondez à notre grande enquête et
gagnez peut-être un bon cadeau de 30 €*

- 1 livre GRATUIT offert aux 1000 premières réponses -

Quels sont vos critères d'appréciation de la collection Prélud' ?
(5 pour très bon - 1 pour mauvais)

La passion ⌴
Le romanesque ⌴
L'intensité du conflit ⌴
La psychologie des personnages ⌴
- La profondeur de l'intrigue ⌴
- Les visuels de couverture ⌴
- Les auteurs ⌴
- L'émotion ⌴

/ Sélectionnez vos 3 thèmes préférés dans Prélud' et classez-les de 1 à 3 :
(1 étant votre choix n°1)

Les histoires avec des enfants ⌴
Les mariages blancs ⌴
Les secrets de famille/héritage ⌴
- Les histoires centrées sur le couple ⌴
- Les romans où l'héroïne est enceinte ⌴
- Les histoires de retrouvailles ⌴

/ Qu'aimeriez-vous trouver davantage dans les romans de la collection Prélud' ?

	Oui	Non
De la passion, du conflit	☐	☐
De la sensualité	☐	☐
Un ton plus léger, plus d'humour	☐	☐
Je ne changerais rien	☐	☐

Autre :...

/ Globalement, quelle note sur 10, attribueriez-vous à la collection Prélud' ?

⌴⌴

/ Quels sont les auteurs que vous aimez lire dans la collection Prélud' ?

☐ Susan Mallery
☐ Tara Taylor Quin
☐ Sherryl Woods
☐ Barbara McMahon
☐ Margaret Way
☐ Kay Stockham
☐ Ann Evans
☐ Anna Adams
☐ Carrie Alexander
☐ Abby Gaines

Autre : ....

/ Aimez-vous les séries/sagas dans la collection Prélud' ?

Oui ☐ Non ☐

Laquelle ou lesquelles avez-vous aimées ?

....

LUD1

7/ Selon vous, les couvertures Prélud' sont :

☐ Très bien ☐ Bien ☐ Assez bien
☐ Passables ☐ Je ne les aime pas du tout

Pourquoi : ....

8/ Selon vous, ces couvertures sont plutôt :

	D'accord	Moyennement d'accord	Pas d'accord
- Modernes	☐	☐	☐
- Classiques	☐	☐	☐
- Attirantes	☐	☐	☐
- Elégantes	☐	☐	☐
- Reflètent bien la collection	☐	☐	☐
- Expriment une émotion	☐	☐	☐

Suggestions :...

....

9/ Sélectionnez vos 5 critères d'achat dans la collection Prélud' et classez-les de 1 à 5 (1 étant le premier)

- La marque	⎵	- Le titre	⎵
- La pagination	⎵	- La thématique mise en avant	⎵
- Le prix	⎵	- Le visuel de la couverture	⎵
- Le résumé au dos du livre	⎵	- L'émotion	⎵
- L'auteur	⎵	- Le romanesque	⎵

10/ Concernant la collection que vous venez d'acheter...

- J'achète tous les livres chaque mois ☐
- J'achète une sélection de livres chaque mois ☐
- Je l'achète occasionnellement ☐

11/ Avez-vous acheté un livre de l'une de ces collections au cours des 6 derniers mois ?

☐ Azur ☐ Audace ☐ Horizon ☐ Blanche
☐ Nocturne ☐ Best-Sellers ☐ Les Historiques ☐ Prélud'
☐ Black Rose ☐ Passions ☐ Red Dress Ink ☐ Spicy
☐ Mira ☐ Jade ☐ Aventures et Passions
☐ Passion intense ☐ Barbara Cartland

Autre : ....

12/ Etes-vous abonnée à l'une des collections Harlequin ?

Si oui, laquelle ? ....
Non, je l'ai été mais j'ai arrêté ☐
Non, je ne l'ai jamais été ☐

' Utilisez-vous un de ces sites pour rechercher des informations avant d'acheter en magasin ?

ıi ☐ Non ☐

oui, lesquels ?

ırlequin.fr ☐ Fnac.com ☐ Amazon.fr ☐ Autre ☐

. ☐ **Mme** ☐ **Mlle** ☐

ɔm : .... Prénom : ....…

lresse : ....

ɔde Postal : .... Ville : ....

ıte de naissance : ....

E-mail : ________________________________@______________

Oui, je souhaite être tenue informée des offres promotionnelles des Editions Harlequin

Oui, je souhaite recevoir les offres promotionnelles des partenaires des Editions Harlequin

uelle est votre profession ?

Agriculteur

Artisan, commerçant, chef d'entreprise

Cadre et profession libérale

Profession intermédiaire

Employée ☐ Ouvrier

Retraitée ☐ Inactive

uelle est la profession du chef de famille ?

Agriculteur

Artisan, commerçant, chef d'entreprise

Cadre et profession libérale

Profession intermédiaire

Employé ☐ Ouvrier

Retraité ☐ Inactif

* Un tirage au sort désignera les 20 gagnants d'un bon cadeau de 30 €
(soit 45 SFr pour les gagnants suisses)

Merci de retourner le questionnaire complet au plus tard le 31/08/2010 sous enveloppe affranchie à l'adresse suivante :
Editions Harlequin – service Marketing
Grande enquête Harlequin
83/85 bd Vincent Auriol
75646 Paris cedex 13

LUD3

Extrait du règlement :

La société HARLEQUIN organise un jeu-questionnaire intitulé « Grande enquête Harlequin» du 1er avril 2010 au 31 aout 2010 qui accompagnera les livres mis en vente. Il est gratuit et sans obligation d'achat, et ouvert à toute personne physique majeure résidant en France métropolitaine (Corse comprise), à Monaco, dans les DOM-TOM, en Suisse et en Belgique. La réponse est possible sur papier libre ou en demandant un exemplaire du jeu-questionnaire au service lectrices au 01 45 82 47 47 ou à l'adresse du jeu.

Un livre d'une valeur commerciale unitaire de 6,30€ sera offert aux mille (1000) premières personnes ayant répondu à la grande enquête Harlequin dans toutes les collections concernées. Les vingt (20) personnes tirées au sort se verront attribuer un chèque cadeau d'une valeur de 30€ (soit 45SFr). Les lots seront envoyés par la Poste dans le délai d'un mois après la clôture du jeu.

Pour participer, les candidats doivent avoir répondu au questionnaire et le renvoyer à la Société Harlequin à l'adresse suivante : Editions Harlequin – service marketing 83/85 bd Vincent Auriol 75646 Paris Cedex 13. La participation au jeu-questionnaire entraîne l'acceptation pleine et entière du règlement déposé chez Maîtres Gaultier et Mazure, Huissiers de justice, 51, rue Sainte Anne, 75002 Paris.

Le règlement est adressé à titre gratuit à toute personne en faisant la demande à : Société Harlequin 83-85 boulevard Vincent Auriol 75013 Paris. Timbre remboursé sur demande au tarif lent

Loi informatiques et libertés

Pour vous offrir le meilleur service, vos noms et adresses seront enregistrés dans notre fichier clientèle. Conformément à la loi Informatique et libertés du 6 janvier 1978,vous disposez d'un droit d'accès et de rectification aux données personnelles vous concernant. Par notre intermédiaire, vous pouvez être amenée à recevoir des propositions d'autres entreprises.
Si vous ne le souhaitez pas, il vous suffit de nous écrire en nous indiquant vos nom, prénom et adresse à :
Service Lectrices Harlequin BP 20008 59718 LILLE Cedex 9.

A paraître le 1er mai

Best-Sellers n° 420 • suspense

La nuit du solstice - Carla Neggers

Venue sur la péninsule irlandaise de Berea pour retrouver les traces de l'ancien mythe celtique de l'Ange de pierre, Keira Sullivan se retrouve prise au piège dans une hutte en ruines, dont l'effondrement soudain a bien failli la tuer. Or, quelques secondes avant d'être ensevelie sous les décombres, Keira a cru voir la statue de l'Ange de pierre de la légende. Pourtant, lorsque Simon Cahill, agent du FBI, vient la libérer quelques heures plus tard, il ne reste aucune trace de la statuette. Keira l'a-t-elle rêvée ? Elle en doute. D'autant plus Patsy, qui lui a transmis le conte de l'Ange de pierre, se fait assassiner…

Best-Sellers n°421 • paranormal

La rose des ténèbres - Gena Showalter

La somptueuse Anya, déesse de l'anarchie, est prisonnière depuis toujours d'une terrible malédiction qui peut à tout instant la priver de sa liberté si elle succombe à l'amour. Mais comment pourrait-elle, malgré la menace qui pèse sur elle, résister au charme sombre de Lucien, un guerrier immortel prince des seigneurs de l'ombre ? Pour lui, elle est prête à tout, y compris à défier Cronos, le roi des dieux, qui enrage chaque jour un peu plus de la voir se laisser aller à la passion tout en dédaignant les ordres qu'il lui donne. Pire encore, elle le soupçonne d'avoir donné à Lucien l'ordre de la tuer.

Trilogie Les seigneurs de l'ombre, *volume n°2*

Best-Sellers n°422 • suspense

Le dernier mensonge - Laura Caldwell

Peu de temps après sa rencontre avec Michael Waller, Kate Greenwood accepte sans hésiter de l'épouser. Mais à peine installée à Saint-Marabel, au Québec, Kate découvre des détails étranges concernant la vie de Michael et se sent peu à peu gagnée par le doute. Et si l'homme à qui elle avait spontanément accordé sa confiance lui avait menti sur ce qu'il était en réalité ? Rongée par les soupçons qui l'assaillent jour après jour, Kate se retrouve en train d'enquêter sur son propre mari.

Best-Sellers n°423 • thriller

Piège de brume - Anne Stuart

En s'installant à Silver Falls, Rachel Middleton est persuadée d'avoir enfin trouvé un havre de paix. Elle vient d'épouser l'homme idéal, David, qui est aussi le père adoptif rêvé pour Sophie, sa fille de treize ans. Mais quand peu de temps après son arrivée, la petite ville endormie devient la proie d'un tueur machiavélique, Rachel panique. D'autant plus que Caleb, le frère de son mari, un dangereux et séduisant aventurier, fait brutalement irruption dans leur vie bien rangée en prétendant vouloir mettre fin aux crimes en série. Dès lors, Rachel n'a plus qu'une idée en tête : protéger sa fille.

Best-Sellers n°424 • roman

L'aube des promesses - Sherryl Woods

Anéanti par le décès brutal de sa jeune épouse, Kevin O'Brien revient s'installer à Chesapeake Shores : au sein d'une famille soudée, il cherche un refuge pour lui et pour Davy, son petit garçon de deux ans. Comment être à la hauteur avec ce petit être au regard pétillant ? Comment envisager l'avenir ? Ce n'est que le jour où il fait la connaissance de la nouvelle libraire de Main Street, Shanna Carlyle, que Kevin sent enfin l'espoir renaître en lui. Et alors qu'il pensait ne plus jamais être capable d'aimer, Shanna, si spontanée et passionnée, le trouble profondément. Mais a-t-il droit à cette seconde chance d'être heureux ?

Trilogie Chesapeake Shores, *volume n° 3*

Best-Sellers n°425 • roman

Au fil des jours à Blossom Street - Debbie Macomber

Depuis qu'elle y a ouvert sa boutique « Au fil des jours », il règne à Blossom Street l'atmosphère gaie et chaleureuse que Lydia a le don de créer autour d'elle. Car Blossom Street, c'est tout un univers. L'univers de Lydia, qui a renoué avec le bonheur grâce à l'amour de Brad, et la complicité retrouvée avec sa sœur Margaret. Jusqu'au jour où l'ex-femme de Brad réapparaît… Celui de Courtney, la jeune déracinée, complexée et solitaire, venue y trouver refuge et amitié. Celui de Bethanne, qui a perdu ses repères depuis son divorce. Mais aussi celui d'Elise, que le retour inattendu de son ex-mari déstabilise…

Série Blossom Street, *volume n°2*

Best-Sellers n°426 • historique

Les amants rebelles - Susan Wiggs

Orpheline recueillie par lord Merrifield, un idéaliste qui a rallié le camp des Puritains contre Marie la catholique, Alouette a grandi dans un foyer austère mais protégé. Hélas, Merrifield étant à l'agonie, elle se retrouve seule face aux ennemis de ce dernier et subit, dès lors, les persécutions que lui infligent les partisans de la Couronne. Démunie, elle se résout à demander le soutien du seul homme puissant qu'elle connaisse et qui ose tenir tête à la reine : Oliver de Lacey, baron de Wimberley. Un choix dangereux, car en s'alliant à ce séducteur, ce rebelle sans foi ni loi, Alouette met en péril non seulement sa vie, mais aussi sa vertu…

Trilogie La Rose des Tudor, *volume n°2*

Composé et édité par les
éditions Harlequin
Achevé d'imprimer en France (Malesherbes)
par Maury-Imprimeur
en avril 2010

Dépôt légal en mai 2010
N° d'imprimeur : 153988 — N° d'éditeur : 14949